Ravensburger Taschenbücher
Band 608

GROSSE MUTTER

ALTER ELIAS

TIM & MINIMS

SANCHEZ & JERK

Brian Earnshaw

Weltraumfrachter Drache 5 fliegt weiter

Aus dem Englischen
von Inge M. Artl
Illustriert von Simon Stern

Otto Maier Verlag Ravensburg

Deutsche Erstausgabe
Erstmals 1980 in den Ravensburger Taschenbüchern
Titel der Originalausgaben:
„Dragonfall 5 and the Super Horse"
„Dragonfall 5 and the Master Mind"
Originalverlag: Methuen Children's Books Ltd., London
Text © 1977 und 1975 by Brian Earnshaw
Illustrations © 1977 und 1975 by Methuen Children's Books Ltd.
© der deutschen Textfassung by Otto Maier Verlag Ravensburg

Umschlaggestaltung unter Verwendung einer
Illustration von Simon Stern: Manfred Burggraf

Satz: Philipp Hümmer KG, Waldbüttelbrunn
Druck und Verarbeitung: Ebner Ulm
Printed in Germany

5 4 3 2 1   84 83 82 81 80

ISBN 3-473-38608-1

Inhalt

Teil 1:
Drache 5 auf dem Planeten der Pferde

1.	Ein vierbeiniger Wissenschaftler	9
2.	Der geheimnisvolle Flug des Sekundenschiffes	17
3.	Durch die Mool-Monde	30
4.	Die Landung in den grünen Schatten	42
5.	Der Professor verschwindet	50
6.	Ein Ritt durch die Nacht	60
7.	Mister Mool gibt eine Pressekonferenz	69
8.	Eine Unterhaltung mit einem schlechtgelaunten Erfinder	81
9.	Im Vulkan	89
10.	Überfall im Bad	99
11.	Die Flucht	107
12.	Wilde Flut und wilde Flüge	120

Teil 2:
Drache 5 und das Super-Hirn

1.	Ein Planet in Panik	141
2.	Eine Überschwemmung in der Unterwelt	156
3.	Kannibalenfische	167
4.	Aufbruch zum Besuch beim Super-Hirn	177
5.	Über die Alte Hauptstraße	187
6.	Eine fürchterliche Begegnung	191
7.	Ein Computer mit Humor?	206
8.	Die Schwarze Leibgarde	217
9.	Überfall in den Öden Bergen	228

10. Hanhun im Hasenhügel	238
11. Ein Fest bei den Grauen Hasen	250
12. Padgetts Spezial-Schnellwuchs-Riesensalat-Samen	261
13. Die Grauen Hasen greifen ein	267
14. Angewandte Demokratie	275

Teil 1

Drache 5 auf dem Planeten der Pferde

1. Ein vierbeiniger Wissenschaftler

Der Weltraumfrachter *Drache 5* schwebte auf einer Umlaufbahn fünfzigtausend Meilen vor den Monden des Planeten Mool im All. Sogar bei Tag waren diese Monde so hell, daß Große Mutter alle Fensterläden und Vorhänge auf der Seite der Kajüte geschlossen hielt.
„Sonst bleichen mir alle Möbel und Polster aus!" sagte sie.
Und noch jetzt, nach drei Tagen des Wartens, zogen Tim und Sanchez hin und wieder einmal einen Vorhangzipfel beiseite, um sich zu vergewissern, daß es so etwas Seltsames wie die Monde von Mool tatsächlich gab.
„Wir haben schon Planeten gesehen, die drei oder vier Sonnen hatten", sagte Sanchez.
„Oder neun Monde", erinnerte Tim ihn. Tim nahm es immer genau mit den Zahlen, wenn es um Naturwissenschaften ging.
„Aber wir haben noch nie einen Planeten besucht, um den so viele Monde herumschwirren, daß man den Planeten selbst überhaupt nicht sehen kann", schloß Sanchez.
„Es sind vierhundertachtzig Monde!" Tim hatte das im *Handbuch der Galaktischen Systeme* nachgeschaut. „Wenn man alle kleinen Monde mitzählt, die bloß ein paar Meilen Durchmesser haben. Aber mindestens einhundertzwanzig sind richtige große Monde, die einem bei jedem Planeten auffallen würden."
„Ob wir uns einen Weg zwischen den Monden durch suchen müssen, damit unsere beiden Wissenschaftler auf den Planeten Mool können, sobald sie den Start von diesem neuen Sekundenschiff beobachtet haben?" fragte Sanchez. „Das wird schließlich vom Mool selbst gestartet, nicht von irgendeinem Mond. Ich weiß nicht, warum wir nicht gleich viel näher herangeflogen sind, um uns das anzuschauen."

„Weil das hier eine geheime Mission ist und wir eigentlich überhaupt nicht hier sein sollten", sagte Tim. „Wir sind genau auf dem Kurs, den das Sekundenschiff nehmen muß, um vom Mool auf die Erde zu gelangen. Mit all den Instrumenten, die sie in unserem Laderaum installiert haben, können die beiden Wissenschaftler sicher auch von hier aus die Störungen in den Luftströmungen und die Abgase messen, die das Sekundenschiff mit seinem neuen Protonenantrieb verursacht."

Der Alte Elias, ihr Vater, brummte mißbilligend und sagte: „Ihr redet immerzu von unseren beiden Wissenschaftlern, aber meiner Meinung nach haben wir einen Wissenschaftler und ein Pferd an Bord!"

„Es ist aber ein ganz besonderes Pferd", erinnert Tim ihn. „Seine vier Hufe sind gespalten, und deshalb kann es Sachen festhalten. Du hast doch selbst gesehen, wie es die Türen öffnet, und daß es das Essen mit einem Messer schneiden kann."

„Und es gibt keinen Grund, warum ein Pferd kein Wissenschaftler sein soll", fügte Sanchez entrüstet hinzu. „Pferde sind sehr intelligent!"

„Phhh!" Der Alte Elias schnaubte in seinen Bart. „Was soll daran schon intelligent sein, wenn ich jemanden auf meinem Rücken sitzen lasse und mit ihm immer rund um eine Rennbahn renne, damit die Leute beim Wetten Geld auf mich setzen?"

„Aber es ist ein Pferd vom Planeten Mool, und die sind ganz anders", wandte Sanchez ein. „Sie haben die Protonenschubkraft erfunden, also müssen sie intelligenter sein als wir."

„Das behaupten sie", brummte sein Vater. „Wenn das stimmt, dann ist das die erste Erfindung, die vom Mool stammt. Und schaut euch an, wieviel Ärger das Ding schon macht: Luftverschmutzung und Turbulenzen, und wir müssen hier herumlungern und abwarten, ob sie nicht mit ihrer neuen Erfindung die ganze Atmosphäre kaputt machen. Und außerdem: wer will schon ein Sekundenschiff haben? Damit ist der ganze Spaß am Reisen hin. Und eins kann ich euch sagen: wir sind auch erledigt mit unserem Weltraumfrachter, wenn die diesen neuen Protonenantrieb wirklich entwickeln. Pferde!" Alter Elias warf einen mißbilligenden Blick auf die Tür zum Laderaum.

„Reg dich nicht auf", sagte Große Mutter beschwichtigend. „Wir haben ein paar fantastische Dias von diesen Monden gemacht, und ich habe meinen runden Teppich halb fertigbekommen. Professor Horgankriss hat mir beim Mittagessen erzählt, daß er jetzt jeden Moment mit dem Start des Sekundenschiffes rechnet. Aber mir wird's leid tun, wenn wir hier fortfliegen."

Alter Elias war noch immer mißmutig.

„Ein Pferd, das Wissenschaftler sein soll!" sagte er verächtlich. „Hat einer von euch vielleicht mal selbst gesehen, wie das Pferd irgendeins von den Instrumenten im Laderaum auch nur angerührt hat? Habt ihr gesehen, wie es irgendwas gemessen oder ein paar Zahlen zusammengezählt hat?"

„Jedenfalls schaut es sich das Fernsehprogramm an", sagte Tim unsicher.

„Ha!" schnaubte Alter Alias. „Das macht euer Fliegender Jagdhund auch, stundenlang sogar, wenn wir ihn bloß lassen. Aber bis jetzt hat noch nie irgend jemand behauptet, Jerk sei deshalb ein vernunftbegabtes Wesen."

„Er hat sich schon oft sehr nützlich gemacht", sagte Sanchez und kraulte Jerk, der in seiner Hunde-Hängematte lag, hinter den langen, weichen Ohren. Diese Ohren breiten Fliegende Jagdhunde manchmal, aber nur sehr selten, wie Flügel aus, um wie Segelflieger zu gleiten. Fliegende Jagdhunde können nicht bellen, aber Jerk rollte die Augen und schaute den Alten Elias mißbilligend an.

„Das Pferd kann sprechen, und das beweist, daß es intelligent ist", fuhr Tim fort.

„Sprechen!" fauchte der Alte Elias. Er war so schlechter Laune, weil er schon seit drei Tagen nichts zu tun hatte und hier herumsitzen und warten mußte. „Sprechen! ,Guten Morgen . . . guten Abend . . . nein, danke . . . ja, bitte . . . wenn Sie so freundlich sein würden . . .' Mehr habe ich bis jetzt noch nicht von ihm gehört. Und das kann man jedem Papagei beibringen! Ich habe ja nichts gegen Professor Horgankriss, ich bin sicher, er hat einen ganzen Haufen wissenschaftlicher Diplome erworben, aber mit dem Pferd ist das was ganz anderes. Wenn das ein Wissenschaftler sein soll, dann bin ich auch einer!"

„Nun, ganz egal, ob das Pferd ein Wissenschaftler ist oder nicht, die Weltall-Gesundheitsbehörde zahlt uns jedenfalls gutes Geld für unseren Frachter", bemerkte Große Mutter vielsagend, um die Debatte zu beenden. „Und ich finde, es ist eine erfreuliche Abwechslung, mal freiwillig im Weltraum zu hängen anstatt zwangsweise, weil die Motoren wieder einmal zusammengebrochen sind, wie uns das meistens passiert."

Es gab eine peinliche Pause. Es stimmte, was Große Mutter da sagte, aber aus einem Gefühl der Loyalität *Drache 5* gegenüber wollte niemand in der Familienmannschaft ihr zustimmen. *Drache 5* war ein uraltes Raumschiff, ein Oldtimer, schon fast siebzig Jahre alt. Mehrere Museen hatten ihn bereits kaufen wollen. *Drache 5* hatte viel öfter eine Panne als die modernen Raumschiffe. Meistens konnte Alter Elias ihn allein wieder zusammenflicken, und seine beiden Buben, Tim und Sanchez, halfen ihm dabei. Aber auf der letzten Reise waren sie gezwungen gewesen, mit dem Laser-Funk SOS zu funken, und der Weltraum-Pannendienst war schrecklich teuer.

Hinterher hatte Große Mutter energisch erklärt: „Jetzt nutzt es uns nichts, wenn wir hin und wieder mal irgendwo eine Fracht kriegen. Wir brauchen Geld, damit wir die Rechnung vom Pannendienst bezahlen können, und deshalb müssen wir zuschauen, daß wir wenigstens für ein paar Monate einen festen Charter-Auftrag kriegen."

Sie gaben also eine Anzeige auf:

Weltraumschiff zu vermieten, 5000 pro Woche oder nach Vereinbarung. Astroschub, Propulsionsmotor und Raketenbremsen für selbständige Planetenlandungen. Geeignet für Luxus-Kreuzfahrt oder Spezialfracht. Macht jede Reise, jede legale Arbeit.

Und beinahe im Handumdrehen bekamen sie von der Weltall-Gesundheitsbehörde den Auftrag, zwei Wissenschaftler in geheimer Mission zu transportieren. Der Laderaum wurde in ein Labor verwandelt, mit Reihen von Instrumenten, um den Druck, die Strömung und die Reinheit der Luft zu messen. Am Heck des alten Raumschiffes wurden alle möglichen Antennen, Radarschirme und Netze aufmontiert. Dann war alles bereit für die beiden Wissenschaftler, die mit versiegelten Befehlen für den Flugkapitän an Bord kamen.

Der Alte Elias hatte zwei bequeme Hängematten aufgehängt, damit die beiden im Labor schlafen konnten, und er war sehr schockiert, als sich herausstellte, daß einer von den beiden Wissenschaftlern ein Pferd war. Sanchez erinnerte ihn immer wieder daran, daß das Pferd eigentlich nur ein sehr kleines Pony war; es hatte eine Schulterhöhe von kaum einem Meter. Statt der Hängematte hängte Alter Elias also eine Schaumgummimatratze an Riemen an der Decke im Laderaum auf.

„Ein Ballen Stroh auf dem Boden wäre wahrscheinlich besser", meinte er.

Nach dem Start gab Professor Horgankriss dem Alten Elias den versiegelten Umschlag mit dem Flugbefehl. Der klang ziemlich geheimnisvoll. *Drache 5* sollte möglichst unbemerkt einen Punkt ansteuern, der fünfzigtausend Meilen vor den Monden des Planeten Mool lag, dort auf Umlaufstation gehen und auf den nächsten Probeflug warten, den das Sekundenschiff mit dem neuen Protonenantrieb vom Mool zur Erde machte. Danach sollte *Drache 5* „so weiterfliegen, wie Professor Horgankriss es anordnet, bis die Charterzeit abgelaufen ist".

Natürlich hatten sie auch schon von dem Sekundenschiff mit dem geheimen Protonenantrieb gehört. Gerüchte darüber schwirrten seit Monaten durch das Weltall. Jemand, der sich

Mister Mool nannte und ganz zurückgezogen auf einem Planeten mit dem gleichen Namen lebte, war dort mit diesem seltsamen neuen Transportmittel gestartet, das er das Sekundenschiff nannte. Fernsehkameras hatten den Start gefilmt, und dann war er drei Sekunden später genau zwischen der Erde und ihrem Mond aufgetaucht. Das war eine Reise von einhundertneunzig Lichtjahren. *Drache 5* brauchte für diese Strecke zwei Wochen, und sogar die schnellste, modernste Rakete brauchte mindestens drei Stunden. Und jetzt gab es auf einmal ein Raumschiff, das diesen unbekannten Protonenschub benutzte und es damit in drei Sekunden schaffte!
Es war kein Wunder, daß sich alle Leute darüber aufregten. Mister Mool und sein Sekundenschiff waren vor den Fernsehkameras des halben Weltalls wieder aus dem Himmel der Erde verschwunden und hatten dabei eine riesige, Hunderte von Meilen breite Wolke aus schwarzem Rauch hinterlassen. Genau fünf Sekunden später tauchte er in einer zweiten Rauchwolke wieder zwischen den Monden des Planeten Mool auf. Ein Fernsehreporter fragte ihn, warum er diesmal fünf Sekunden gebraucht habe, anstatt nur drei wie beim Hinflug. Da antwortete Mister Mool herablassend: „Weil ich Protonengegenwind hatte. Aber was sind schon zwei Sekunden bei einer Entfernung von 190 Lichtjahren?"
Und das war alles, was irgend jemand bis jetzt über Mister Mool und sein Sekundenschiff und den Protonenantrieb hatte herausfinden können. Alle warteten auf den nächsten Probeflug und auf eine Erklärung, was hinter diesem geheimnisvollen Protonenwind steckte.
„Ich nehme an, die Weltall-Gesundheitsbehörde macht sich Sorgen wegen der großen schwarzen Rauchwolke", meinte Tim nachdenklich. „Und wahrscheinlich ist das Pferd Spezialist für die Atmosphäre des Mool. Ich habe gehört, die soll ganz anders als anderswo sein."

„Ha!" schnaubte Alter Elias wieder. „Das einzige, wovon der Gaul was versteht, ist Heu!"
Plötzlich merkte Alter Elias, daß Sanchez ihm heftig Zeichen gab, still zu sein. Er dreht sich um und sah, warum. Das Pferd hatte leise die Tür zwischen der Kabine und dem Laderaum geöffnet und stand da und wartete höflich darauf, daß man es bemerkte.

2. Der geheimnisvolle Flug des Sekundenschiffes

Es ist immer peinlich, wenn plötzlich jemand vor einem steht, über den man gerade lästert. Aber das Pferd, das ein Wissenschaftler war, schien es gar nicht zu ärgern, daß man es einen Experten für Heu nannte.
Es schob die Tür mit einer lässigen Bewegung mit dem Hinterhuf zu.
„Entschuldigen Sie bitte die Störung", sagte es mit tiefer, etwas schleppender Stimme. „Wir haben gerade erfahren, daß das Sekundenschiff gleich zu seinem zweiten Flug zur Erde startet. Der Empfang ist leider nicht besonders gut auf unserem Apparat, und ich wollte fragen, ob ich nachsehen darf, ob das Bild in Ihrem Fernseher vielleicht klarer ist. Natürlich nur, wenn es Sie nicht stört."
Alter Elias war verlegen und zog seinen grünen Augenschirm bis über die Nase herunter, aber Jerk stand auf und wedelte mit dem Schwanz, und Große Mutter zeigte einladend auf das Sofa und sagte:
„Natürlich, gerne. Sie können jederzeit bei uns fernsehen. Aber ich fürchte, auf unserem Apparat ist das Bild auch nicht besser als auf Ihrem. Tim meint, die vielen Monde hier

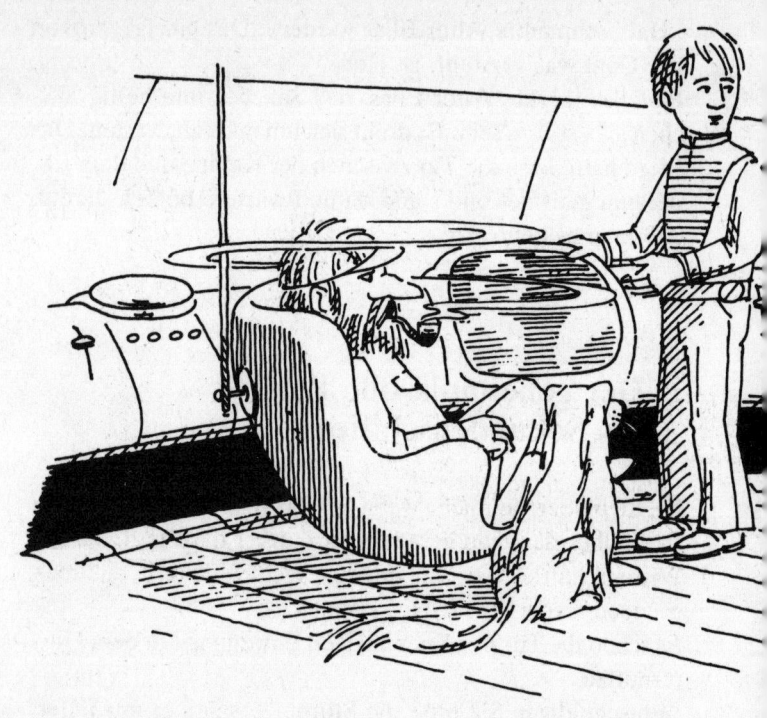

stören den Empfang vom Planeten Mool her. Tim, schalt mal ein, bitte."
Tim schaltete das Fernsehgerät ein, und das Pferd ging vorsichtig um die Möbel herum und ließ sich auf dem Sofa nieder. Es war ein sehr hübsches silbrig-weißes Pferd mit einer schwarzen Maske. Sanchez rückte beiseite, um ihm Platz zu machen. Er liebte Tiere, aber jetzt wußte er nicht recht, wie er sich diesem gegenüber verhalten sollte.
„Ich heiße Sanchez", sagte er. „Meinen Bruder Tim kennst ... kennen Sie schon, nicht wahr?"
„Nur vom Sehen", antwortete das Pferd. „Obwohl wir schon zwei Wochen in diesem engen, aber bewundernswür-

digen Raumschiff zusammen sind, haben wir uns jeder für sich gehalten und kaum etwas miteinander zu tun gehabt. Mein Name ist Hneighhhl." Es stieß einen kurzen, scharfen, wiehernden Laut aus, den die Buben niemals hätten aussprechen können. „Aber im Zirkus Chipperfield bin ich Nigel genannt worden, und ich würde mich freuen, wenn ihr diesen Namen auch benutzen würdet."
„Nigel!" wiederholte Sanchez. „Und Sie haben in einem Zirkus gearbeitet?"
Das Pferd warf vergnügt den Kopf zurück und lachte mit den Augen. „Nur vorübergehend", antwortete es. „Als Nigel, das zählende Wunderpferd. Dabei war es gar kein Wunder,

daß ich von zehn Äpfeln sechs abziehen konnte und dann vier übrig hatte, denn ich habe schließlich ein Universitätsdiplom in Theoretischer und Angewandter Mathematik."
Sanchez warf seinem Vater einen „Ich-hab's-dir-ja-gleich-gesagt!"-Blick zu. Der Fernseher lief. Genau wie Große Mutter vermutet hatte, war das Bild hier auch nicht besser. Flecken und weiße Striche zuckten über die Mattscheibe, und ein schrilles, kratzendes Geräusch übertönte alle Worte. Die Kamera holte die Oberfläche des Planeten Mool immer näher heran. Der Boden war von sehr dunklem Grün und der Himmel tiefschwarz, mit geschwungenen, sich verändernden Silberstreifen. Der Kegel eines kahlen Vulkans tauchte auf, der mit zarten Rauchschleiern Feuer spuckte.
„Auf dem Mool gibt's eine Menge Vulkane, nicht wahr?" fragte Tim den Gast.
„Ja, zahllose feurige Säulen", antwortete das Pferd gemächlich. „Durch die Anziehungskraft unserer vierhundertundachtzig Monde kommt das feurige Innere unseres Planeten nie zur Ruhe und will immer heraus, und das macht das Leben dort recht bewegt." Es wies mit dem Kopf auf den Bildschirm. „Der Vulkan dort ist der Besitz und das Labor des berühmten Mister Mool, des Entdeckers des Protonenantriebs und Erfinders des Sekundenschiffes, von dem ihr ja schon gehört habt."
„Ist das nicht ein bißchen anmaßend von ihm, sich selbst Mister Mool zu nennen?" fragte Tim vorsichtig. „Ich meine, das ist schließlich der Name des ganzen Planeten und nicht seiner, oder? Das ist doch gerade so, als ob sich jemand Frau Erde oder Herr Mond nennen würde!"
Das Pferd schnaubte kurz und schaute Tim nachdenklich an.
„Da hast du völlig recht", sagte es. „Sein richtiger Name ist Hwihyaahmhh, und das ist ein ziemlich schwieriges Wort für jeden, der nicht zu meiner Spezies gehört. Wir wollen ihn

William nennen, das klingt ungefähr so ähnlich. Im übrigen stimme ich völlig mit dir überein. Es ist eine Anmaßung von vulkanischem Ausmaß, sich selbst Mister Mool zu nennen. Aber das ist die richtige Methode, um eine ganze Galaxis zu beeindrucken. Und man muß zugeben, daß er das erste Pferd vom Mool ist, dem das gelungen ist. Das ist viel mehr als das ‚Zählende Wunderpferd' im Zirkus Chipperfield zu sein. Wie komme ich also dazu, ihn zu kritisieren?"
Sanchez wußte nicht, ob das Pferd nun mit Mister Mool einverstanden war oder nicht. Er war verwirrt und schaute wieder auf den Fernseher.
Zuerst hatte ein Berichterstatter gesprochen – auch ein Pferd –, und nun zeigte das Bild eine Großaufnahme von dem Vulkan, in dessen Hang sich eben eine runde Stahltür öffnete.
„Das Sekundenschiff!" sagte Tim.
Ganz langsam glitt ein langes, schlankes Raumschiff aus der Öffnung in der Felswand. Sein Bug war spitz wie der Schnabel eines gefährlichen Vogels. Es richtete sich vorsichtig auf einem goldenen Feuerstrahl auf, der aus dem seltsam geformten Heck strömte.
„Ist das der Protonenantrieb?" fragte Sanchez.
„Ich glaube nicht", antwortete Tim. „Ich finde, es sieht eher aus wie ein einfacher Düsenstrahl von Ionengas, mit dem es in die richtige Stellung für den Start gebracht wird."
Das Pferd nickte und stimmte zu: „Hydrohelioid. Unsere Vulkane spucken das wie Wasserdampf aus. Manchmal sind sie doch nützlich."
Langsam, langsam richtete das Sekundenschiff sich immer weiter auf. Das Bild im Fernseher – es wackelte noch immer – zeigte nun in Großaufnahme ein Pferd, das vor dem Armaturenbrett saß. Sein Kopf war fast ganz unter einem Helm und Kopfhörern versteckt, aber es sah trotzdem sehr vornehm aus. Es lächelte überlegen. Es hatte hohe Wangen-

knochen, wodurch seine Augen etwas nach oben gezogen wirkten; eine schwarze Mähne, die über der Stirn gerade abgeschnitten war, und links an seiner langen Nase einen gezackten weißen Streifen im Fell.
Nigel seufzte und sagte: „Und das ist Mister William Mool, der Erfinder des Protonenantriebs. Der halbe Weltraum würde seinen allerletzten Hosenknopf dafür hergeben, um ihn in die Finger zu bekommen."
Sanchez schaute das Pferd Nigel wieder an, um zu sehen, ob er das ernst meinte, und wieder konnte er das aus seinem Gesichtsausdruck nicht entnehmen.
Mister Mool auf dem Bildschirm sagte irgend etwas; er lächelte dabei spöttisch genau in die Kameras und winkte. Dann zeigte das Bild das Sekundenschiff wieder von außen.
„Ballons!" staunte Sanchez.

Das Sekundenschiff hing nun reglos in der Luft; das goldene Feuer war verblaßt, aber das Sekundenschiff ragte noch immer kerzengerade zu dem schwarzen Himmel mit den wechselnden silbernen Mustern auf. Es hatte zehn lange, ovale Ballons voll Gas ausgefahren, die es an Ort und Stelle hielten.
„Jetzt muß es gleich starten", meinte Tim.
Ein grellgrüner Blitz, leuchtend silbern in der Mitte, schoß über den Bildschirm und wurde sofort von einer schwarzen Wolke ausgelöscht.
„Start!" rief Nigel.
„Er ist weg!" sagte Sanchez.
„Schade, daß wir nicht auch die Landung im Fernsehen sehen können", meinte Tim. „Jetzt ist er schon auf der Erde."
„Wir haben zwei Wochen für den Weg gebraucht", sagte Sanchez.
„Mister Nigel, ich möchte ja nicht ungastlich sein, aber sollten Sie jetzt nicht in Ihrem Labor sein?" sagte Alter Elias verlegen zu seinem Besucher. „Ich meine, war das nicht der große Augenblick unserer Reise, wenn das Sekundenschiff an uns vorbei saust und alle Ihre Instrumente alles registrieren?"
„Sie haben völlig recht", antwortete das Pferd und erhob sich gemächlich. „Aber die meisten Instrumente arbeiten automatisch, ganz allein, und Professor Horgankriss kommt sehr gut ohne mich aus. Ein Hurra auf die Wunder der modernen Wissenschaft! Ganz unter uns gesagt: ich glaube, Professor Horgankriss würde es nicht einmal bemerkt haben, wenn ich die ganze Reise lang hier in Ihrer gemütlichen, warmen Kabine gesessen und mit Ihnen Scrabble gespielt hätte, was ich, nebenbei bemerkt, sehr gut kann. Professor Horgankriss ist ein Mensch, der nur für seine Instrumente lebt."

„Ein richtiger Wissenschaftler! Das habe ich ja gleich gesagt!" warf Alter Elias triumphierend ein.

„Ein Gelehrter und ein Gentleman", stimmte das Pferd mit tiefer Stimme gelassen zu. „Aber ich habe den Eindruck, daß Sie hin und wieder ein paar kleine Schwierigkeiten mit dem Professor gehabt haben", fügte es hinzu und schaute dabei zu den sechs Minims hinauf, die aufmerksam auf ihrer Stange saßen.

Sanchez kicherte, Große Mutter schaute weg, und sogar Alter Elias kaute auf seinem Schnurrbart herum, um das Grinsen zu verbergen.

Es war wichtig, daß sie mit dem Professor gut auskamen, denn er vertrat die Weltall-Gesundheitsbehörde, und die zahlte schließlich die Chartergebühren für *Drache 5*. Aber bis jetzt war es etwas mühsam gewesen, mit ihm zu reisen. Der Professor war kein Vergnügen. Manchmal riß er nur die kleinen Augen hinter der Nickelbrille auf und gab einfach überhaupt keine Antwort, wenn die Buben ihn etwas fragten. Oder er fragte zurück, was sie mit ihrer Frage überhaupt meinten. Dann sagte er ihnen, wie ihre Frage hätte lauten müssen, wobei er ganz andere, viel längere und kompliziertere Ausdrücke benutzte, und vergaß schließlich, ihnen auch die Antwort dazu zu geben.

Das war sehr lästig, wenn sie ihn zum Beispiel bloß gefragt hatten, wie er sein Frühstücksei haben wollte. Die richtigen Schwierigkeiten aber kamen durch die sechs Minims. Sie hatten etwas gegen den Professor.

Minims sind kleine, pelzige Tiere; sie sehen so ähnlich wie Eichhörnchen aus. Sie können Gedanken lesen und mit ihrem sehr beweglichen Kehlkopf jeden Laut nachahmen, den es nur gibt. Deshalb sind sie die perfekten Dolmetscher. Diese Übersetzer-Mannschaft reiste schon lange mit *Drache 5* von einem Planeten zum anderen; sie liebten ihre Arbeit.

Der Ärger mit dem Professor war dadurch entstanden, daß die Minims darauf bestanden, alles, was er sagte, ins Englische zu übersetzen, obwohl der Professor natürlich meinte, daß er doch sowieso immer nur Englisch spräche. Bloß benutzte er meistens schrecklich lange wissenschaftliche Ausdrücke, um die Leute zu beeindrucken.
Beim Essen bemerkte er zum Beispiel: „Man muß sich darüber klar sein, daß der klimatische Impakt einer Innovation der Methoden der vehikularen Propulsion eine Dislokation des dreidimensionalen dynamischen Prozesses der Photochemie sein kann."
Und dabei schaute er die Buben mit seinen kleinen Augen an und wischte sich den Mund.
Die Minims schauten selbstzufrieden von ihrer Stange herunter und meldeten sich:
„Er will bloß sagen . . .", begann der erste Minim.
„Wenn du eine neue Sorte Raumschiff erfindest . . ." fuhr der zweite Minim fort.
„Dann kann das eine schöne Schweinerei aus dem Wetter der Planeten machen", schloß der dritte Minim.
„Und das hätte er gleich sagen können, aber er verpackt lieber immer alles in bombastischen Wörtern", fügten die drei Minims im Chor hinzu.
Alle starrten verlegen vor sich hin auf ihre Teller. Professor Horgankriss wurde rot.
„Sie wollen sich nur gern nützlich machen", erklärte Sanchez.
„Und ich bin sicher, sie meinen es nicht böse", fügte Große Mutter hastig hinzu.
Aber der Professor stampfte brummend hinüber in den Laderaum und stellte seine Instrumente ein, damit sie die ganze Nacht lang „Ping! Bliip! Wuiii!" machten. Das alles trug nicht dazu bei, eine angenehme Atmosphäre an Bord zu schaffen, aber niemand konnte den Minims den Mund ver-

bieten, weil sie nur zu ihrem Vergnügen und nicht für Geld arbeiteten.

Eine Folge dieses Zustandes war, daß die Besatzung von *Drache 5* kaum eine Ahnung vom Zweck dieser Reise hatte. Jedesmal, wenn Professor Horgankriss mit seinen komplizierten Erklärungen begann, unterbrachen ihn die Minims und machten ihn wieder ärgerlich. Niemand wollte das Pferd um Auskunft bitten, weil es sich bis jetzt so zurückhaltend benommen hatte.

Nun fuhr das Pferd fort: „Wenn der Professor nachts aufwacht und ein bißchen Hunger hat, dann streckt er bloß den Arm aus und holt sich ein Lexikon vom Wandbrett und ißt ein paar Seiten."

Das Pferd blinzelte an seiner langen Nase entlang, und diesmal lachten alle offen mit.

„Also, so was! Sie sind wirklich das erste Pferd, dem ich jemals begegnet bin, das Sinn für Humor hat!" erklärte Alter Elias. „Ein paar Seiten aus dem Lexikon aufessen, das ist gut!"

„Entschuldigen Sie bitte, wenn ich Sie auf einen heiklen Punkt aufmerksam machen möchte", sagte der Gast und scharrte mit einem Vorderhuf ein wenig auf den Rosen auf dem Sofabezug herum. „Aber nachdem wir uns jetzt etwas näher kennen, würde ich es zu schätzen wissen, wenn Sie mich nicht als Pferd bezeichnen würden. Auf dem Planeten Mool nimmt man es sehr genau mit Unterschieden: Größe, Gewicht, Höhe und so weiter. Ich werde immer Hneighhhl Hwhah genannt, was in Ihrer Sprache Nigel Pony heißt. Unsere zweiten Namen beschreiben immer unsere Größe. Es wäre sehr nett von Ihnen, wenn Sie das auch so sagen würden."

„Aber natürlich, gerne", sagte Große Mutter. „Von nun an sagen wir immer Nigel Pony."

„Ich hab's den anderen gleich gesagt, daß Sie kein Pferd

sind, sondern ein Pony, weil Sie nicht viel mehr als einen Meter Schulterhöhe haben", sagte Sanchez.
„Genau", sagte Nigel Pony. „Wie erfreulich, wenn man in dieser Wildnis der Technologie jemand findet, der so etwas weiß und ernst nimmt."
In diesem Augenblick hörten sie aus dem Laderaum ein rumpelndes Geräusch, dem heftiges Klopfen an der Kabinentür folgte.
„Es ist nicht abgeschlossen", rief Große Mutter. „Sie brauchen bloß den Knauf zu drehen."
Das ist viel zu einfach für den Professor, dachte Sanchez und sprang auf und öffnete die Tür.
Professor Horgankriss stand da und hielt sich rechts und links am Türrahmen fest. Einen Augenblick starrte er sie an, die Augen weit aufgerissen vor Verwunderung. Dann sagte er:
„Das Sekundenschiff hat die Erde erreicht! Es muß ganz dicht an uns vorbeigekommen sein."
„Was ist mit Ihren Instrumenten?" fragte Tim.
„Totale Monitor-Balance!" antwortete der Professor ernst.
Die Minims auf ihrem Sitzbrett rührten sich.
„Er will bloß sagen . . ." begann der erste Minim.
„Daß sie . . .", fügte der zweite Minim ein.
„ . . . überhaupt nichts angezeigt haben", schloß der dritte.
Einen peinlichen Augenblick lang warteten alle darauf, daß die letzten drei Minims noch eine unhöfliche Bemerkung hinterherschickten. Statt dessen kicherten sie alle sechs, und das klang so hübsch wie Bambusglöckchen im Wind. Wenn der Professor irgend etwas in der Hand gehabt hätte, dann hätte er bestimmt damit nach ihnen geworfen; zum Glück hatte er nichts.
„Aber es ist doch sicher ein gutes Zeichen, daß die Instrumente nichts registriert haben, oder?" sagte Tim schnell, um

die Lage zu retten. „Freuen Sie sich nicht darüber? Das bedeutet doch, daß dabei keine Luftverschmutzung entsteht und daß die Weltraum-Gesundheitsbehörde froh sein wird."

Der Professor machte ein finsteres Gesicht und schrie: „Natürlich gibt es dabei Luftverschmutzung! Es gibt immer Luftverschmutzung! Wozu arbeite ich überhaupt, wenn es keine gäbe?"

„Vielleicht ist dieser Protonenantrieb aber sauber", wandte Sanchez ein.

„Er ist nicht sauber!" wütete der Professor. „Wenn du Protonenenergie benutzt, dann zertrümmerst du die Atome, die Bausteine des ganzen Weltalls! Und dabei entstehen schädliche Strahlen, die überall Krankheit und Tod verursachen! Drücke ich mich jetzt einfach und deutlich genug aus? Benutze ich jetzt Worte, die jeder kapieren kann? Hören deine Tiere jetzt endlich auf, mich auszulachen? Krankheit und Tod! Habt ihr das verstanden? Und trotzdem haben meine Instrumente nichts aufgezeichnet!"

„Das ist wirklich schrecklich", sagte Große Mutter ruhig. „Was können wir jetzt für Sie tun?"

„Was kann ich schon machen, außer heimgehen und meinen Mißerfolg melden?" fragte der Professor verzweifelt und wischte sich das Gesicht mit einem grünen Seidentaschentuch.

„Ich weiß, ich bin bloß ein Laie in all diesen Fragen, Professor Horgankriss", sagte Nigel Pony, lehnte sich wieder auf dem Sofa zurück und wedelte sanft mit dem Vorderhuf. „Aber haben Sie sich schon einmal überlegt, ob wir nicht vielleicht zu weit draußen gewartet haben?"

„Wie meinen Sie das?" fragte der Professor gereizt. „Das Sekundenschiff mußte durch unseren Luftraum kommen, ganz egal wo der Startplatz war."

„Ja, aber vielleicht flog es schon zu schnell, als es an uns vorbeikam, und vielleicht konnten unsere Instrumente deshalb nichts aufzeichnen", meinte Nigel Pony. „Vielleicht schlüpft es einfach durch das Weltall, wenn es eine bestimmte Geschwindigkeit erreicht hat."

„Es wird bald wieder von der Erde zurück zum Mool fliegen; dann können Sie es noch einmal versuchen", sagte Tim tröstend.

„Sie meinen, wir sollten auf dem Mool landen und unsere Instrumente noch einmal einschalten?" Der Professor runzelte die Brauen.

„Das war Ihre Idee, Professor Horgankriss, nicht meine", sagte Nigel Pony.

Sanchez beobachtete, daß Nigel Pony dabei nicht einmal blinzelte, sondern den armen Professor nur ernsthaft ansah. Der stand da und wirkte sehr unsicher. Soweit Sanchez sich erinnern konnte, hatte Nigel Pony vorgeschlagen, näher an den Mool heranzufliegen, und nicht der Professor oder Tim. Nigel Pony schien es zu verstehen, die Ereignisse in die Richtung zu lenken, in der er sie haben wollte.

„Was meinen Sie dazu, Kapitän?" Der Professor wandte sich an den Alten Elias. „Glauben Sie, daß wir es schaffen, durch diesen Ring aus Monden zu kommen und auf dem Mool zu landen?"

Alter Elias schob seinen grünen Augenschirm so weit zurück, daß er über seinem Kopf aufragte.

„Ob wir das schaffen? Mit unseren Bremsraketen und Anti-Gravs lande ich dieses Raumschiff auch auf einem Fingerhut, der sich in einem Wasserwirbel dreht!" versicherte er.

Das Gesicht des Professors hellte sich auf; er lächelte beinahe.

„Sehr gut, Kapitän. Ich verlasse mich restlos auf Sie. Wir müssen die Geheimhaltung aufgeben. Wenn es nötig ist, muß ich mit diesem Mister Mool sprechen und meine In-

strumente vor der Tür der Halle aufbauen, in der er sein Sekundenschiff unterstellt", sagte der Professor.
„Soll ich alles startklar machen?" fragte Alter Elias eifrig. Er sehnte sich danach, wieder zu fliegen.
„Ich muß meine Instrumente fertigmachen und alles noch einmal nachprüfen." Der Professor wandte sich unter der Tür halb um. „Ja, machen Sie alles startklar für den Flug durch die Monde von Mool!"
Die Tür fiel hinter ihm zu. Alter Elias saß schon im Pilotensitz, und seine Hände glitten über die Griffe und Knöpfe im Armaturenbrett. Die anderen schauten sich an.
„Nein, so was!" bemerkte Nigel Pony leichthin. „Wer hätte gedacht, daß ich so bald auf meinen alten Heimatplaneten zurückkehre?"

3. Durch die Mool-Monde

Drache 5 wurde vom sanften Summen der Anti-Gravs aus dem dreitägigen Schlaf im Weltraum geweckt. Alter Elias saß wachsam an der Raketenschaltung, während Tim das alte Raumschiff vorsichtig wendete, bis es genau auf die Mitte des Mool gerichtet war.
Nun strömte die ganze Pracht des silbernen Lichtes in die Kabine, das die über vierhundert Monde widerspiegelten. Ein kugelförmiger Haufen von Kugeln, manche groß, manche klein, alle glänzend, so füllten die Monde des Mool den Himmel, so weit man nur sehen konnte. Alter Elias zog seinen Augenschirm herunter, und der Rest der Familienbesatzung griff nach den Sonnenbrillen. Tim bediente die Anti-Gravs, Sanchez das Laser-Funkgerät, Große Mutter war wie üblich bereit, jederzeit irgendeine Aufgabe zu

übernehmen, und arbeitete unterdessen weiter an ihrer Decke. Nigel Pony stand fest auf seinen vier Beinen, den Kopf auf Sanchez' Schulter gestützt. Jerk schlief.

„Zielpunkt Null", rief Tim, als die drei langen Antennen des Galaxis-Integrators vorne auf der Nase auf den Kurs eingestellt waren.

„Raketen fünf", antwortete Alter Elias und zog die Starter für die Düsen an den Steuerbord- und Backbordflügeln heraus.

Drache 5 bebte leicht von einem Ende zum anderen. Sein blau und silbern lackierter Rumpf warf das Licht der großen weißen Sonne hinter ihnen beinahe so hell zurück wie die Monde vor ihnen. Auf seiner Flanke stand in grünen Buchstaben WGB, mit einer schwarzen Spritzennadel darüber, das Wahrzeichen der Weltraum-Gesundheitsbehörde, für die *Drache 5* jetzt flog.

„Vier ... drei ... zwei ... eins ... zero!"

Auf zwei Feuerströmen sauste *Drache 5* mit einer Geschwindigkeit von fünf-, zehn-, zwanzigtausend Meilen pro Stunde auf die Barriere aus Monden zu, die vor ihm im All hing und ständig größer wurde.

„Er schlingert, nicht?" Alter Elias sprach laut aus, was sie alle schon bemerkt hatten: das Raumschiff zitterte und bebte und schlug beinahe aus, als die Geschwindigkeit immer größer wurde.

„So weit draußen und bei zwanzigtausend müßte er so ruhig liegen wie auf der festen Erde." Alter Elias prüfte beunruhigt alle Instrumente nach.

„Bei mir ist alles in Ordnung", rief Tim.

Drache 5 schlingerte wieder, und diesmal so heftig, daß der Großen Mutter beinahe die Handarbeit aus der Hand flog.

„Lieber Himmel, ein Glück, daß ich nichts auf dem Herd habe!" stieß sie aus.

„Ich versteh nicht, warum er . . ." sagte Alter Elias mit besorgter Stimme.
„Wenn ich als Laie etwas dazu bemerken dürfte . . ." sagte Nigel Pony.
„Was?" fragte Alter Elias.
„Ein Raumschiff von solch ehrwürdigem Alter schlägt wahrscheinlich immer wie ein junges Fohlen aus, wenn es mit zwanzigtausend Meilen Stundengeschwindigkeit durch eine dichte Sauerstoffatmosphäre fliegt", sagte Nigel ruhig.
„Eine dichte Sauerstoffatmosphäre?" schrie Alter Elias. „Wie kommen Sie denn darauf? Der Sauerstoff hört an der Troposphäre auf, sechzehn Meilen über der Oberfläche eines Planeten. Bis zu fünfzig Meilen gibt es in der Stratosphäre vielleicht noch Spuren von Sauerstoff. Aber wir sind noch immer vierzigtausend Meilen von den Monden weg. Also müssen es noch hundertfünfzigtausend Meilen bis zum Planeten Mool sein. Wir sind hier fast in einem vollkommenen Vakuum."
„Entschuldigen Sie bitte, Kapitän, aber Sie setzen voraus, daß Sie es mit einem normalen Planeten zu tun haben", widersprach Nigel Pony. „Der Mool ist aber kein normaler Planet. Keineswegs! Ich würde Ihnen vorschlagen, eine Luftanalyse zu machen."
Alter Elias nickte, während er das vibrierende Steuerrad gut festhielt.
Tim beugte sich vor und drückte drei Schaltknöpfe einen nach dem anderen. Ein grüner Bildschirm voller Zahlen leuchtete auf.
„Also, so was!" rief Tim überrascht. „Nigel Pony hat recht. Es ist schon genug Luft zum Atmen da, der Sauerstoff ist neunzig Prozent normal."
„Auf dem Mool gibt es fünfzig Prozent mehr Sauerstoff als anderswo, deshalb sind wir dort alle so munter", sagte Nigel

Pony. „An Ihrer Stelle würde ich das Tempo etwas drosseln, wenn Sie nicht alle miteinander blaue Flecken an den Sitzflächen haben wollen."

Alter Elias schaltete die Bremsraketen ein, die Geschwindigkeit verringerte sich, und der Flug wurde ruhiger.

„Wieso gibt es so weit draußen im Weltraum Sauerstoff?" fragte Tim.

„Der Mool ist ein alter Planet. Das Alter und das Steingras zusammen haben für reichlich Sauerstoff gesorgt", erklärte Nigel Pony gleichmütig.

„Was ist Steingras?" fragte Sanchez.

„Wenn ich mich recht an den Botanikunterricht erinnere, dann gehört das Steingras zu den Pilzen, obwohl es wie langes Blattgras ausschaut", antwortete Nigel Pony. „Es kann auf Erde und Stein und praktisch allem wachsen. Auch die meisten Monde des Mool sind damit bedeckt, und es produziert jede Menge Sauerstoff. Mir läuft das Wasser im Munde zusammen, wenn ich nur daran denke, daß ich bald wieder gutes, dunkles Steingras bekomme!"

„Schmeckt es gut?" fragte Sanchez.

„Es gibt im ganzen Weltall nichts, was so gut schmeckt." Nigel Pony schmatzte geräuschvoll. „Aber ich fürchte, ihr geht hin und kocht oder bratet es oder stellt sonst irgend etwas Trauriges damit an."

„Vielleicht kann man es frisch mit Öl und Essig anrichten, wie Kopfsalat?" schlug Große Mutter vor.

„Das wäre eine angenehme Abwechslung", stimmte Nigel Pony zu.

„Wenn dieses Steingras auch auf den Monden des Mool wächst, dann müssen sie auch bewohnbar sein! Wenn man hingelangen könnte. Dann muß es dort genug Luft zum Atmen geben, und als Nahrung hat man das Gras." Tim hatte sich schon alles genau überlegt.

„Wenn man hingelangen könnte?" Nigel Pony schnaubte

leise. „Liebes Kind! Die Geschichte des Planeten Mool ist viele tausend Jahre alt, und es wird darin kein einziges Mal von irgendeiner Zeit berichtet, in der meine Rasse nicht auf den Monden gelebt hätte, und zwischen ihnen und dem Mool hin und her gereist wäre."

Tim kam sich ein bißchen dümmlich vor, aber er wandte ein: „Aber Sie hatten doch keine Raumschiffe, bis dieser Mister Mool das Sekundenschiff erfunden hat."

„Sekundenschiff", wiederholte Nigel Pony nachdenklich. „Ein unerfreulicher Name, für meine Ohren. Er erinnert mich an Fertig-Pudding. Milch hinzufügen und kurz umrühren! Du verstehst doch, wie ich das meine?"

„Aber Sie hatten keine Raumschiffe, nicht wahr?" beharrte Tim.

„Wenn man auf dem besten Planeten im Weltall lebt, vergeudet man nicht viel Energie darauf, einen Weg zu finden, um ihn zu verlassen", erklärte Nigel Pony etwas herablassend. „Du hast recht: wir hatten keine Raumschiffe, bis Mister Mool seine bemerkenswerte Erfindung machte. Unsere Vulkane pumpen einen unerschöpflichen Vorrat an Hydrohelioid-Gas herauf, das viel leichter als Luft ist. Wir sammeln es in Ballons und bauen damit Wolken-Klipper, mit denen wir bequem und verhältnismäßig schnell zwischen unserem Planeten und unseren Monden hin und her reisen."

„Was nennen Sie ‚verhältnismäßig schnell'?" drängte Tim weiter.

„Bruder, ich habe die Vorderhufe schon über dem Kopf", sagte Nigel Pony. „Ich ergebe mich. Ich gestehe alles. Du hast mich in die Ecke getrieben. Mit verhältnismäßig schnell meine ich, daß man ungefähr eine Woche braucht. Aber was ist eine Woche, wenn man frische Luft und angenehme Gesellschaft hat? Auf dem Mool hat es niemand eilig."

„Kennen Sie diese Monde einigermaßen?" fragte Alter

Elias und rutschte unruhig auf seinem Pilotensitz herum.
„Ich bin auf dem da geboren worden." Nigel Pony zeigte mit dem Vorderhuf vage auf die Barriere aus hell schimmernden Kugeln.
„Dann wäre es sehr freundlich von Ihnen, wenn Sie uns einen leichten Weg da hindurch zeigen könnten, denn ich sehe keinen", sagte Alter Elias. „Nach meinen Karten müssen alle Flugschiffe, die aus dem Weltraum kommen, auf einem von den großen Monden landen."
„Auf dem dort! Wir nennen ihn das ‚Tor zum Dunkel'." Nigel Pony zeigte nach links. „Von dort aus reisen die Passagiere mit einem Wolken-Klipper zum Mool hinunter."
„Aber wir möchten mit unserem eigenen Raumschiff da runter, und zwar bevor das Sekundenschiff zurückkommt", erklärte Alter Elias.
„Die übliche Flugschneise führt zwischen dem ‚Tor zum Dunkel' und dem ‚Auge der Sonne' hindurch, dort drüben." Nigel Pony zeigte darauf. „Aber dort ist vielleicht zu viel Verkehr. Ich schlage vor, wir nehmen lieber die enge, aber leere Passage da rechts von uns, fünfunddreißig Grad, zwischen dem Mond ‚Seufzer der Luft' und dem kleinen Mond ‚Windpeitsche'."
„Wie Sie wollen", brummelte Alter Elias.
„Und dürfte ich vielleicht . . ." Nigel Pony zögerte.
„Ich nehme an, Sie wollen selbst steuern." Die Stimme des Alten Elias klang gereizt.
„Ich werde so vorsichtig sein, daß Sie meinen, ein Federkissen säße am Steuer", sagte Nigel.
Der Alte Elias schob sich widerstrebend aus dem Pilotensitz, und Nigel Pony nahm an seiner Stelle dort Platz. Seine beiden Vorderhufe faßten sicher nach dem Steuerrad.
„Und könnte ich bitte einen Augenschirm haben?"
Der Alte Elias seufzte und setzte Nigel seinen eigenen auf.
„Wie großartig, daß mein Planet der hellste und glänzendste

im ganzen bekannten Universum ist!" bemerkte Nigel zufrieden wie zu sich selbst.
Drache 5 steuerte sicher auf den Wall aus Monden zu. Die riesigen Kugeln türmten sich rundum auf und füllten die Kabine mit beinahe unerträglichem Licht. Berge, Täler und Ebenen waren darauf zu erkennen, aber sie spiegelten noch immer silbernes Licht wider.
Die Farben veränderten sich erst, als *Drache 5* in einem kühnen Bogen in den Spalt zwischen dem großen „Seufzer der Luft" und der kleinen, zerklüfteten „Windpeitsche" einbog.
„Jetzt werden sie dunkelgrün, ganz dunkelgrün und schattig", meldete Sanchez vom Ausguck.
„Das ist ihre richtige Farbe", erklärte Nigel Pony. „Das Silber ist nur das Spiegelbild der Sonne. Wenn ich an all das Steingras dort denke ... Nein, führt mich nicht in Versuchung! Ich muß warten."
Drache 5 schoß wie ein Feuervogel durch den finstern Himmel zwischen den beiden Monden. Der Platz dazwischen sah sehr eng aus, aber er war doch mindestens dreißig bis vierzig Meilen breit.
„Wieso stoßen sie nicht zusammen?" fragte Sanchez und betrachtete die dunkelgrünen Hänge rechts und links. „Bei vierhundertundachtzig Monden sollte man meinen, daß manchmal welche zusammenrumpeln."
„Die Astronomen sagen, daß das früher ziemlich oft passiert sein muß", antwortete Nigel Pony. „Aber das ist schon Millionen Jahre her, und seitdem sind sie ruhig an ihren Plätzen geblieben. Sie halten sich gegenseitig dort fest."
„Das liegt an der Schwerkraft", sagte Tim.
„Ja, ist die Wissenschaft nicht wunderbar?" Nigel schnaubte wieder und lugte dann in die Dunkelheit. „Schaut mal, da ist endlich der Mool."
Alle starrten in die Dunkelheit, die solch ein Gegensatz war

zu dem grellen Licht, an das sie sich seit drei Tagen gewöhnt hatten.
In der Ferne war die schwach grüne Kugel eines Planeten zu erkennen, wie gefleckt mit verschwommenen silbernen Mustern, welche die Monde und die kaum sichtbare Sonne auf ihn warfen; aus dieser Entfernung sah er nicht viel größer als manche der kleinen Monde aus.
„Ist das der Mool?" Sanchez war enttäuscht. „Ist es nicht ziemlich niederdrückend, dort zu leben?"
„Niederdrückend?" stieß Nigel Pony aus. „Wir leben in immerwährendem grünem Dämmerlicht, als ob wir von grünen Äpfeln oder von einem Wald aus Moos umgeben wären! Wie kannst du das niederdrückend finden? Mool ist der schönste Planet im ganzen Weltall! Und ich komme jetzt endlich wieder dorthin zurück! Ich bin so froh, daß ich am liebsten laut singen würde. Aber ich werd's nicht tun, weil euer Vater sonst meint, ich paßte nicht auf beim Fliegen, und das möchte ich nicht. Wartet nur ab, bis ich euch dort alles zeige. Mool ist frei! Es ist der einzige Planet, auf dem Feuer, Wasser, Luft und Erde alle mehr oder weniger tun und lassen, was sie wollen."
„Das Feuer?" fragte Sanchez.
„Es gibt überall Vulkane und Flammenflüsse", antwortete Nigel. „Wenn ihr genau hinschaut, dann könnt ihr die größten Krater sogar schon von hier oben sehen."
Das stimmte; hier und da waren winzige rote und gelbe Punkte und Linien zu erkennen.
„Und das Wasser?" wollte Tim wissen.
Nigel Pony warf den Kopf zurück und stieß ein langes, helles, wieherndes Lachen aus.
„Das Wasser?" wiederholte er. „Ihr wißt doch, was mit euren Meeren auf der Erde passiert, an denen bloß ein einziger, mittelgroßer Mond zieht?"
„Ebbe und Flut", sagte Sanchez.

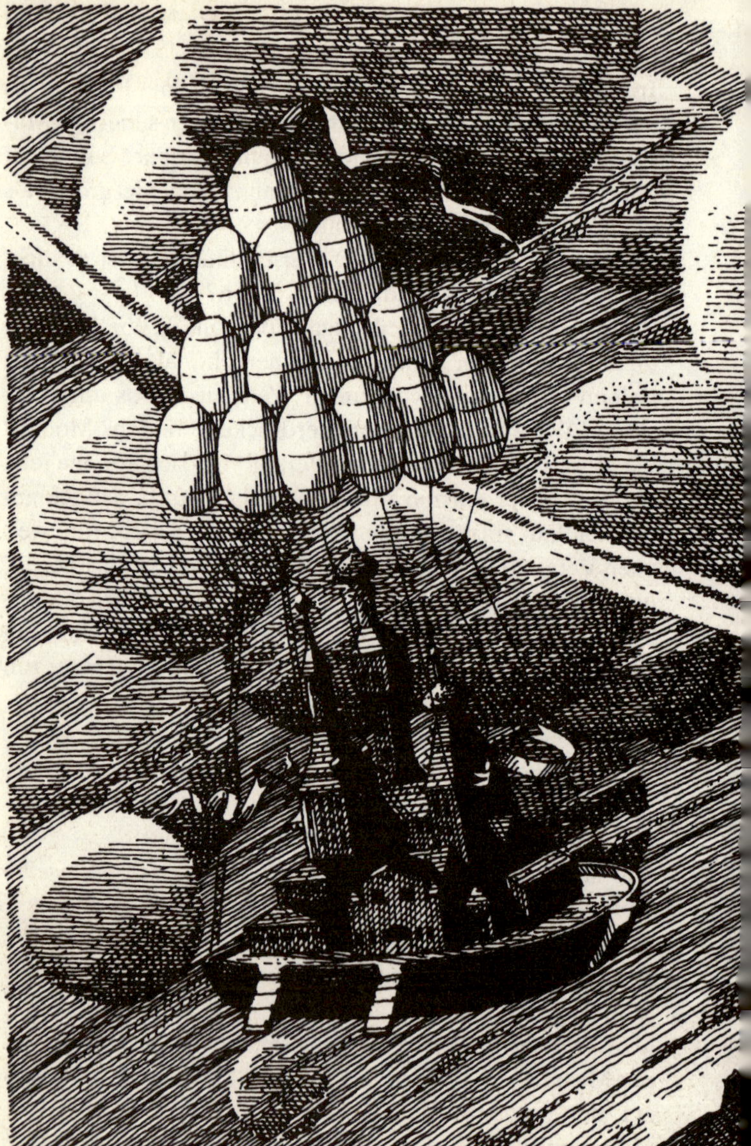

„Die Differenz kann manchmal bis zu zwanzig Metern betragen", fügte Tim hinzu.
„Genau", sagte Nigel Pony. „Nun, dann könnt ihr euch vorstellen, was mit unseren Meeren los ist, die viel kleiner sind als eure, und an denen vierhundertundachtzig Monde herumzerren!"
„Lieber Himmel", sagte Tim und dachte darüber nach.
„Eure Meere müssen verrückt spielen!" sagte Sanchez.
„Du sagst es", schnaubte Nigel. „Jetzt wißt ihr, warum ich behauptet habe, daß Erde, Feuer, Wasser und Luft machen, was sie wollen."

„Wir müssen den Fotoapparat herausholen", sagte Große Mutter. „Wir können bestimmt ein paar gute Farbdias machen."
„Ich glaube, ich werde das Steuer wieder übernehmen." Der Alte Elias war nach Nigels Flug durch die Mondbarriere sehr gereizt. „Ich muß fliegen, solange es geht. Bald sitzen wir wieder auf irgendeinem blöden Provinz-Planeten fest und können warten, bis wir Wurzeln schlagen."
Nigel Pony überließ ihm den Platz am Steuer und stellte sich wieder hinter Sanchez beim Laser-Funk. Große Mutter stand auf und begann, das Abendessen zu richten: Gemüse-Risotto und dazu eine Riesenportion Salat für Nigel Pony. Die guten Gerüche füllten die Kabine, während die grüne Scheibe des Mool langsam, langsam immer näher rückte und größer wurde. Die vielen Monde blieben als schwarze Formen hinter *Drache 5* zurück und verliehen dem Himmel ein furchterregendes Aussehen. Nur dünne Lichtstrahlen fielen von der Sonne auf den Mool, wurden von dort reflektiert und überzogen die Monde mit einem eigenartigen silbernen Muster.
„Großes fliegendes Objekt in achtundzwanzig Meilen Entfernung", meldete Sanchez von seinem dreidimensionalen Radargerät. „Dreizehn Grad rechts, sechsundvierzig Grad nach unten."
„Wir weichen ihm aus", sagte Alter Elias, als er das Raumschiff nach links steuerte.
„Kannst du es auf den Bildschirm bekommen?" fragte Nigel.
„Für einen Augenblick sicher", meinte Tim und stellte den Apparat scharf genug ein. Plötzlich tauchte ein seltsames Bild auf: ein riesiges Bündel ovaler Ballons, wie eine Pyramide übereinander aufgetürmt, trug ein breites, flaches Boot mit einem geschwungenen Kiel. Auf dem Boot sah man die fantastischen Umrisse von Türmen, Erkern und

Zinnen. Sie waren schwarz und golden gestrichen, während das Bündel Ballons fünf verschiedene Töne von Blau zeigte.
„Die steigen aber schnell", bemerkte Tim.
„Das sieht aus wie eine fliegende Stadt", sagte Sanchez.
Nigel lehnte sich vornüber und schaute zum Fenster hinaus, seufzte und sagte:
„Das ist ein Schul-Kreuzer. Sie sind vermutlich unterwegs, um die verschiedenen Weiden auf den Monden zu testen. Ach ja, ich erinnere mich..."
„Wächst denn nicht auf allen Weiden nur Steingras?" fragte Sanchez.
„Ja, aber es schmeckt auf jedem Mond anders", erklärte Nigel. „Und eigentlich ist die Reise das Wichtigste, nicht das Ziel. Ich erinnere mich noch an meine Schulreisen, als ob sie gestern gewesen wären – mit singen, tanzen, Wettkämpfen..."
„Unsere Schule ist ganz anders." Sanchez warf der Großen Mutter einen mißmutigen Blick zu. „Wir werden dort die ganze Nacht in Zellen gesteckt, wo uns die Gehirne mit allem möglichen Zeugs gefüllt werden. Und den ganzen nächsten Tag lang werden wir danach gefragt. Wir finden das scheußlich!"
„Das ganze Leben sollte ein Vergnügen sein. Nur so kann man etwas lernen", sagte Nigel.
Große Mutter runzelte die Stirn. Sie hatte immer ziemlich große Mühe, Tim und Sanchez zu überreden, wenigstens hin und wieder einmal eine Woche lang in die Schule zu gehen, wenn sich gerade Gelegenheit dazu bot. Und sie wollte nicht, daß Nigel Pony sie noch mehr gegen die Schule aufbrachte.
„Das ist gut und schön", begann sie. „Aber..."
Plötzlich dröhnte schrilles Wiehern, das von hohen zu tiefen Tönen wechselte, durch die Kabine.

„Funkkontakt", sagte Sanchez. „Irgend jemand versucht, zu uns durchzukommen. Das müssen die Pferde von Mool sein!"

4. Die Landung in den grünen Schatten

Sie zögerten einen Augenblick und überlegten, wie sie sich bei dieser ersten Begegnung mit der Welt der Pferde verhalten sollten. Da trat Nigel Pony schon vor und sagte energisch:
„Ich werde antworten; ich spreche ihre Sprache, und ihr nicht."
„Nein!" sagte Alter Elias schnell. „Die sollen Englisch mit uns sprechen. Das ist die internationale Weltraumsprache für den Flug- und Funkverkehr."
Nigel Pony schaute ein wenig gekränkt drein. Sanchez sprach ins Mikrofon:
„Hier spricht *Drache 5* beim Einflug aus dem Weltraum. Wir hören euch. Ende."
Es gab eine kurze Pause, dann war die ruhige Stimme eines Pferdes zu hören, das bedachtsam Englisch sprach:
„Mool Bodenstation an *Drache 5*. Alle Schiffe aus dem Weltraum landen auf der Raumstation auf dem Mond ‚Tor zum Dunkel'. *Drache 5* befindet sich jetzt innerhalb des Mondkreises mit Kurs auf Mool. Was ist der Zweck des Fluges, bitte?"
Sanchez schaltete den Sender aus, damit die Bodenstation nicht hörte, wie sie miteinander sprachen, und drehte sich zu den anderen um. Im gleichen Augenblick flog die Tür zum Laderaum auf und Professor Horgankriss kam herein, um erstens nachzuschauen, wie es mit dem Abendessen stand,

und zweitens herauszufinden, was das laute Wiehern zu bedeuten hatte.
„Was sagen wir der Bodenstation?" fragte Sanchez. „Müssen wir unseren Auftrag noch immer geheimhalten?"
„Ich glaube nicht, daß es irgend etwas einbringt, die Tatsachen zu verschweigen, nicht wahr?" fragte Nigel Pony und schaute sie alle an.
„Nun, vielleicht sollten wir lieber eine Weile abwarten, in ein paar tausend Meter Höhe, bis dieses Sekundenschiff . . ." begann Alter Elias.
Nigel Pony unterbrach ihn: „Was meinen Sie, Herr Professor? Hatten Sie nicht beschlossen, persönlich mit diesem Mister Mool zu sprechen, wie er sich nennt? Sie wollten doch genau herausfinden, was er mit seinem Protonenantrieb anrichtet, die Luftverseuchung und so weiter."
„Die Luftverseuchung!" Der Professor nahm das Stichwort auf. Große Mutter reichte ihm einen Teller voll dampfendem, köstlich duftendem Risotto. „O ja, darum müssen wir uns kümmern! Das Problem offen behandeln! Das ist der einzige Weg!"
„Und Sie wollen nicht erst abwarten, bis das Sekundenschiff von der Erde zurückkommt, und selber Messungen machen?" fragte Tim nachdenklich.
Der Professor zögerte einen Augenblick, dann stach er mit der Gabel in einen mit braunem Reis gefüllten Champignon und antwortete heftig: „Negativ!"
„Er meint: nein", flüsterten die ersten drei Minims laut.
„Gib mir das Mikrofon", befahl der Professor mit vollem Mund. Sanchez warf seinem Vater einen Blick zu und gab es ihm dann.
„*Drache 5* an Mool. Hören Sie mich?" begann der Professor.
„Nicht sehr gut", antwortete die Stimme im Funkgerät.
Der Professor schluckte den Bissen herunter und sprach

weiter: „Hier spricht Professor Horgankriss; ich habe mich im Auftrag der Weltall-Gesundheitsbehörde hierher begeben, um die Aspekte der eventuellen Risiken der Radiationen auf dem Mool nach den Flügen des neuen Sekundenschiffes zu analysieren. Es ist möglich, daß ich den weiteren

Gebrauch des Protonenantriebs untersagen muß, und deshalb ist es wichtig, ich wiederhole: wichtig, daß ich zu dem schnellstmöglichen Termin mit Mister Mool, dem Erfinder, konferiere. Ende der Durchsage."
Das Laser-Funkgerät schwieg. Nigel Pony lehnte sich zurück und schaute sehr zufrieden drein. Tim schaute Sanchez an und hob eine Augenbraue.
„Er will bloß sagen . . ." wisperte der erste Minim sehr deutlich in die Stille.
„Daß er gekommen ist . . ." flüsterte der zweite.
„Um einen Haufen Scherereien zu machen", schloß der dritte. Die Minims wiegten sich auf ihrem Sitzbrett hin und her und drückten sich nervös aneinander.

„Als ich dieses Raumschiff gechartert habe", begann der Professor ärgerlich...
„Mool Bodenstation an *Drache 5*", meldete sich die Stimme im Funkgerät. „Landen Sie bitte eine Meile nördlich des Vulkans, der ‚Die Weiße Mähne des Feuers' genannt wird. Er ist auf den Generalkarten eingezeichnet. Dort werden Sie mit Anti-Gravitations-Transport abgeholt und für ein Interview zu Mister Mool gebracht. Sind Sie damit einverstanden?"
Professor Horgankriss grinste breit und antwortete: „Restlos einverstanden! Ende der Durchsage."
„Das freut uns", sagte die Radiostimme. „Ende."
Der Professor wandte sich an die Besatzung. „Also, was habe ich Ihnen gesagt? Man muß so etwas nur gleich richtig organisieren. Ich werde es ihnen schon zeigen! Ich beschaffe mir alle Fakten und Daten!"
Alle setzten sich zum Essen hin, ehe der Risotto ganz kalt wurde.
Der Mool war ein großer, grüner Schatten, der vor den Kabinenfenstern immer größer wurde. Nach dem Abendessen wuschen die Buben das Geschirr ab, und Nigel Pony stand auf und half ihnen, obwohl sie ihn gar nicht darum gebeten hatten. Der Professor war auf dem Sofa eingeschlafen; Große Mutter arbeitete an ihrer Decke, und Alter Elias war glücklich, weil er ganz allein fliegen und steuern konnte.
„Also, jetzt erzählen Sie uns mal die Wahrheit", sagte Sanchez und gab Nigel Pony einen freundschaftlichen Schubs.
„Tu ich das nicht immer?" Nigel grinste.
„Nun, einen Teil davon", antwortete Tim taktvoll. „Und Sie erzählen keine Lügen."
„Haben Sie wirklich als zählendes Pferd im Zirkus Chipperfield gearbeitet?" fragte Sanchez.
„Habe ich." Nigel nickte und trocknete sorgsam einen Teller ab. „Aber nicht lange. Es wird ziemlich schnell langwei-

lig, so zu tun, als sei man dumm. Und nicht einmal meine schlimmsten Feinde behaupten das von mir."
„Warum sind Sie zum Zirkus gegangen?"
„Sie sind doch Wissenschaftler, oder?" drängte Tim.
„Sagen wir mal, ich bin Experte für den Mool", antwortete Nigel Pony vorsichtig. „Deshalb arbeite ich jetzt mit dem Professor bei der Gesundheitsbehörde."
„Und der Zirkus?" erinnerte Sanchez ihn.
„Das ist schon eine Weile her, und es gehörte zu einem anderen Job", sagte Nigel vage. „Sagen wir mal, ich wollte herausfinden, wie das ist, ein Pony zu sein in einer Welt, in der die Menschen herrschen."
„Und wie war es?"
„Trockenes Heu, von dem ich Niesanfälle bekam; Karotten, Zucker, und ein Haufen von kleinen Mädchen, die auf mir sitzen wollten!" Nigel schnaubte aufgebracht. „Am schlimmsten waren der Sattel und der Gurt. Die habe ich wirklich verabscheut. Auf dem Mool gibt es keine Sättel! Manche Pferde lassen euch vielleicht einmal auf ihrem Rücken sitzen, um euch einen ganz besonderen Gefallen zu tun, weil ihr nur zwei Beine habt, aber ‚reiten' dürft ihr sie nicht."
„Oh!" Sanchez konnte seine Enttäuschung nicht verbergen. Er hatte sich schon auf einen ganzen Planeten voller Pferde gefreut und gehofft, sie würden nicht alle so intelligent sein wie Nigel Pony.
Nigel schaute ihn von der Seite an und sagte traurig: „Du wirst nicht viel von mir halten, wenn du die richtigen Pferde auf dem Mool siehst. Sie sind groß und schön und sehr schnell."
„Sie sehen prima aus", sagte Sanchez, „Sie haben ein wunderschönes Fell."
„Schmaler Kopf, perfekte Schultern, tadelloser Gang, aber bloß ein Meter Schulterhöhe", sagte Nigel Pony düster.

„Nun ja, das ist eben der Preis dafür, intelligent zu sein."
„Glauben Sie wirklich, daß dieser neue Protonenantrieb gefährlich ist? Und daß er die Atmosphäre zerreißen und mit schädlichen Strahlen verseuchen kann?" fragte Tim, der wohl sah, daß Nigel Pony niedergeschlagen war.
„Niemand weiß das genau." Nigel hängte das Geschirrtuch ordentlich auf. „Das ist ja das Interessante an dem Sekundenschiff und dem Protonenantrieb: wir wissen überhaupt nichts darüber. Niemand hatte jemals irgend etwas davon gehört, und plötzlich ist es Tagesthema im ganzen Weltall, und alle großen Weltraum-Fluggesellschaften stehen bei Mister Mool Schlange und wollen es kaufen."
Nigel Pony zeigte mit einer Kopfbewegung hinunter auf den grünen Planeten. „Unser Professor wird feststellen, daß er nicht der einzige ist, der sich mit dem berühmten Mister Mool unterhalten möchte. Eine Menge Leute haben genau den gleichen Wunsch. Dabei weiß niemand, worum es eigentlich geht, und genau das interessiert mich an diesem Protonenantrieb: eine Menge Geld und keine nachprüfbaren Tatsachen. Natürlich kann das Ding gefährlich sein. Vielleicht benutzt es einen riesigen Gas-Laser, der mit gebündelter Strahlung einen ganzen Planeten in Nichts auflösen kann, wenn er ihn voll trifft. Immerhin ist aber unser guter, alter Mool noch da. Und wenn irgend jemand diesem Geheimnis auf den Grund kommen kann, dann der Professor. Der Meinung seid ihr doch auch?"
Tim und Sanchez betrachteten den Professor: er lag auf dem Sofa, ein seidenes Taschentuch auf dem Gesicht, und hielt ein Nickerchen. Sanchez glaubte nicht, daß der Professor überhaupt irgendeinem Geheimnis auf den Grund kommen würde, und er glaubte auch nicht, daß Nigel Pony ihm das zutraute. Er schielte zu Nigel hin und stellte fest, daß Nigel Pony ihn ebenfalls von der Seite anschielte. Sie brachen alle drei in Lachen aus.

Als sie sich wieder beruhigt hatten, meinte Tim: „Ich finde, das Seltsamste daran ist, daß die Pan-Weltall- und die Trans-Weltall-Fluggesellschaften bereit sind, Millionen und aber Millionen auszugeben. Und daß sie obendrein das Risiko eingehen, die ganze Atmosphäre zu zerstören, bloß um die Leute in drei Sekunden durch das Weltall zu transportieren, statt in drei Stunden."
„Daran sind sie nicht allein schuld; daran sind auch die Passagiere schuld, die sich einreden, sie hätten keine drei Stunden Zeit", sagte Sanchez. „Wenn die Leute sich weigern würden, mehr zu bezahlen, um noch schneller zu reisen, dann würden die Raumschiffe auch langsamer fliegen, genau wie die Pferde, die sich eine Woche Zeit lassen, um von Mool zu seinen Monden zu fliegen."
„Man kann eben nicht von allen Leuten erwarten, daß sie so intelligent wie ein Pferd sind", sagte Nigel Pony nachsichtig. „Das hängt wohl auch mit dem Selbstvertrauen zusammen, das man bekommt, wenn man vier tüchtige Beine besitzt. Jetzt werde ich eurem Vater meine Hilfe bei der Landung anbieten, obwohl er wahrscheinlich nicht sehr erfreut darüber sein wird."
Drache 5 stieß in einem großen Bogen vom Norden zum Süden auf den Mool herab. Aus zwanzigtausend Meter Höhe sah der Planet noch immer dunkel und schattig aus, aber man sah auch Hunderte von hellen Feuerlöchern und Flammenseen von den vielen Vulkanen. *Drache 5* überflog den Südpol und sauste an der anderen Seite des Planeten wieder in Richtung Nordpol. Dabei überquerte er ein kleines, dunkles Meer.
„Jetzt sind wir gleich da." Nigel Pony zeigte auf eine Kette von rauchumwölkten Vulkanen am Horizont. „Der hohe, schmale da drüben, der zweite von links, das ist die ‚Weiße Mähne des Feuers'."
„Bremsraketen in Stufe drei", befahl Alter Elias.

„Bremsraketen in Stufe drei gezündet", meldete Tim zurück.
Die Bremsraketen auf den kurzen, geschwungenen Heckflügeln spuckten Flammen, die wie bei einem Feuerwerk in roten Funkenbündeln hinter ihnen zurückblieben.
„Bremsraketen in Stufe fünf!" befahl Alter Elias, als der spitze Vulkan mit dem herabfallenden weißen Schleier aus glühendem Gas näher rückte.
„Bremsraketen in Stufe fünf gezündet", meldete Tim.
„Anti-Gravs auf halber Kraft ausfahren", sagte Alter Elias und führte das gleichzeitig selbst aus. Ein Summen lief durch das alte Raumschiff: es flog nun mit teilweiser Gewichtslosigkeit.
„Entschuldigen Sie bitte, wenn ich als Laie . . ." begann Nigel Pony.
„Was ist?" knurrte Alter Elias.
„Ich wollte nur sagen, daß ich nicht direkt über den Krater der ‚Weißen Mähne des Feuers' fliegen würde, wenn ich der Flugkapitän wäre", schloß Nigel Pony.
„Nun, Sie sind's aber nicht!" gab Alter Elias gereizt zurück und flog in kaum dreitausend Meter Höhe schnurgerade über das Feuerloch des Vulkans hinweg.
Zischend schoß *Drache 5* innerhalb von Sekunden beinahe kerzengerade mehr als tausend Meter in die Höhe, von dem Hydrohelioidgas hochgeschleudert, das wie ein Geyser aus dem Vulkan strömte und leichter als Luft war. Jerk, die Minims, Große Mutter und ihre Handarbeit landeten alle zusammen in einem Knäuel vor dem Kochherd. Aus dem Laderaum tönte das Splittern von brechendem Glas und der Schrei „Meine Instrumente!" vom Professor.
„Jetzt wißt ihr wohl endlich, wozu die Sicherheitsgurte da sind", sagte Alter Elias und mühte sich ab, um das Raumschiff wieder in seine Gewalt zu bekommen.
„Über den Vulkangipfeln gibt es meistens thermische Auf-

winde", bemerkte Nigel Pony, der auf seinen vier Beinen ganz sicher stand. Er zeigte hinunter. „Dort drüben sollen wir landen."

Alter Elias runzelte die Brauen und brummte: „Da unten ist rundherum ein Graben voll flüssiger Lava!"

„Die Bodenstation hat gesagt, eine Meile nördlich vom Vulkan", erinnerte Nigel Pony ihn.

Die Raketen waren ausgeschaltet; von den Anti-Gravs getragen, schwebte *Drache 5* wie eine blau-silberne Möwe langsam immer tiefer und tiefer auf den seltsamen grünen Planeten hinab, durch den sich Bänder aus Feuer zogen.

„Anti-Gravs volle Kraft!"

Mit leisem Surren landete *Drache 5* auf einer weiten Wiese voll hohem, dunklem Gras.

„Großartig!" sagte Nigel Pony und ging und half der Großen Mutter auf die Beine und ließ sich von den Minims als Leiter benutzen, damit sie wieder auf ihren Sitz hinaufklettern konnten. „Hurra für unseren Flugkapitän!"

„Das verschieben wir, bis wir aufgeräumt haben", meinte Große Mutter und warf dem Alten Elias einen vielsagenden Blick zu.

5. Der Professor verschwindet

Sanchez öffnete als erster die Tür, aber Nigel Pony war als erster mit einem gewaltigen Sprung draußen.

„Endlich wieder daheim!" schrie er und galoppierte rund um das Raumschiff herum, schlug dabei wild hinten aus und wieherte hell. Sanchez sprang vorsichtig hinunter und schaute sich um. Das Gras war weich, nicht federnd; die Luft kühl, und das grüne Licht glich der Abenddämmerung im

Sommer eine halbe Stunde nach Sonnenuntergang. Irgendwo sang ein Vogel; sein Lied begann mit einem Pfeifenton und endete wie eine Glocke. Es gab keine Büsche und Bäume, aber die Kegel der spitzen Vulkane ragten rundum am Horizont auf wie ein schönes, schwarzes Muster.
„Mmm! Mmmm! Mmmm!"
Nigel Pony kaute so eifrig Steingras, als ob er noch nichts zum Abendessen bekommen hätte, keinen Gemüse-Risotto und keinen Salat.
„Schmeckt es gut?" fragte Sanchez.
„Probier's mal!"
Sanchez rupfte einen langen Halm aus und knabberte daran.
„Saftig", stellte er fest. „Ich kann verstehen, daß Sie das am liebsten haben."
„Die ganze Zeit in einem Raumschiff eingesperrt, und jetzt all diese Meilen und Meilen Wiese, um darüber zu galoppieren!" rief Nigel Pony heftig. „Wenn ich doch bloß ein Vollblut wäre, einsfünfzig hoch und mit blaßgoldenem Fell, dann könnte ich all das noch besser würdigen! ... Entschuldigt mich bitte, aber jetzt muß ich mich erst einmal austoben."
Plötzlich begann Nigel Pony mit überraschend tiefer Stimme zu singen:

> *„My Bonnie is over the ocean,*
> *my Bonnie is over the sea ..."*

In leichtem Galopp umkreiste er noch einmal *Drache 5* und zog dann in einem weiten Bogen über die Wiese. Eine Weile war sein Singen noch zu hören ... *„Oh bring back my Bonnie to me ..."* Dann verklang es irgendwo in der grünen Dämmerung, und die Besatzung von *Drache 5* blieb allein zurück.
Tim hatte dem Professor geholfen, die Instrumente wieder

zusammenzubauen; nun sprang er auch aus dem Raumschiff. Der Professor reichte ihm ein kleines braunes Köfferchen zu und kletterte dann vorsichtig über die Leiter auf den Boden hinunter. Große Mutter stand unter der Tür und schaute zu.

„So, und wo ist der Anti-Gravitations-Transport, den man mir zugesagt hat? Und ist es hier jetzt Abend oder Morgen?" fragte der Professor.

„Weder das eine noch das andere", erklärte Tim. „Es gibt hier so viele Monde am Himmel, daß nicht viel Sonnenlicht dazwischen durchkommt; und bei Nacht leuchten die Monde nicht sehr hell, weil eben auch nicht viel Sonnenlicht auf sie fällt. Ich glaube, hier ist es immer so dämmerig. Es kann Morgen oder Abend sein."

„Sogar die Blumen sind weiß oder nur blaßgrün", sagte Sanchez, der schon begonnen hatte, zu botanisieren.

„Hmmm!" machte Professor Horgankriss. „Wahrscheinlich hat die Verseuchung der Atmosphäre schon eingesetzt. Ich darf keine Zeit verlieren!"

„Schaut mal!" schrie Sanchez schrill. „Papa, hol die Schreckpistole! Schnell! Da kommt eine Riesenspinne genau auf uns zu!" Er zeigte mit ausgestrecktem Arm darauf. Alle schauten auf.

„Lieber Himmel!" stieß Große Mutter aus. „Kommt sofort in die Kabine, Kinder!"

Vor dem blassen Himmel hob sich wie eine schwarze Silhouette die Gestalt eines gewaltigen Geschöpfs ab, mindestens zehn Meter hoch, das auf vier langen Beinen mit vielen Gelenken, die beim Gehen rhythmisch knackten, im Eilmarsch auf *Drache 5* zu marschierte.

Alter Elias erschien unter der Tür, mit einer altmodischen Schreckpistole bewaffnet. Das gräßliche Tier war nur noch fünfzig Schritte entfernt. Es schien bloß aus langen Beinen und einem komischen kleinen Kopf hoch oben zu bestehen.

Sanchez und der Professor gerieten sich gegenseitig in den Weg, weil sie beide gleichzeitig die Leiter hinauf wollten. Aber Tim blieb ruhig stehen und beobachtete das Geschöpf. Alter Elias legte schon die Pistole an und versuchte, in der Dämmerung auch richtig zu zielen.
„Tim! Hast du nicht gehört?" rief Große Mutter besorgt.
„Immer mit der Ruhe!" rief Tim zurück. „Und schieß bloß nicht!" fügte er hinzu, als er die wackelnde Pistole sah. „Das ist ein Anti-Grav, keine Spinne!"
Tim hatte recht. Sanchez hatte das Wort „Spinne" benutzt, und daraufhin hatten sie eben alle auch eine „Spinne" gesehen. In Wirklichkeit war es ein Anti-Grav in einer Form, die neu und ungewohnt für sie war. Vier lange, gelenkige Beine trugen es mit Riesenschritten querfeldein, und der Fahrer, ein Pferd, stand oben auf einer Plattform. Seine Beine steckten in vier gamaschenähnlichen Muffen, durch die er die langen, mechanischen Beine mit Hilfe von Hebelkraft in Bewegung setzte und steuerte.
„Das sieht den Pferden ähnlich, daß sie alles anders machen", lachte Tim.
„Es hat aber wirklich ausgeschaut wie eine Spinne", sagte Sanchez besorgt.
„Ein galoppierendes Anti-Grav!" sagte Tim. „Wir denken immer gleich an Flügel oder Räder, wenn es um Transportmittel geht, und die Pferde denken eben an vier Beine."
Das neue Anti-Grav kam schwankend neben *Drache 5* zum Stehen. Mit einem letzten Knacken falteten sich alle vier Beine zusammen, bis der Fahrer auf der Plattform beinahe auf dem Boden stand. Es war ein schweres braunes Pferd mit etwas barschem Gesicht, das nun einen Blick auf seine Instrumententafel warf.
„Hor-gan-kiss..." las es langsam ab. „Heißt hier jemand so?"
„Der Name ist falsch geschrieben", sagte der Professor.

„Horgankriss, mit r. Das bin ich."

„Ich soll Sie abholen und zum Boß bringen", sagte das Pferd. „Steigen Sie ein, Mister."

„Horgankriss, mit r", sagte der Professor energisch. „Ist Mister Mool schon von der Erde zurück?"

„Ich soll Sie zum Haus des Bosses an der Küste bringen", sagte das Pferd und rollte die Augen, so daß das Gelbe rund um die Augäpfel zu sehen war. „Sie reden zuviel, Mister Vier-Augen. Steigen Sie ein und seien Sie still."

Professor Horgankriss drehte sich unsicher zu der Familie um.

„Soll einer von den Buben mitkommen?" schlug Große Mutter freundlich vor. „Dann haben Sie Gesellschaft an diesem fremden Ort."

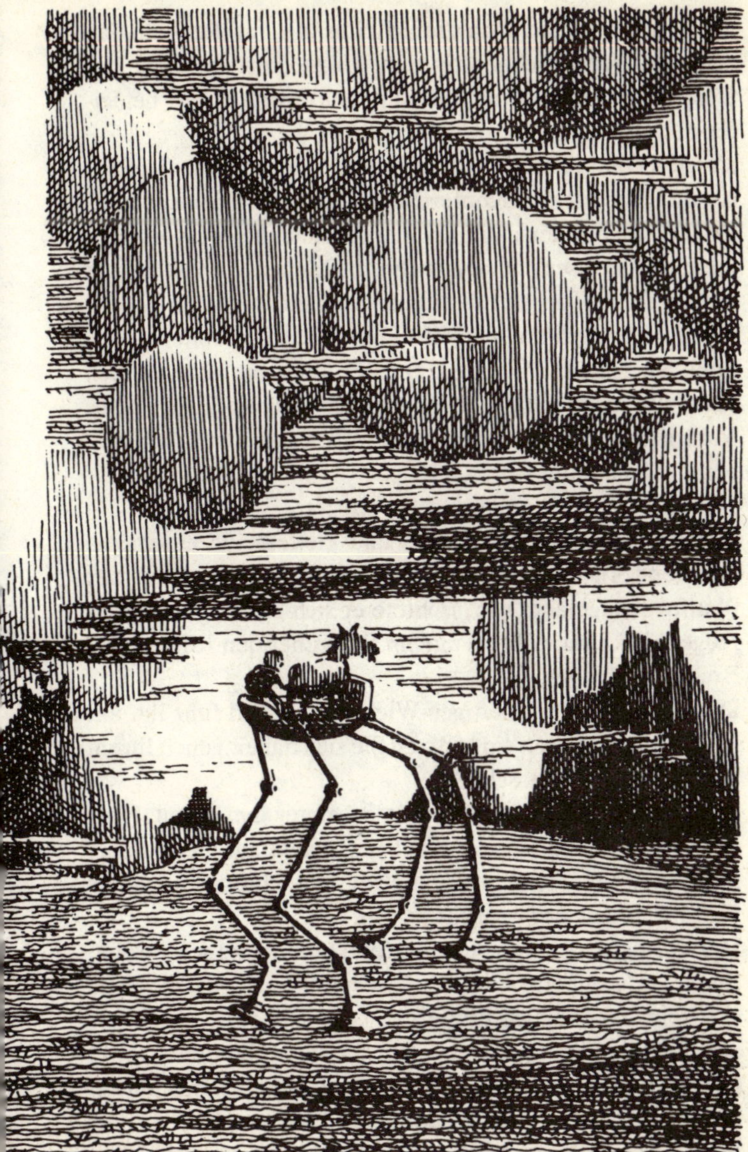

„Oder nehmen Sie doch drei Minims mit, für den Fall, daß Sie einen Dolmetscher brauchen", fügte Sanchez hinzu, der nicht sehr versessen darauf war, den Professor zu begleiten.

„Vielen Dank, aber das ist nicht nötig", antwortete der Professor. „Dies ist eine Konferenz auf höchster Ebene mit maximalen Sicherheitsmaßnahmen. Aber vielleicht werde ich Sie bitten müssen, mich mit Ihrem Raumschiff von Mister Mools Schloß an der Küste abzuholen. Wie Sie sehen, nehme ich deshalb mein dreidimensionales Ionenstrahl-Funkgerät mit, damit ich Sie anrufen kann. Sie können mich ebenfalls anrufen, falls etwas wirklich Wichtiges auftaucht. Natürlich werden Sie mich nicht wegen irgendwelchen Nebensächlichkeiten stören."

„Natürlich nicht", sagte Große Mutter.

Der Professor drehte sich um und kletterte an einem zusammengeklappten Anti-Grav-Bein hoch. Als er auf der Plattform angelangt war, richtete er sich auf, zögerte einen Augenblick und wollte dann ein Bein über den Rücken des Braunen schieben.

Das Pferd stieß ein heftiges Wiehern aus und fuhr ihn an: „He, was fällt Ihnen ein? Setzen Sie sich daheim auch Ihrem Taxifahrer auf den Schoß?"

„Ich glaube, die Passagiere müssen hinter ihm sitzen, Herr Professor", rief Sanchez hinauf und zeigte auf vier zusammengefaltete Gamaschen, die offensichtlich für ein zweites Pferd als Passagier gedacht waren.

Der Professor drehte sich schlurfend herum und schob seine Beine in das hintere Paar Gamaschen. Er sah aus, als ob er sich sehr unbehaglich fühlte.

„So, bleiben Sie da und machen Sie keine Dummheiten", rief des Pferd ihm über die Schulter zu. „Denken Sie daran, daß Sie hier auf einem anständigen Planeten sind."

Der Fahrer begann, die Beine in den Gamaschen zu recken

und zu strecken, und das ganze seltsame Spinnengestell klappte sich auseinander und in die Höhe. Es wendete und marschierte mit knarrenden Riesenschritten in östlicher Richtung davon. Professor Horgankriss war bei den rumpelnden, ruckartigen Bewegungen vornübergefallen und hatte die Arme in die vorderen Gamaschen gesteckt, um sicheren Halt zu haben.
„Das Ding scheint ziemlich ungemütlich zu sein, aber es kommt ganz schön schnell voran", sagte Tim.
„Was meinst du, wie schnell es ist?" fragte Sanchez.
„Hundert bis hundertzwanzig Stundenkilometer", schätzte Tim. „Und es kann querfeldein marschieren, durch das wildeste Gelände."
„Aber wenn das ein Anti-Grav sein soll, warum schwebt es dann nicht?" wollte Sanchez wissen. „Das wäre doch viel einfacher."
„Diesen Pferden scheint ein unterhaltsamer Zeitvertreib lieber zu sein als rationelle Einfachheit und Schnelligkeit", antwortete Tim. „Denk bloß mal an die Burg unter den Ballons, die wir auf dem Herflug gesehen haben, und daran, wie Mister Mool mit dem Protonenantrieb umgeht."
„Weil wir gerade vom Protonenantrieb reden: was machen wir jetzt?" wandte Sanchez sich an seine Eltern.
„Wo ist Nigel Pony hin?" fragte Alter Elias.
„Sich austoben", sagte Sanchez kurz. Sie schauten sich alle verwundert um. Nigel Pony hatte so lange bestimmt, was zu tun war, daß ohne ihn jetzt niemand zu wissen schien, was man als Nächstes unternehmen sollte.
Jeder wartete noch darauf, daß ein anderer irgend etwas vorschlug, als plötzlich grelles grünes Licht mit einem gleißenden weißen Kern dicht über der Horizontlinie die ganze westliche Hälfte des Himmels erhellte. Es erlosch sehr schnell und hinterließ einen dichten schwarzen Schleier, der den ganzen Westhimmel bedeckte. Ein paar Sekunden spä-

ter rollte tiefes, donnerartiges Getöse wie eine Sturmwelle von Westen heran, brüllte in Sanchez' Ohren, rüttelte an *Drache 5* lockere Schrauben los und ließ das Geschirr im Schrank klirren.

„Das Sekundenschiff!" sagte Tim.

„Mister Mool ist wieder da!" sagte Sanchez und dachte an das spöttische Gesicht im Fernsehen, an den Helm, die schräggestellten Augen, das gezackte weiße Zeichen im Fell. „Und schaut euch die schwarze Wolke an, die er da macht! Der Professor hat sicher recht mit seiner Theorie von der Luftverschmutzung! Vielleicht sind die Strahlungen wirklich gefährlich?"

„Aber er landet an der falschen Stelle", sagte Alter Elias. „Das Spinnengestell ist nach Südosten marschiert, um den Professor zu Mister Mools Haus an der Küste zu bringen. Und jetzt landet Mister Mool im Westen, und zwar elend weit weg im Westen, wenn ich die Entfernungen hier richtig abschätze! Das paßt nicht zusammen. Hier stimmt was nicht!"

„Und ich glaube auch, der Professor hat gemeint, Mister Mool sei schon zurückgekommen", fügte Tim hinzu.

„Der Professor ist zu überstürzten Entscheidungen gedrängt worden, und wir alle wissen, wer ihn gedrängt hat", sagte Alter Elias und wedelte mit seiner kalten Pfeife herum. „Dieses Pony, euer vierbeiniger Wissenschaftler."

„Er hat uns sicher durch die Mool-Monde gesteuert", sagte Tim.

„Bloß weil er selbst unbedingt auf den Mool wollte", wandte Alter Elias ein. „Ihr werdet noch an meine Worte denken: dieses Pony hat unser Raumschiff für seine eigenen Zwecke eingespannt, und ich möcht bloß wissen, was das für Zwecke sind!"

„Ich höre Hufschlag", sagte Sanchez. „Er kommt zurück!"

„Eine Menge Hufe." Tim kniete und hatte das Ohr an den Boden gelegt. „Mehr als ein Pferd."
„Mehr als nur eine Schererei", sagte Alter Elias und zündete seine Pfeife an, denn das durfte er meistens nur im Freien tun.
Eine ganze Pferdehorde kam in leichtem Galopp über eine Hügelkuppe; Nigel Pony führte sie an und sah sehr klein und silbern aus. Er führte sie zu *Drache 5*, und dort blieben sie im Halbkreis stehen, schnaubten geräuschvoll und warfen die Köpfe hoch. Nigel Pony schien sehr zufrieden mit sich selbst zu sein.
„Freunde und Gefährten, ich möchte euch miteinander bekannt machen!" rief er. Er wandte sich an die Pferde: Das sind meine Freunde, die Besatzung vom Weltraumfrachter *Drache 5*: Alter Elias, Große Mutter, Tim und Sanchez. Freunde", fuhr er fort, „ich will euch keine Mühe mit den Namen meiner Gefährten machen, denn ihr könnt sie doch nicht aussprechen und deshalb auch nicht behalten. Aber es sind zehn, und alle sind gute alte Freunde, das Salz der Erde!"
„Der Professor ist fort", sprudelte Sanchez heraus.
„Nein, so etwas! Ich drehe ihm nur einen Augenblick lang den Rücken zu, um ein wenig frisches Gras zu fressen, und schon geht der alte Professor hin und verläßt mich einfach. Wer hat ihn abgeholt?" Nigel Pony schien sich nicht sehr zu wundern.
„Ein großes braunes Pferd mit einem komischen Anti-Grav, das wie eine Riesenspinne ausschaut. Das Pferd hat gesagt, es wolle ihn zu Mister Mools Haus an der Küste bringen", erklärte Sanchez.
„Aber jetzt ist Mister Mool gerade in der entgegengesetzten Richtung gelandet", sagte Tim. „Deshalb machen wir uns ein bißchen Sorge."
„Nein, so etwas!" Nigel Pony schaute weiter sehr vergnügt

drein. „Das wird ja immer geheimnisvoller! Wir wollen hoffen, daß unser hochgeachteter Herr Professor nicht in schlechte Gesellschaft geraten ist. Aber Mool ist ein friedlicher, gesitteter Planet. Es besteht kein Grund zur Aufregung. Wir sind hier schließlich nicht auf der Erde, wo einfach alles möglich ist."

„Der Professor hat gesagt, wir sollen ihn anrufen, wenn irgend etwas passiert. Und er kann uns auch anrufen", sagte Große Mutter. „Er hat extra sein Ionenstrahl-Funkgerät mitgenommen. Aber wir sollen ihn nicht mit Nebensächlichkeiten belästigen."

„Also, dann müssen wir ihn unverzüglich anrufen und ihm sagen, daß er in die falsche Richtung gereist ist", meinte Nigel Pony. „Das ist doch keine Nebensächlichkeit, oder?"

„Das mach ich sofort." Alter Elias verschwand in der Kabine, und die anderen draußen hörten, wie er mit dem Laser-Funkgerät das Rufzeichen von *Drache 5* sendete. Das mußte ein Summzeichen im Empfangsgerät des Professors auslösen. Das Rufzeichen ertönte wieder und wieder. Die Pferde und die Buben warteten draußen in der Dämmerung, die durch die Wolke vom Sekundenschiff noch zugenommen hatte. Es kam keine Antwort. Der Professor schwieg.

6. Ein Ritt durch die Nacht

Alter Elias sendete noch einmal und mit voller Notrufstärke das Rufzeichen. Eine ganze Minute wartete er auf Antwort, dann trat er unter die Kabinentür und schüttelte den Kopf. „Du liebe Zeit, das ist beunruhigend", sagte Nigel. „Wir können nur hoffen, daß er sein Funkgerät aus Versehen hat fallen lassen."

„Er hat ziemlich wackelig auf diesem Anti-Grav gehangen", sagte Sanchez. „Er kann sehr leicht selbst aus Versehen fallen gelassen worden sein."
„Meinen Sie, daß unter dieser Wolke Gefahr von Strahlungen besteht?" fragte Große Mutter Nigel Pony. „Vielleicht sollten wir lieber nicht hier herumstehen?"
„Sie haben völlig recht!" antwortete Nigel Pony eifrig. „Sie erinnern uns an unsere Pflichten der Weltall-Gesundheitsbehörde gegenüber. Unsere erste Aufgabe ist es jetzt, den geheimnisvollen Mister Mool aufzusuchen und ihn zu fragen, welche Strahlungen sein Protonenantrieb abgibt. Genau das wäre der Wunsch unseres armen Professors."
„Und wo wollen Sie diesen Mister Mool finden?" fragte Große Mutter zweifelnd.
Eine Reihe von Blitzen zuckten über den düsteren Himmel. Nigel Pony schüttelte seine kurze Mähne auf und antwortete: „Wenn wir schnell galoppieren, erwischen wir ihn am Splitterfels-Berg, wo der Hangar für sein Sekundenschiff ist und wo er seine geheimen unterirdischen Labore hat."
„Es kommt ein Gewitter auf", sagte Große Mutter. „Wollen Sie sich nicht lieber hier unterstellen, bis es vorbei ist?"
Donner grollte, und ein langer gelber Blitz zerriß den Himmel. Alle zehn Pferde bewegten sich auf der Stelle und warfen die Köpfe hoch und wieherten einander laut zu.
„Das ist eine Eigentümlichkeit unseres Planeten, die Sie noch nicht kennen", antwortete Nigel Pony höflich. „Um diese Jahreszeit haben wir durchschnittlich jeden Tag zwei Gewitter, das ist wundervoll belebend und erfrischend! Ein sensationelles Schauspiel, und dabei kaum Regen. Wenn ich an Ihrer Stelle wäre, würde ich meine Kamera fertigmachen."
„Das werde ich vielleicht tun", sagte Große Mutter ein bißchen besorgt.
Der Donner rollte, und die gelben Blitze zuckten beinahe

pausenlos auf die dämmerigen grünen Wiesen herunter.

„Und woher wollen Sie wissen, ob dieser Mister Mool Sie überhaupt anhört, falls Sie ihn finden?" fragte Alter Elias und schaute aus einer Wolke aus Pfeifenrauch von der Kabinentür herunter.

Nigel Pony reckte sich auf den Hinterbeinen auf: „Ich bin der letzte überlebende Vertreter der Weltall-Gesundheitsbehörde, und ich werde ihm die Flugerlaubnis für sein Sekundenschiff verweigern, bis ich alles weiß, was ich wissen will. Die Gesundheit und die Zukunft des ganzen zivilisierten Weltalls können von mir und meinem Handeln abhängen."

„Hmmm!" brummte Alter Elias mißtrauisch. „Nachdem die WGB uns für diese Mission gechartert hat, müssen wir weiter mitspielen. Wie wäre es, wenn meine Buben Sie begleiten würden?"

„Damit sie ein Auge auf mich haben, nicht?" Nigel Pony grinste boshaft.

„Sagen wir mal, damit wir eine mögliche Einseitigkeit der Beurteilung der Ereignisse vermeiden." Der Alte Elias schaute Nigel Pony durchdringend an.

„Wir haben diesmal unsere kleinen Anti-Gravs nicht mitnehmen können, weil der Laderaum in ein Labor umgebaut worden ist", erinnerte Tim.

„Deshalb habe ich ja meine Gefährten geholt", sagte Nigel. „Sie bringen euch doppelt so schnell zum Splitterfels-Berg."

„Ich dachte, auf dem Mool dürfen Menschen keine Pferde reiten?" sagte Sanchez.

„Ihr reitet sie auch nicht; sie nehmen euch mit", erklärte Nigel Pony entschieden. „Für jeden von euch kommen zwei Pferde mit, die sich unterwegs abwechseln, damit wir schnell galoppieren können. Kommt, ich möchte euch miteinander bekannt machen.

Nigel Pony ging zum Halbkreis der wartenden Pferde.
„Die richtigen Namen könnt ihr euch doch nicht merken, deshalb dürft ihr sie Silber, Morgenstern, Brausewind und Schöner Renner nennen." Nigel Pony stellte vier große Pferde mit fahlbraunem Fell und weißer Mähne vor. Jedes Pferd war etwa einssechzig hoch und hatte dichte Haarbüschel an den Fesseln. Eines trat schnaubend zu Sanchez, und ein Funkeln lag in seinen Augen.
„Taxi, Sir!" sagte das Pferd und wieherte kichernd.
„Das ist Schöner Renner", sagte Nigel Pony.
„Er kann Englisch!" rief Sanchez aus.
„Und wahrscheinlich kann er auch ausrechnen, wieviel zehn Äpfel weniger sechs macht", sagte Nigel sarkastisch. „Es ist einfach wunderbar, was geistlose Geschöpfe alles leisten können!"
„Die Behandlung im Zirkus hat Sie wirklich sehr getroffen, nicht wahr?" sagte Sanchez.
„Nun, sie hat Eindruck hinterlassen", antwortete Nigel. „Der Zirkus und der Pony-Klub für Mädchen."
„Haben Sie die Pferdenamen von dort mitgebracht?" fragte Sanchez.
„Möglicherweise", gab Nigel Pony zu. „Jetzt müssen wir aber aufbrechen, wenn wir unseren geheimnisvollen Erfinder erwischen wollen, ehe er seinen Protonenantrieb verkauft und Millionär wird."
„Ich hab euch etwas zu essen und die Zahnbürsten eingepackt", sagte Große Mutter und reichte jedem Buben einen Rucksack.
Der Alte Elias kletterte aus der Kabine, nahm Tim etwas beiseite und übergab ihm ein Etui mit einem Schulterriemen.
„Du weißt schon, was das ist", sagte er. „Ein Laser-Taschenfunkgerät. Schau zu, daß du es auch benutzen und uns genau berichten kannst, was bei euch los ist."

„Ich paß schon auf und melde mich", versprach Tim.
Alter Elias warf einen Blick auf die stampfenden Pferde, die feuerspeienden Vulkane und den tobenden Gewittersturm und fuhr fort: „Wenn ich an eurer Stelle wäre, dann würde ich mich auf diesem Planeten auf nichts verlassen, auf gar nichts, nicht einmal auf den Boden unter euren Füßen. Und paßt auf dieses Pony auf!"
„Machen wir", versicherte Tim.
Im Durcheinander des Aufbruchs und dem Lärm des Gewitters trat ein kleiner Rotschimmel zu Sanchez.
„Mister", sagte er leise, „möchten Sie eine Wette darauf abschließen, ob Sie oder Ihr Bruder als erster am Splitterfels-Berg ankommen?"
„Wozu?" Sanchez wunderte sich. „Ich hab noch nie gewettet."
„Es gibt für alles ein erstes Mal", sagte der kleine Rotschimmel. „Ich mache Ihnen einen Vorschlag: ich lasse Ihren Bruder darauf wetten, daß er zuerst da ist, und Sie wetten dagegen, daß Sie der erste sind. Dann rede ich ein Wort mit den anderen, damit Sie als erster am Ziel sind. Wie wär das? Und zehn Prozent vom Gewinn für mich, weil ich Ihr Agent bin."
„Aber das ist geschummelt!" sagte Sanchez schockiert.
„Ach wo, so gut wie gar nicht", sagte der Rotschimmel. „Bloß ein bißchen Spaß für alle Beteiligten, und keinem tut's weh."
„Nein", sagte Sanchez entschieden.
„Na, gut, dann eben nicht. Fragen kann man ja mal. Also, kein Wort davon zu irgend jemandem, und auf Wiedersehn." Der Rotschimmel schlenderte wieder zu den anderen Pferden und überließ es Sanchez, darüber nachzudenken.
„Kommt, steigt auf!" rief Nigel Pony. „Wir dürfen keine Zeit mehr verlieren."
„Einssechzig ist sehr hoch, wenn man nichts hat, woran man

sich beim Aufsteigen festhalten kann", flüsterte Tim Sanchez zu. „Und wie bleiben wir oben, wenn wir glücklich dort angelangt sind? Wir müssen auf dem nackten Pferderücken reiten."
Tim verstand sehr viel von Technik, aber wenn es um Tiere ging, wußte Sanchez besser Bescheid.
„Das ist ein ganz einfacher Trick", erklärte Sanchez seinem Bruder mit leiser Stimme. „Du nimmst einen Anlauf wie beim Hochsprung und drehst dich dann in der Luft halb herum und packst die Mähne. Dann landest du auf dem Rücken. Und wenn du einmal oben bist, ist es ganz einfach. Sie haben alle einen wundervollen weichen Gang, das ist mir sofort aufgefallen. Alles klar?"
„Ja", sagte Tim, aber ihm war gar nicht danach zumute. Silber wollte Sanchez zunächst tragen. Sanchez nahm acht lange Schritte Abstand, schätzte die Entfernung und die Höhe ab, nahm Anlauf, sprang hoch, packte nach Silbers dichter, weißer Mähne und saß schon rittlings auf ihm und schaute auf den Rest der Familie herunter.
„Bravo!" sagte Nigel. „Und du hast eine ausgezeichnete Haltung, wenn ich das sagen darf."
Nun war Tim an der Reihe, und alle schauten zu. Er machte alles genau so wie sein Bruder und schleuderte sich gegen Morgensterns hohe, fahlbraune Flanke. Gerade als er hochsprang und zupacken wollte, fuhren mehrere Blitze im Zickzack über den Himmel. Tim flog über Morgensterns Rücken hinweg und knallte auf der anderen Seite flach auf den Boden.
Alle Pferde schnaubten und wieherten unterdrückt. Sanchez beobachtete seinen Bruder besorgt, der sich die angeschlagene Schulter rieb.
„Versuch's noch einmal", drängte er. „Es wäre zu dumm, wenn Morgenstern sich hinsetzen müßte, damit du hinauf kommst. Denk dran, du mußt die Beine spreizen, wenn du

nach der Mähne packst, dann landest du schon richtig oben."

Diesmal wartete Tim bis nach dem nächsten Blitz und rannte erst in dem dunklen, stillen Augenblick danach los. Als er sprang, donnerte es. Ein Griff nach der Mähne, Beine auseinander – er saß!

„Man darf eben nie aufgeben, wenn es nicht gleich beim ersten Mal gelingt", bemerkte Nigel Pony. „Alles in Ordnung da oben?"

„Alles in Ordnung!" sagte Tim, dem schon jetzt alles weh tat.

„Aber ist hier nicht rund um dieses ganze Gebiet ein Graben voll Feuer?" erinnerte sich Sanchez plötzlich.

„Ja! Flitschers Flammender Fluß!" sagte Nigel Pony. „Auf

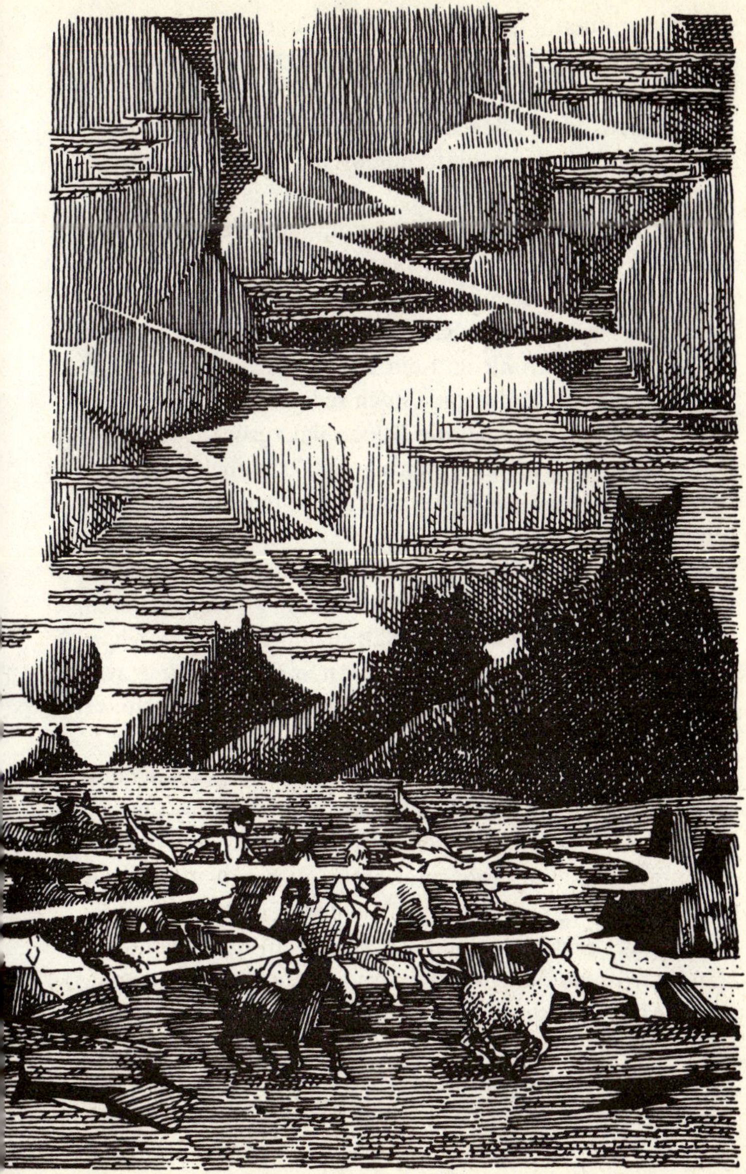

geht's, Burschen!" Er stieß ein helles Wiehern aus.

„Seid vorsichtig und meldet euch bald!" rief Große Mutter.

„Und denkt dran: alles ist anders, als es zu sein scheint!" schrie Alter Elias noch hinterher, als die Pferde kehrtmachten.

Als die zehn Pferde und Nigel Pony aufgeregt wiehernd westwärts davon trabten, erschien ein dunkler Kopf mit langen, seidigen Ohren unter der Kabinentür von *Drache 5*. Es war Jerk. Nach seinem Risotto-Abendessen hatte er sich voll und müde gefühlt und ein Nickerchen gehalten. Nun war er ausgeruht und gerade noch rechtzeitig wach geworden, um zu merken, daß die Buben ihn zurückließen.

Dabei hatte Jerk nichts lieber, als sich gründlich auszulaufen, wenn er lange im Weltraumfrachter eingesperrt gewesen war.

Jerk breitete seine riesigen Ohren aus, segelte über die Köpfe der Großen Mutter und des Alten Elias hinweg, landete glatt und rannte in langen Sätzen hinter den Buben her. Er achtete nicht auf die Rufe des Alten Elias, denn er war noch nie ein sehr gehorsamer Hund gewesen. Bald hatte er die Pferde eingeholt und trabte neben Silber her.

Tim lag beinahe flach auf dem Bauch auf Morgenstern und versuchte, nicht an den Feuergraben zu denken, den sie überqueren mußten. Morgenstern galoppierte sehr weich, genau wie Sanchez beobachtet hatte, aber es war doch ein sehr langer Weg von hier oben bis hinunter zum Boden. Es nutzt auch nicht viel, wenn das Pferd, auf dem man sitzt, ständig tröstende und aufmunternde Bemerkungen macht, wie: „Alles in Ordnung da oben?" – „Aufpassen!" – „Jetzt halt dich mal fest ..."

Vor sich, am Fuße des Hanges, sah Tim einen Streifen glühender Lava leuchten, über dem der Hitzedunst schimmerte. Der Feuergraben!

„Tim!" schrie Sanchez links von ihm. „Jerk ist uns nachgelaufen, und da kommt der Feuergraben!"
Tim wagte einen Blick nach links und sah, wie Silber und Jerk im gleichen Augenblick hochsprangen und über die weißglühende Lava flogen. Silbers Hinterhufe stießen noch Erdbrocken in den Feuergraben, aber Jerk wurde von seinen Segelohren ein paar sichere Meter über die Gefahrenzone hinaus getragen. Tim blieb keine Zeit mehr zum Nachdenken, denn Morgenstern war abgesprungen, und lodernde Hitze schlug von der Lava zu Tims baumelnden Beinen hinauf. Er hielt sich verzweifelt an Morgensterns Mähne fest, umklammerte ihn mit den Beinen und wartete auf den Aufprall bei der Landung. Aber es gab kaum einen Stoß, und Morgenstern galoppierte glatt weiter.
„Wir haben's geschafft!" sagte Morgenstern beruhigend.
Über die Flammen am Boden und unter den Flammen am Himmel hindurch geloppierten zehn Pferde, ein Pony, zwei Buben und ein Fliegender Hund wie die wilde Jagd durch die sturmgepeitschte grüne Dämmerung des Planeten Mool, um den berühmten Mister Mool persönlich aufzusuchen.

7. Mister Mool gibt eine Pressekonferenz

Der Splitterfels-Berg war ein wirklich höchst aktiver Vulkan. Sie erreichten ihn nach zwei Stunden scharfem Ritt. Sie hatten so viele Feuergräben und blubbernde Schlammlöcher überquert, daß Tim und Sanchez das Zählen bald aufgegeben hatten. Jerk war über alle Hindernisse großartig hinweggesegelt. Auf halbem Weg hatten die Pferde sich erboten, ihn ebenfalls zu tragen, aber Sanchez meinte, es wäre besser, wenn Jerk auf seinen eigenen vier Beinen blieb. Die

Pferde waren sehr taktvoll, als sie sich ablösten: Schöner Renner drängte sich dicht an Morgenstern, damit Tim sich von einem Pferderücken auf den anderen hinüber schieben konnte, ohne absteigen zu müssen.

Für Sanchez war es ein wundervoller Ritt: die leere grüne Landschaft im immerwährenden Dämmerlicht flog vorbei, und die schlanken Kegel der Vulkane standen schwarz vor dem zuckenden silbernen Muster am Himmel. Tim hatte nur das Gras unter den Pferdehufen gesehen, während er sich darauf konzentrierte, nicht herunterzufallen.

Die letzten Blitze schlugen in den zerklüfteten Doppelgipfel des Splitterfels-Berges ein, und der Vulkan wehrte sich mit Fontänen aus weißem Feuer und einem Poltern, das die Erde unter den Pferdehufen erbeben ließ. Hier war das Land nicht länger leere, grüne Ferne. Zwei oder drei Wolken-Klipper parkten unter ihren Ballonpyramiden auf einer Wiese links. Pferde in allen Farben und Größen trabten hin und her oder standen in kleinen Gruppen vor tragbaren Fernsehgeräten. Dazu gab es eine große Anzahl Menschen und Bewohner von anderen zivilisierten Planeten aus der ganzen Galaxis: Kameraleute, Journalisten, Sekretärinnen, Geschäftsleute, Touristen, alle von den Gerüchten über den Protonenantrieb und seinen geheimnisvollen Erfinder angelockt. Sogar eine große Gruppe der stämmigen, pelzigen Leute war da, die Tim und Sanchez immer die „Fleißigen Biber" nannten. Sie lebten auf sehr wohlhabenden Zwillingsplaneten im Sternbild des Ophiuchus, des „Schlangenträgers".

„Wenn sogar die gekommen sind, dann muß mit der Sache Geld zu machen sein, denn sie haben eine erstklassige technische Industrie", sagte Tim zu seinem Bruder.

Eine Stadt aus roten Zelten war aufgeschlagen worden, um alle diese Massen unterzubringen, und es gab sogar eine kleine Rennbahn mit Tribünen.

Im Augenblick waren mehr Pferde und Leute um die Rennbahn versammelt als vor dem Hangar des Sekundenschiffes. Die runde Stahltür oben in der Bergwand war geschlossen. Mister Mool war zurückgekehrt, und einstweilen war kein weiterer Flug angekündigt. Nigel und seine Gefährten trabten unverzüglich zu einem zweiten Tor, das in den Berg führte und das weit offen stand. Menschen und Pferde gingen ungehindert ein und aus. Der Sturm war fast vorbei, nur das Grollen und Beben des Vulkans erinnerte die Buben daran, auf welch einem unruhigen Planeten sie sich befanden.

Sanchez sprang ab, half seinem Bruder vom Pferd und kraulte dann Jerk hinter dem Ohr, der hechelnd und müde, aber sehr zufrieden mit sich selbst, hinterherkam.

„Ich wette, du hast deine Segelohren noch nie so dringend gebraucht wie heute", sagte Sanchez. „Du bist ein schlimmer Hund, aber ich bin sehr stolz auf dich."

Nigel Pony trat zu ihnen; der Schweiß lief ihm an den Flanken herunter.

„So, da wären wir!" sagte er. „Genau da, wo die großen Ereignisse stattfinden, wenn wir den Fernsehkameras glauben dürfen. Und die lügen bekanntlich nie, oder?"

„Ob wir bis zu Mister Mool vordringen können?" fragte Tim. „Wenn er mit seinem Sekundenschiff wirklich die ganze Atmosphäre verseucht, dann müssen wir versuchen, schon den nächsten Flug zu verhindern."

„Ich habe gehört, daß er in einer Stunde eine Pressekonferenz gibt", antwortete Nigel Pony. „Ich werde mein möglichstes tun, um meine Fragen loszuwerden, wenn alle Kameras auf ihn gerichtet sind. Es wird sicher eine sehenswerte Schau. Jetzt müßt ihr einen alten Freund entschuldigen; ratet mal, was ich jetzt zuerst mache?"

„Etwas essen", meinte Sanchez, nachdem er überlegt hatte, was er selbst jetzt am liebsten wollte.

„Falsch geraten!" sagte Nigel. „Immer alles schön der Reihe nach. Zuerst gehen wir jetzt alle baden. Himmlisches heißes Wasser voller Minerale!"
Nigel Pony trabte mit seinen Freunden davon, und die Buben schauten sich um. Sie befanden sich in einem engen Tal aus schwarzem Gestein, das sich leicht in glänzenden Kristallschichten abbröckeln ließ, wenn man daran pulte. Büsche mit blaßgrünen, trichterförmigen Blüten hingen von den Felsen herab; sie strömten einen durchdringenden Duft aus. Auf der einen Seite, unter den Blumen, sprudelte aus steinernen Wasserspeiern natürliches heißes Mineralwasser in rostroten, dampfenden Bächen in tiefe Becken. Die Pferde standen Schlange, um unter die Dusche zu gehen; sie tranken das herabströmende Wasser, wälzten sich planschend und schnaubend in den tiefen Trögen und genossen das Bad offensichtlich.

„Kommt auch herein!" rief Morgenstern aus einem Becken.

„Nachher. Wir haben Hunger", rief Sanchez zurück.

„Ihr Schmutzfinken!" schrie Nigel Pony hinter ihnen her.
Auf der anderen Seite des Tales verkauften Pferde frisches Steingras in Ballen und ein besonderes Futter aus geschnittenen Lilienblüten. Für Menschen gab es an einer Bude sehr teure importierte gebackene Maroni. Tim und Sanchez leisteten sich eine Tüte und versuchten dann auch das heiße braune Wasser, aber es schmeckte wie Eisen, und sie spuckten es gleich wieder aus. Jerk fraß die Hälfte der Butterbrote aus den Rucksäcken.

„Das Essen ist schrecklich teuer bei euch auf dem Mool", sagte Sanchez zu Nigel Pony, der sich wieder zu ihnen gesellt hatte.

„Das habe ich auch gemerkt. Ich hab gerade einen Zehner für ein Bund Steingras bezahlen müssen!" Nigel Pony schnaubte angewidert. „Das ist immer so, wenn sich irgend

etwas Ungewöhnliches ereignet, wenn irgend etwas Unnatürliches wie dieses Sekundenschiff mit seinem Protonenantrieb auftaucht. Das bringt die gewohnte Ordnung durcheinander, und die Leute nutzen das aus."
„Gibt es hier keine Aufsichtsbeamten, die die Preisbindung kontrollieren?" fragte Tim.
„Auf dem Mool gibt es nichts als Spaß und genug für alle", antwortete Nigel Pony. „Oder vielmehr: das gab es, bis dieser Mister Mool erschienen ist und alle Preise in die Höhe getrieben hat."
„Keine Regierung?" wollte Tim wissen.
„Nein, kein gar nichts! Wir sind alle so brav wie ich und brauchen keine Regierung!" sagte Nigel Pony. „Jetzt kommt, jetzt sprengen wir seine Pressekonferenz. Er hält sie in Englisch, damit das ganze Weltall ihn verstehen kann, aber überlaßt das Reden dort bitte mir. Das heißt, falls ihr einem bescheidenen Vierfüßer trauen könnt."
Nigel Pony grinste sie an, um zu zeigen, daß er das nicht ernst meinte, und sie gingen zusammen zum Tor. Hoch über ihnen ragte der rauchende und spuckende Vulkan auf; die Felswände bebten von seinen inneren Eruptionen, aber über dem Tor hingen die grünen Trompetenblumen in dikken Büscheln.
„Seine Diener und Leibwächter erkennt ihr daran, daß sie alle reine Schimmel mit silbernen Mähnen sind", erklärte Nigel Pony den Buben, als sie die Rampe hinauf gingen. „Wie die beiden da, die das Anti-Grav vor dem Tor bewachen."
„Und Mister Mool selbst ist rabenschwarz, nicht? Bis auf den weißen Fleck an der Nase", sagte Sanchez.
„Ja, er hat Sinn für Effekte und Kontraste", stimmte Nigel Pony zu.
Die Höhle im Berg wurde von grünen Elektrobirnen beleuchtet, die wie die Trompetenblüten geformt waren und in

Büscheln von der hohen Decke hingen. Der Saal war beinahe voll von Pferden und Leuten, die warteten und sich unterhielten und sich umschauten. Die Direktoren der vier oder fünf größten Weltraum-Fluggesellschaften waren mit Beratern und Sekretärinnen angereist. Die Scheinwerfer und Kabel von mehreren Fernsehkameras versperrten rechts und links den Weg durch die Höhle. Das Auffallendste in dem Raum war ein großer Käfig aus glänzendem Stahl. Er war an einer Seite offen und war etwa in der Höhe von Sanchez' Kopf angebracht. Darüber hingen Kristallvorhänge aus geschliffenen Steinen, die das Scheinwerferlicht hundertfach widerspiegelten und alle Blicke auf den Stahlkäfig lenkten.

Jerk, Tim und Sanchez verloren Nigel Pony in der Menge aus den Augen und arbeiteten sich zur rechten Seite der Höhle durch, wo eine Falttür aus Stahl die ganze Wand einnahm. Sie war versperrt und mit großen Buchstaben beschriftet:

PROTONENANTRIEBLABOR
EINTRITT VERBOTEN

„Dämliche Mist-Erfindung!" bemerkte Sanchez.
„Meine Damen und Herren von der Presse", rief einer von den Aufseher-Schimmeln plötzlich mit hoher, hallender Stimme, „Mister Mool kommt!"
Alle verstummten, und ein tiefes, fernes Dröhnen wie von einer gewaltigen Kraft breitete sich in der Höhle aus.
„Ob der Vulkan ausbricht?" flüsterte Sanchez.
„Nein, das kommt aus dem Käfig. Sei still!" flüsterte Tim zurück.
Das Dröhnen wurde lauter, und blasses, durchsichtiges Licht spielte um die Käfigstäbe. Hinter dem Licht konnte Sanchez schattenhaft die Gestalt eines Pferdes erkennen,

das stocksteif stand. Dann verlosch das Licht allmählich, und gleichzeitig wurde der Umriß des Pferdes dunkler und dichter, bis Summen und Licht abrupt endeten: im Käfig stand ein schönes, großes, schwarzes Pferd, und es trug einen schwarzen Umhang über dem Widerrist, der bis auf den Boden reichte.
Das Pferd lächelte selbstsicher in die Menge und hob den fein geformten Kopf.
„Freunde und Gefährten", sagte es mit heller, wohlklingender Stimme. „Ich begrüße Sie hier am Anfang einer neuen Ära der Gemeinschaft. Die Weiten, die die Sterne voneinander getrennt haben, sind nun für immer überbrückt. Ich heiße Sie willkommen."
Beifall brandete auf. Mr. Mool sprang aus dem Käfig und wurde von Bewunderern umringt, während er sich durch die Menge zu einer Treppe aus schwarzem Marmor drängte, die auf der anderen Seite der Höhle, der Falttür aus Stahl gegenüber, lag.
„Wie hat er das gemacht?" fragte Sanchez Tim. „Das war sehr eindrucksvoll."
„Und auch sehr teuer", antwortete Tim. „Transition, Transfer der Materie. Mit der Energie, die nötig ist, um eine Person bloß ein paar Meter weit zu transportieren, kann man eine ganze Großstadt beleuchten. Obendrein ist es gefährlich! Du kannst dabei in Stücke fliegen! Ich möchte bloß wissen, wo er die Elektrizität hernimmt."
„Weißt du noch, wie die Blitze immer in den Berg eingeschlagen sind, als wir vorhin hier ankamen?" fragte Sanchez.
„Wahrscheinlich tippst du richtig", sagte Tim. „Er hat seine Batterien mit einem ganzen Gewitter aufgeladen, damit er seine Pressekonferenz mit einem Knüller eröffnen kann. Er zappelt sich wirklich ab, nicht?"
„Worauf willst du hinaus?" fragte sein Bruder.

„Weißt du noch, was Vater gesagt hat? Alles ist anders als es zu sein scheint!" Wenn Mister Mool solch eine Schau abzieht, dann will er die Leute damit bloß vom springenden Punkt ablenken."

„Von dem, was hinter dieser Stahltür steckt", sagte Sanchez.

„Das glaube ich auch", sagte Tim. „In der Ecke ist noch eine kleine Tür. Ich wette, wir kriegen sie in zwei Minuten auf.

Das probieren wir vielleicht nachher. Komm, jetzt versuchen wir erst mal, näher an diesen Mister Mool heranzukommen. Ich möchte ihm doch auch ein paar Fragen stellen."

„Wir könnten uns als Reporter einer Kinderzeitschrift ausgeben", schlug Sanchez vor. „Das ist heutzutage ein brauchbarer Trick."

„Gute Idee", sagte Tim. „Und unsere Zeitung soll ‚Die

Stimme der Jugend' heißen. Komm."
Sie schlängelten sich durch den überfüllten Raum, während Mister Mool oben auf der Treppe vor einer weißen Marmorwand stand und auf die Fragen der Presseleute Antworten von dieser Art gab:
„Ja, ich habe sehr hohe Summen für meinen Protonenantrieb geboten bekommen."
„Nein, ich habe noch kein einziges Angebot angenommen. Meine Erfindung soll dem ganzen Weltall zugute kommen."
„Nein, die Drei-Sekunden-Reise über eine Entfernung von einhundertneunzig Lichtjahren hat mich nicht ermüdet. Wie Sie sehen, bin ich frisch und munter . . ."
„Ja, ich habe eine Mannschaft . . ."
„Nein, sie steht nicht für ein Interview zur Verfügung . . ."
„Sie ist damit beschäftigt, das Sekundenschiff wieder reisefertig zu machen . . ."
„Nein, der Brennstoff, den ich verwende, ist überraschend billig . . ."
„Ja, wesentlich billiger als die Brennstoffe, die man derzeit für Weltraumflüge benutzt . . ."
„Nun, Sie haben vielleicht welchen daheim in Ihrem eigenen Garten, gnädige Frau, aber ich fürchte, ich kann Ihnen nicht dabei helfen, ihn zu suchen . . ."
Die Pressekonferenz lief ganz glatt. Die beiden Buben waren gerade bis zum Fuß der Treppe vorgedrungen, als plötzlich Nigel Ponys Stimme aus der Journalistengruppe schallte:
„Mister Mool, haben Sie die Erlaubnis der Weltall-Gesundheitsbehörde, Flüge mit Protonenantrieb zu unternehmen?"
Mister Mool hörte zum ersten Mal auf zu lächeln und machte eine Pause, ehe er antwortete:

„Noch nicht, aber ich erwarte sie jeden Moment."
Nigel Ponys Stimme durchschnitt die Stille: „Stimmt es, daß zu dem Protonenantrieb ein Gas-Laser gehört, der die Atmosphäre eines Planeten völlig zerstören kann? So daß, wenn das passierte, alle seine Bewohner an Strahlenschäden erkranken würden?"
„Nein, das stimmt nicht!" Vor allen Fernsehkameras verwandelte sich Mister Mools Gesichtsausdruck: er wurde wütend.
„Warum haben Sie dann Professor Horgankriss sozusagen gefangengenommen? Er sollte doch die Sicherheit des Protonenantriebs im Auftrag der Weltall-Gesundheitsbehörde untersuchen!" fuhr Nigel Pony fort. „Warum halten Sie ihn in einem Haus an der Küste fest, fünfzig Meilen von Ihrem Sekundenschiff entfernt?"
„Professor Horgankriss ist mein Gast", begann Mister Mool, hob den Kopf und scharrte mit dem Huf auf dem Marmor.
Die Stimme versagte ihm . . .
„Eine Antwort!" rief jemand aus der Menge.
„Warum halten Sie den Protonenantrieb so geheim, wenn er doch angeblich sicher ist?" rief Nigel Pony. „Können Sie das denn nicht beweisen?"
„Beweise! Beweise!" riefen andere Pferde im Chor.
Mister Mool zögerte einen Moment, dann brach er in einen Wutanfall aus und schrie:
„Jetzt reicht's mir! Jetzt reicht's mir!" Funken sprühten aus dem Marmor, als er mit dem Huf darauf schlug. „Ich komme her und biete dem ganzen Weltall meine gute, meine großartige Erfindung an, damit alle sich näherkommen, damit alle Freunde werden, und was habe ich davon? Beleidigungen, Fragen, Lügen!"
„Mein Vater hat mich vor Leuten wie Ihnen gewarnt!" Er zeigte mit anklagendem Vorderhuf auf Nigel Pony. „Meine

ganze Familie daheim hat mich gewarnt! Alle haben sie gesagt: spar dir die Mühe und Arbeit mit neuen Erfindungen, denn niemand wird dir dafür dankbar sein! Undank ist der Welt Lohn! Es gibt immer Neider, die alles schlechtmachen wollen. Mein Vater hat recht gehabt, und jetzt reicht's mir! Und niemand rührt einen Huf, um mir zu helfen!"
Mister Mool wandte den Kopf ab und schnaufte betrübt auf seine eigene Schulter. Murmeln erhob sich in der Höhle, und Sanchez hörte, wie die Leute um ihn herum sagten:
„Wie schade! Die Welt ist wirklich schlecht, nicht?"
„Ich hab mir gleich gedacht, daß dieser Protonenantrieb wahrscheinlich irgendwie gefährlich ist."
„Und die Frage hat er auch nicht beantwortet, oder?"
„Das wird den Preis drücken."
„Wir müssen uns die ganze Sache noch einmal gründlich überlegen."
„Freunde und Gefährten!" Mister Mool schaute von der Marmortreppe herunter, wischte sich die Augen mit einem Zipfel seines schwarzen Umhanges, das Bild eines mißverstandenen, ungerecht behandelten Geschöpfes. „Ich weiß, daß ihr nicht alle undankbar seid. Ich weiß, daß ich gute Freunde unter euch habe. Aber ich nehme mir solche Beleidigungen zu Herzen. Jetzt muß ich allein damit fertig werden. Vielleicht kann ich nachher wieder mit euch zusammen sein. Vielleicht kann ich wenigstens einige meiner Freunde unter den Direktoren und Geschäftsführern in meinen Privaträumen hier empfangen. Jetzt möchte ich nur allein sein. Aber denken Sie an eines: wenn eines Tages die lieben Kinderchen von dem einen Ende der Galaxis ihre Oma und ihren Opa am anderen Ende der Galaxis besuchen und sie umarmen und ihnen einen dicken Kuß geben können, dann verdanken sie das meinem Protonenantrieb! Haben Sie Geduld mit mir, Freunde. Ich habe ein weiches Herz, und ich möchte auch gar nicht anders sein ... Serviert die Erfri-

schungen, Burschen; sorgt dafür, daß jeder sich gut unterhält."
Mister Mool stolperte davon, und von allen Seiten schoben Schimmel Servierwagen voll Lilienfutter und belegten Broten durch die Menge. Die meisten stürzten sich auf das Essen, aber ein paar drängelten sich auch schon die Treppe hinauf, die zu Mister Mools Privaträumen führte. Was immer Nigel Pony hier vorgehabt haben mochte: er hatte Mister Mools Pressekonferenz gründlich ruiniert.

8. Eine Unterhaltung mit einem schlecht-gelaunten Erfinder

„Also, was sagst du dazu?" fragte Sanchez seinen Bruder.
„Ein totaler Schmarrn, dieses Geschwätz von Oma und Opa und den lieben Kleinen", antwortete Tim scharf. „Das einzige, was dieser Mister Mool will, ist Geld, und es ist ihm ganz egal, wie viele Atmosphären er zerstört, wenn er bloß einen Haufen Zaster für seinen Protonenantrieb bekommt."
„Wahrscheinlich ist das Ding wirklich gefährlich, sonst würde er es doch nicht vor der Weltall-Gesundheitsbehörde verstecken", sagte Sanchez nachdenklich. „Diese Pferde scheinen ganz schön durchtrieben zu sein."
„Wie meinst du denn das?" fragte Tim, und Sanchez erzählte ihm, wie der kleine Rotschimmel ihm vorgeschlagen hatte, darauf zu wetten, wer von ihnen zuerst am Splitterfels-Berg sei, und dabei zu schummeln. Tim schaute sehr nachdenklich drein.
„Also, ich schlage vor, wir versuchen erst einmal, mit Mister Mool zu reden. Kannst du Jerk auf den Arm nehmen? Es ist

vielleicht ganz gut, wenn wir sehr jung wirken", sagte er.
Jerk war ein ziemlich großer Fliegender Hund und gar nicht daran gewöhnt, herumgetragen zu werden, aber er ließ es sich gefallen, daß Sanchez ihn aufnahm. Sanchez hängte Jerks lange Ohren über seine Schulter, damit sie ihm nicht im Weg waren. Er taumelte schier unter seinem Gewicht, als er die Treppe hinaufstieg. Oben bewachte ein Schimmel die Tür und sagte:
„Ihr schaut nicht gerade wie Journalisten aus."
„Wir sind von der ‚Stimme der Jugend'", antwortete Tim. „Bei uns gibt es sehr junge Reporter."
„So, so", sagte der Schimmel ungläubig und warf einen Blick auf Jerk. „Und der Hund da ist wahrscheinlich von der ‚Allgemeinen Hunde-Zeitung'?"
„Was ist da draußen los?" rief Mister Mool von drinnen.
„Noch mehr Reporter, Boß", antwortete der Schimmel.
„Wirf sie die Treppe runter!" schrie Mister Mool.
„Es sind bloß zwei Buben, Boß. Zwei Buben und ihr Hund. Sie haben gesagt, sie kämen von der ‚Stimme der Jugend'."
„Zwei Buben und ihr Hund?" Mister Mools Stimme veränderte sich völlig. „Warum läßt du sie warten? Schick sie sofort herein!"
Auch dieser Raum war ziemlich voll. Alle Generaldirektoren der großen Weltall-Fluggesellschaften waren schon da. Mister Mool stand vor einem Wandspiegel und ließ sich von einem Schimmel striegeln. Als die Buben eintraten, hatte er gerade die Nase in einem Wassereimer aus Kristall; neben ihm stand eine silberne Heuraufe voll frischem Steingras. Er schaute auf und lächelte. Sanchez fand, daß seine nach oben gezogenen Augen ihm einen gerissenen Ausdruck verliehen, aber davon abgesehen war er ein sehr eindrucksvolles Pferd.
„Hallo, Kinder!" sagte er. „Kommt und setzt euch." Er

wandte sich an die Direktoren: „Ich liebe Kinder. Die Kinder sind es, die den Nutzen von meinem Protonenantrieb haben werden."
Die Direktoren nickten, als ob sie das alles schon öfters gehört hätten.
„Aber nur, wenn einer von Ihnen schlau genug ist, um schnell zuzugreifen und das Geld hinzublättern!" fauchte Mister Mool, dessen Laune sich wieder einmal sehr schnell geändert hatte.
„Was kann ich für euch tun, Kinder?" Mister Mool lächelte wieder. „Was für ein hübsches Hundchen! Wie heißt er?"
„Bonzo", sagte Sanchez, der etwas dagegen hatte, wenn Hunde Hundchen genannt wurden.
„Bonzo! Bonzo, komm doch mal her!" Mister Mool winkte mit dem rechten Vorderhuf. Jerk schaute natürlich in die andere Richtung.
„Dürfen wir Ihnen ein paar Fragen für unsere Zeitung stellen?" fragte Tim.
„Nur zu, Kinderchen. Ich bin ganz für euch da."
„Meine Zeitung möchte gerne wissen, ob Ihr Protonenantrieb Halokohlenstoffe abgibt, die die Ozonschichten unterhalb der Tropopause zerstören?" begann Tim sehr ernsthaft.
Mister Mool stutzte und schaute Tim prüfend an. Die anderen im Raum Anwesenden hörten auf, sich zu unterhalten und hörten zu.
„Also, das ist eine reichlich große Frage für einen sehr kleinen Reporter!" sagte Mister Mool gereizt. „Die Antwort ist: nein!"
„Nun, Sie wissen ja, daß in der Atmosphäre eines Planeten die Tropopause höher liegt als die Stratopause . . oder?" fuhr Tim fort.
„Eh . . . ja, natürlich", stimmte Mister Mool etwas brummig zu. „Was hat das damit zu tun?"

„Können noch genug ultraviolette Strahlen durch die Tropopause dringen, um . . ."

„Moment mal", unterbrach Mister Mool ihn knurrig. „Ich dachte, ihr Kinder stellt mir Kinderfragen. Weißt du, solche Sachen wie zum Beispiel: ‚Wie fühlt man sich, wenn man das Sekundenschiff mit dreitausend Gs steuert?'"

„Wie fühlt man sich, wenn man das Sekundenschiff mit dreitausend Gs steuert?" wiederholte Tim folgsam.

„Großartig!" schnarrte Mister Mool. „Nächste Frage!"

Sanchez spürte, daß Mister Mool ihre Art, Fragen zu stellen

gar nicht gefiel. Er hatte selbst nicht ganz mitbekommen, worauf Tim mit seiner Frage hinauswollte, und dachte sich, daß er vielleicht versuchen sollte, die Atmosphäre etwas zu entspannen. Deshalb fragte er höflich:
„Was sagt Ihre Familie dazu, daß Sie das Sekundenschiff entwickelt haben?"
Mister Mool entspannte sich und grinste breit.
„Meine Leute daheim sind natürlich begeistert. Sie freuen sich, daß mein Sekundenschiff überall in unserem großartigen Weltall glückliche Familien vereinigen wird, Kinder und Mamas und Papas und ihre großen Buben."
Tim schrieb das auf und Mister Mool nickte zustimmend.
„Mister Mool . . ." begann Sanchez wieder.
„Nennt mich einfach William, Kinder. Das ist mein richtiger Name", sagte Mister Mool.
„William, haben Sie Schwestern? Und haben Sie sie schon mal in dem Sekundenschiff mitgenommen?" fragte Sanchez.
„Ich habe drei süße kleine Schwestern", antwortete Mister Mool munter. „In eurer Sprache würden sie Sadie, Josie und Betsy-Lou heißen. Bis jetzt hab ich sie noch nicht in meinem Sekundenschiff mitnehmen können, aber ihr könnt euch vorstellen, daß sie schon ganz versessen auf eine Reise darin sind. Sie leben mit meinen Eltern auf einer gemütlichen alten Farm auf dem ‚Sternenauge‘ . . . So heißt einer von unseren vielen Monden."
„Und haben Sie auch Brüder?" fragte Sanchez weiter, weil diese Art von Fragen Mister Mool offensichtlich gefiel.
„Ja, einen Zwillingsbruder, aber leider habe ich ihn schon eine Weile nicht mehr gesehen. Und jetzt entschuldigt mich bitte, Kinder; ich muß mit den Herren Direktoren über die Geschäfte sprechen."
Mister Mool gab einem Schimmel mit einer Kopfbewegung ein Zeichen, und ehe die Buben wußten wie, waren sie schon

wieder draußen auf der Treppe. Sanchez ließ Jerk erleichtert auf den Boden springen.
„Das hat uns nicht weit gebracht, nicht?"
„Weit genug", sagte Tim. „Der Gaul ist ein Schwindler. Du hast doch meine Frage mit der Tropopause und der Stratopause gehört?"
Sanchez nickte.
„Nun, er hat sie durcheinander gebracht. Dieser angebliche Erfinder weiß nicht mal, daß die Stratopause weit über der Troposphäre liegt und nicht darunter. Es sind verschiedene Stufen in der Atmosphäre eines Planeten. So was weiß jeder Schuljunge heutzutage!"
„Natürlich", sagte Sanchez, der keine Ahnung davon hatte.
„Was steckt also hinter seiner Schau?" fragte Tim. „Ein Typ wie der würde es nicht einmal merken, wenn er die Atmosphäre eines Planeten zerstört! Falls er dabei nicht selbst mit draufgeht. Wir müssen ihm das Handwerk legen. Und ich möcht jetzt endlich mal dieses Sekundenschiff aus der Nähe sehen. Komm, wir suchen Nigel Pony."
Sie drängelten sich wieder durch die Menge und fanden Nigel Pony und seine Freunde dabei, wie sie sich mit Lilienfutter stärkten. Tim berichtete und erklärte, was sie vorhatten. Nigel Pony nickte zustimmend.
„Ich höre und gehorche", sagte er. „Aber seid vorsichtig. Ich fühle mich gegenüber eurer lieben Mutter und eurem guten, wenn auch mißtrauischen alten Vater für euch verantwortlich."
„Auf diesem Planeten lohnt es sich, mißtrauisch zu sein", meinte Tim. „Wir passen schon auf, und wir nehmen Jerk mit. Aber Sie müssen sich beeilen, ehe die Menge sich verläuft. Wenn irgend etwas schiefgeht, treffen wir uns bei *Drache 5* . . . irgendwie!"
Die beiden Buben schlenderten wie unabsichtlich zu der

Stahltür hinüber, die den Zugang zum Sekundenschiff und zu Mister Mools Labor versperrte.
„Ich nehme die Rückseite von meinem Taschenkalender", sagte Tim und löste sie schon vorsichtig mit dem Taschenmesser ab. „Wenn es losgeht, stellst du dich vor mich, und ich versteck mich hinter dir. Es sind ja nur zwei Wächter, die wir im Auge behalten müssen."
Die Höhle war noch immer voll. Aber die Erfrischungen gingen zu Ende, und die Techniker vom Fernsehen fingen an, ihre Kameras abzubauen. Die Leute drängten noch immer die Treppe hinauf, um zu Mister Mool zu gelangen.
Plötzlich krachte es. Ein Servierwagen voll leerer Platten flog durch die Gegend. Schöner Renner hatte hinten ausgekeilt und ihn so in die Luft geschleudert.
Nigel Pony richtete sich auf den Hinterbeinen auf und schrie: „Saubere Luft und Gesundheit für den Mool! Protonenantrieb – nein, danke!"
„Protonenantrieb – nein, danke!" tönte es aus allen Ecken der Höhle, wo die zehn Pferde sich verteilt hatten, um Nigel Pony zu unterstützen.
Krach! Krach!
Zwei weitere Servierwagen zerschepperten mit Getöse. Erschrockene Schreie gellten von allen Seiten. Dann erhoben sich kräftige Stimmen zu einem mächtigen Gesang:

> Protonenantrieb? – Vielen Dank,
> der macht das ganze Weltall krank!
> Wir fordern nur gesunde Luft!
> Mister Mool, der ist ein Schuft!

Es gab noch mehr Krach und Rufe. Die Schimmel, die Türhüter und Diener, versuchten, Nigel Pony einzukreisen. Oben auf der Treppe wurde die Tür aufgerissen.
„Jetzt!" sagte Sanchez. „Schnell! Jetzt schaut niemand!"

Tim pokelte schon mit dem Plastikblatt vom Einband seines Taschenkalenders in dem Schloß der kleinen Tür herum, die in die breite Stahltür eingelassen war.
"Verflixt, ich muß es noch einmal neu anschneiden!" sagte er.
Mister Mool erschien oben auf der Treppe und schaute hinunter auf das Chaos in seiner Höhle.
"Schafft diese Pferde raus, aber schnell!" schrie er seinen Schimmeln zu.
Ein Kristallkrug flog durch die Luft und traf den Vorhang aus glänzenden Steinen über dem Käfig für die Transition. Der Vorhang klirrte und zerbarst. Schrilles Wiehern und Schnauben füllte die Höhle.
"Kommst du zurecht?" fragte Sanchez über die Schulter.
Tim säbelte kühl mit dem Taschenmesser an dem Plastikblatt herum und antwortete: "Noch ein Einschnitt, dann geht's vielleicht."
Jerk winselte. Er mochte Lärm nicht.
Mister Mool kam mit drei großen Sprüngen die Treppe herab, schlug mit den Vorderhufen um sich und brüllte: "Vandalen! Vipern! Vollidioten! Raus, raus, raus!"
Das Lied übertönte ihn:

"Protonenantrieb? – Vielen Dank,
der macht das ganze Weltall krank! ..."

Sanchez hörte ein leises Klicken hinter sich und drehte sich um. Die kleine Tür stand offen, und schwaches Licht drang heraus. Er warf noch einen Blick auf das Handgemenge in der Höhle. Niemand schaute her.
"Schnell!" rief Tim flüsternd durch die Tür. Sanchez nahm Jerk beim Halsband und zog ihn mit hinein. Vorsichtig schloß Tim die Tür hinter ihnen und hielt dabei den Riegel fest, um das Geräusch zu dämpfen.

9. Im Vulkan

Im gleichen Augenblick, als sich die Tür hinter ihnen schloß, war der Lärm in der Höhle nicht mehr zu hören. Man spürte nur, wie das ferne Grollen des Vulkans den Boden beben ließ.
„Gute Schalldämpfung", sagte Tim.
„Guter Türschloß-Knacker!" sagte Sanchez.
„Und Nigel Pony ist ein guter Unruhestifter!" Tim schüttelte den Kopf.
„Ich finde das alles ziemlich gräßlich", sagte Sanchez. „Schließlich hat Mister Mool uns Erfrischungen angeboten."
„Und außerdem die Atmosphäre verseucht und Professor Horgankriss entführt!" fügte Tim hinzu.
„Es steht noch nicht restlos fest, ob er die Atmosphäre verseucht", wandte Sanchez ein. „Und um ehrlich zu sein: ich war ganz froh, daß er diesen Professor entführt hat. Ich hoffe sogar, er behält ihn noch eine Weile."
„Jetzt ist es zu spät, um sich den Kopf über Einzelheiten zu zerbrechen", sagte Tim. „Die Weltall-Gesundheitsbehörde hat uns mitsamt dem Professor losgeschickt, um Informationen über diesen Protonenantrieb einzuholen. Also müssen wir tun, was wir eben können, auch ohne ihn. Hier scheint niemand zu sein, aber es ist gescheiter, wir sind leise und flüstern nur."
Der einzige Weg führte eine lange, steile Rampe hinauf, die aus der Felswand herausgehauen und hier und da von Lampen beleuchtet war. Die Buben hielten sich dicht an der Wand und traten vorsichtig auf. Nach etwa fünfzig Metern gelangten sie auf eine Art Galerie, einen Felsvorsprung, der den Blick auf eine riesige Höhle frei gab. Vorsichtig lugten die Buben nach rechts und links und dann hinunter. Von Mi-

ster Mools Schimmeln war nichts zu sehen und zu hören.
„Donnerwetter!" sagte Sanchez.
Mitten in der Höhle stand das Sekundenschiff auf seinem Heck aufgerichtet. Es war sehr lang, und es wirkte sogar noch länger, als es sowieso schon war, weil es einen so schlanken Rumpf hatte. Der nadelspitze Bug ragte hoch über den Buben auf und zeigte in die Finsternis, hinter der irgendwo die Stahltür in der Bergflanke und die grüne Dämmerung des Mool liegen mußten. Die stählerne graue Verkleidung war mit Silberstreifen verziert, und unter den schmalen Kajütenfenstern in der Pilotenkanzel prangte ein springender Rappe als Wappentier.
„Schau dir bloß mal das Heck an!" sagte Tim. „So etwas hab ich noch nie gesehen!"
„Höchstens mal bei einer Blaskapelle", meinte Sanchez, der nicht so viel von der Technik hielt wie Tim. „Das Ding schaut ein bißchen aus wie ein Horn oder eine Trompete mit vielen Kurven und Fingerklappen."
„Wie ein Jagdhorn!" stimmte Tim zu. „Das muß die Anlage für den Protonenschub sein."
„Da führen Stufen hinunter. Komm, wir schauen's uns aus der Nähe an", sagte Sanchez.
„Hast du das Schild gesehen?" Tim zeigte darauf.
Am Balkongeländer hing ein Schild in Englisch und in der Mool-Pferde-Schrift, die wie ineinander verheddert Grashalme aussah. Da stand:

> **Zutritt für Unbefugte verboten!**
> **Tödliche Strahlungen!**
> **Nur für Mitglieder der Flug-**
> **und Wartungsmannschaften!**
> **Achtung: Schutzanzüge anziehen!**

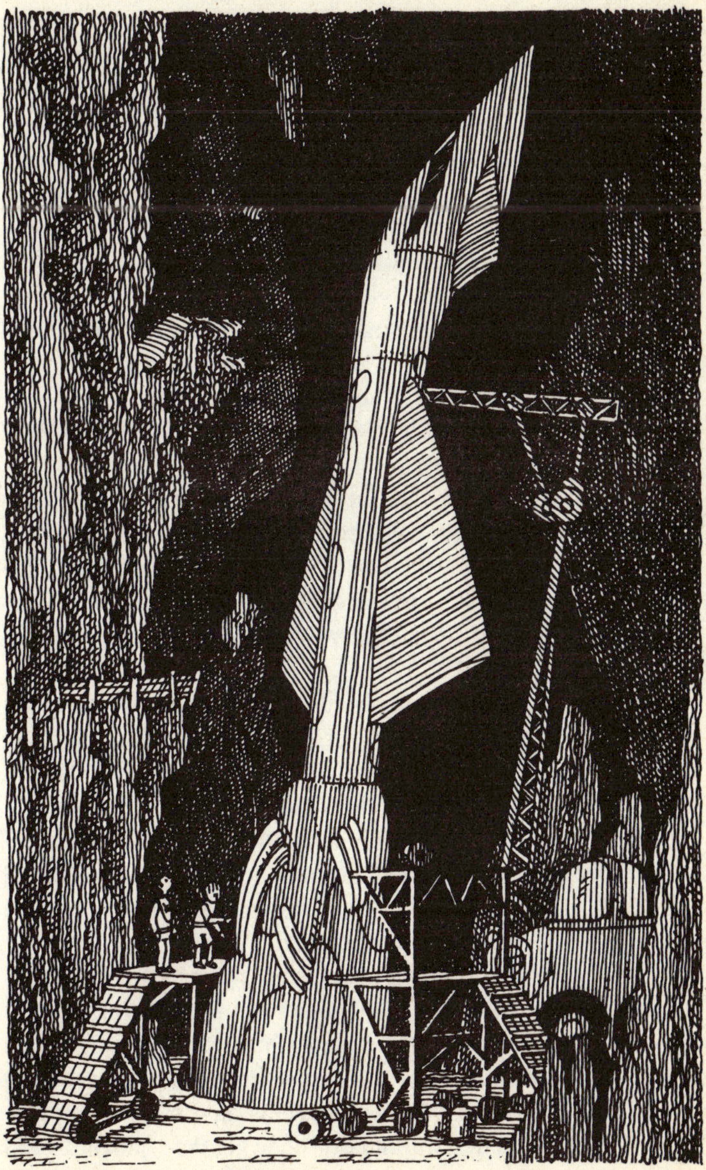

„Ach je, was machen wir jetzt?" sagte Sanchez.
„Ich könnte mir vorstellen, daß Mister Mool manchmal die Direktoren von den Fluggesellschaften hierhinführt, oder Journalisten, oder sonst irgendwelche Leute, die er beeindrucken will", sagte Tim nachdenklich. „Das Ganze könnte eine Schau sein ... Ich meine, wenn sie das Schild da sehen, haben sie wahrscheinlich keine Lust mehr, sich das Ding genauer anzuschauen. Sie kriegen Angst."
„Genau wie ich jetzt", gab Sanchez zu.
„Hör dir meinen Geigerzähler an." Tim zog eine kleine Scheibe heraus, die er an einem Riemen um den Hals trug, und hielt sie dicht an Sanchez' Ohr.
„Er tickt! Also gibt's hier Strahlungen!" stieß Sanchez aus.
„Ein kleines bißchen ticken sie meistens, deiner auch", beruhigte ihn Tim. „Das Ticken eben kommt bloß von den natürlichen Strahlungen, die es in jedem Vulkan gibt. Ich glaube nicht, daß das Sekundenschiff auch Strahlungen abgibt. Aber ich laß den Geigerzähler draußen, zur Sicherheit. Nun komm schon."
Sanchez verließ sich immer auf seinen Bruder, wenn es um Technik ging, und so folgte er ihm die Stufen hinunter und durch die Höhle bis sie genau unter den geschwungenen und verschlungenen Röhren und Rädern und Knoten und Klappen aus Metall standen, mit denen das Heck des Sekundenschiffes bestückt war. Tim tastete alles ab und lugte überall hinein. Jeder Laut, jeder Schritt der Buben löste seltsame Echos aus. Sanchez war überwältigt.
„Also, meiner Meinung nach hat das Ding einen ganz gewöhnlichen Astro-Antrieb, genau wie *Drache 5*, bloß moderner", meldete Tim und fügte hinzu: „Und ich habe den Verdacht, daß er nicht mal schneller ist! Das da muß der Stutzen für die Gasdüse sein, aus dem dieser Gasstrahl rausgekommen ist, den wir im Fernsehen gesehen haben. Damit

kann man es in die Startposition manövrieren, genau wie wir es mit unserem Raketenheck machen."

„Und das Gas holen sie direkt aus dem Berg." Sanchez zeigte auf ein dickes Rohr, das aus der Bergwand kam und in einem Zapfhahn endete.

„Hydrohelioidgas", nickte Tim. „Ich werde mir das Ding noch näher anschauen. Ich finde es irgendwie komisch."

Und damit kletterte er schon an den Steigsprossen hoch, die ungefähr bis zu einem Viertel der Gesamthöhe des Sekundenschiffes hinaufreichten.

„Bist du sicher, daß es keine Strahlungen abgibt?" Sanchez löste ein flüsterndes Echo aus: „... Strahlungen abgibt ... Strahlungen abgibt ..." wisperte es von den metallenen Flächen und von der hohen Felsendecke zurück.

„Er tickt kaum", flüsterte Tim. Er war am Ende der Sprossen angelangt und beugte sich über das dünne Endstück der gewundenen Röhren der Protonenantriebs-Anlage.

„He", flüsterte er, und „he ... he ... he ..." wiederholte das Echo. „Das Ding schaut nicht bloß aus wie ein Jagdhorn ... Jetzt hör dir das bloß mal an!"

Tim legte den Mund auf die oberste dünne Röhre und blies hinein. Ein melancholischer Trompetenton füllte die ganze große, gewölbte Höhle, schwoll an und ab, die ganze Tonleiter hinauf und hinunter, ein Laut, wie ihn vielleicht Elefanten ausstoßen, wenn sie im Sumpf versinken.

„Bist du verrückt?" stieß Sanchez aus und vergaß zu flüstern. „Komm herunter! Das werden sie hören! Und du kriegst Strahlungen in den Mund!"

„Nicht die Spur!" Tim kam im Affentempo die Sprossen herunter. „Das ganze Ding ist hohl. Es ist überhaupt nichts darin, und der einzige praktische Zweck, den es erfüllt, ist, daß es dem Raumschiff die Stromlinie versaut. Es scheint nicht einmal mit dem Antrieb in Verbindung zu stehen! Es ist genau wie Mister Mool: bloß Schau, Täuschung!"

In der Ferne, unten an der Rampe, über die sie heraufgestiegen waren, schlug eine Tür.
„Da kommt jemand! Ich hab's dir ja gleich gesagt! Wie kommen wir jetzt hier raus?" wisperte Sanchez.
Sie schauten sich in der Höhle um. Es gab außer dem Gang, auf dem sie selbst gekommen waren, nur einen breiten Tunneleingang, über dem stand:

> **Lebensgefahr!**
> **Protonenlabor!**

„Das ist bestimmt ein sicherer Winkel." Tim grinste. „Komm, wir verstecken uns hinter den Fässern, die da aufgestapelt sind."
Die beiden Buben und Jerk verschwanden hinter dem Stapel. „Magnesium" stand auf den Fässern. Sanchez hielt Jerk fest und war froh, daß Fliegende Hunde nicht bellen können.
Dann hörten sie Wiehern und Schnauben; drei Schimmel tauchten auf der Galerie auf. Es mußten Mechaniker sein, denn sie hatten Werkzeugkästen umhängen, und sie schienen auch niemanden zu suchen.
„Mein Trompetenstoß hat sicher bloß wie ein Seufzer aus dem Vulkan geklungen!" flüsterte Tim. „Auf diesem Planeten werden sie noch die Trompeten des Jüngsten Gerichts verpassen!"
Die Mechaniker kamen die Stufen herunter, kletterten einer nach dem anderen die Steigsprossen hinauf und verschwanden durch die Kabinentür im Sekundenschiff. Die Buben hörten sie drinnen lachen und reden, und dann kletterte einer wieder heraus, holte ein Faß Magnesium, das sie am Fuß der Leiter liegengelassen hatten, und trug es auf der Schulter in das Raumschiff hinauf.
„Wenn sie noch mehr Fässer brauchen, kommen sie in den

Tunnel, flüsterte Tim. „Wir müssen hier weg."
Ein zweites Mechaniker-Pferd kletterte herab, steckte den Schlauch von der Hydrohelioidgas-Pumpe in den Gastank des Sekundenschiffes und schaltete sie dann ein.
„Mister Mool will offenbar bald zum nächsten Flug starten, und noch immer weiß niemand, wie der Protonenantrieb funktioniert. Falls er funktioniert", sagte Tim. „Komm, jetzt sehen wir nach, wohin dieser Tunnel führt. Und dann müssen wir wieder zu Nigel Pony und mit ihm reden."
Als die drei Schimmel wieder im Sekundenschiff waren, kamen die Buben hinter dem Stapel von Fässern hervor und eilten leise tiefer in den Tunnel. Hinter der ersten Biegung wurde der Gang plötzlich eng und viel unebener, und es schien auch heißer zu werden.
„Da stand ‚Protonenlabor'; wir sollten vorsichtig sein", warnte Sanchez.
„Es stand auch ‚Tödliche Strahlungen' und ‚Schutzanzüge anziehen' auf dem anderen Schild, und das einzige, was wir bis jetzt gefunden haben, ist ein riesengroßes Blasinstrument", sagte Tim. „Ich finde ja auch, daß das Sekundenschiff sehr eindrucksvoll ausschaut, aber ich glaube, unter all den Stromlinien steckt ein gewöhnliches Raumschiff."
„Wie ist es dann in drei Sekunden von der Erde bis auf den Mool geflogen?" wandte Sanchez ein.
„Ist es denn wirklich geflogen?" fragte Tim nachdenklich zurück.
„Es muß geflogen sein", meinte Sanchez. „Der Start ist von Fernsehkameras gefilmt worden, und die Landung ebenfalls. Er hat den Flug hin und zurück jetzt schon zweimal gemacht. Und alle großen Weltraum-Fluggesellschaften interessieren sich für das Sekundenschiff und machen Mr. Mool Angebote. Ich meine, bei solch einem Unternehmen und unter solchen Umständen kann er doch nicht geschummelt haben, oder?"

„Wahrscheinlich nicht." Tims Stimme klang zweifelnd. „Aber die Instrumente, die der Professor auf diese Reise mitgenommen hat, haben überhaupt nichts angezeigt, als das Sekundenschiff angeblich an uns vorbeigeflogen ist."
Der Tunnel teilte sich; ein Weg führte bergan, der andere blieb eben. Die Buben blieben auf dem unteren Weg, in dem es bald immer stickiger wurde. Und hinter einer Biegung war es plötzlich dunkel. Sanchez ging vorsichtig noch ein paar Schritte weiter.
„Hilfe, ich rutsche!" schrie er plötzlich.
Tim packte ihn gerade noch am Kragen; er geriet dabei auf dem mit Asche bedeckten Hang selbst ins Rutschen, und es dauerte einen Moment, bis er wieder festen Fels unter den Füßen hatte und Sanchez zurückziehen konnte. Heiße Luft schlug wie in Wellen aus einem tiefen Loch herauf. Sanchez stand wieder sicher auf den Beinen, und die beiden Buben schauten hinunter. Tief unten glühte Lava, dort rumorte und rumpelte der Vulkan. Sie schauten auf: hoch oben zogen die schwarzen Schwaden von Ruß und Rauch und Gas mit der heißen Luft durch irgendeinen natürlichen Kamin im Berg ab. Der Weg endete hier.
Jerk winselte und trat schleunigst den Rückzug bis hinter die Biegung an. Sanchez folgte ihm und sagte:
„Also, das ist gerade noch mal gutgegangen."
„Ein schönes ‚Protonenlabor'!" sagte Tim. „Noch ein Schwindel!"
„Nun, wenn es keinen Protonenantrieb gibt, dann gibt es auch kein Problem mit der Luftverschmutzung, und wir können alle wieder heimfliegen", sagte Sanchez.
„Aber alle diese Direktoren von den Fluggesellschaften wollen hier was kaufen und dafür Millionen hinblättern! Wofür?" sagte Tim. „Und Mister Mool hat tatsächlich vier unglaublich schnelle Flüge gemacht . . ."
„Die Pferde sind mir ja sehr sympathisch, und sie haben uns

zu diesem großartigen Ritt mitgenommen, aber ich finde, sie sind auch irgendwie ziemlich raffiniert", sagte Sanchez. „Denk bloß mal an diesen Rotschimmel, der mir gleich eine geschummelte Wette andrehen wollte! Sogar Nigel Pony ist manchmal sehr verschlossen und listig."

„Das kann man wohl sagen", stimmte Tim zu. „Komm, jetzt schauen wir noch in dem oberen Tunnel nach."

Sie gingen zurück bis zu der Gabelung im Tunnel und folgten sehr vorsichtig dem steilen Gang nach oben. Nach einem halben Dutzend Abbiegungen, als die Buben schon die Orientierung verloren hatten, verlief der Tunnel wieder eben und öffnete sich zu einer breiten, rechteckigen Höhle mit niedriger Decke. Sie war heiß und feucht von Dampf und beinahe ganz ausgefüllt von drei großen Wassertanks, über deren Trennmauern man gehen konnte. Auf der einen Seite der Höhle strömte das Wasser eisenrot und blubbernd aus Felsspalten in die Tanks und auf der anderen Seite durch drei Abflüsse wieder aus den Tanks hinaus.

„Beinahe kochendheiß", sagte Tim, als er versucht hatte, den Finger in den ersten Tank zu stecken.

„Nur angenehm warm", meldete Sanchez vom zweiten Tank.

„Eiskalt", berichtete Tim vom dritten Tank.

Sanchez kicherte. „Erinnerst du dich an das Bilderbuch mit der Geschichte von den drei Bären? An deren Haferbrei muß ich hierbei denken."

„Die Höhle schaut aus wie eine Art Badezimmer", meinte Tim. „Jedenfalls liegt sie in einer Sackgasse; der Tunnel endet hier, und einen anderen Weg hinaus gibt es nicht."

„Und was ist mit den drei Abflußröhren, durch die das Wasser abläuft?" überlegte Sanchez und balancierte über die Mauer zwischen zwei Tanks, um sich das näher anzuschauen. „Es geht schräg runter, das Wasser steht nur ein paar Zentimeter hoch, und darüber ist jede Menge Platz", be-

richtete er von dem Abfluß am Heißwassertank. Dann fügte er hinzu: „Sei mal ganz still, ich höre etwas!"
Tim kam zu ihm, und sie lauschten beide. Auch Jerk kam hinterher, legte den Kopf auf die Seite und knurrte ein wenig.
„Das ist Pferdemusik", sagte Sanchez. „Da singt jemand."
„Ich finde, es klingt eher wie ein Radio oder ein Plattenspieler", meinte Tim.
„Ja, aber jemand singt mit", sagte Sanchez.
„Weißt du was?" Tim hatte eine Idee. „Ich wette, ich weiß, wo wir sind! Das Singen kommt von den Becken draußen vor dem Tor zum Berg, wo Nigel und die anderen Pferde baden gegangen sind!"
„Und das hier ist eine Zisterne, um Mineralwasser in drei verschiedenen Temperaturen zu sammeln", nickte Sanchez. „Du hast bestimmt recht. Den Pferden hier ist eine Dusche noch lieber als eine Mahlzeit, also singen sie sicher beim Bad. Wir sind hier schon fast wieder draußen!"
„Wir brauchen bloß durch eins von diesen Abflußrohren zu krabbeln, dann kommen wir bestimmt an den Badebecken heraus", sagte Tim.
„Hurra!" sagte Sanchez. „Ich hab genug davon, in diesem Berg eingesperrt zu sein. Es ist gerade so, als ob man in warmem Brei herumstiege. Wir nehmen das Rohr mit dem warmen Wasser. Es macht gar nichts, wenn wir naß werden. Nigel Pony hat gleich gesagt, wir sollten auch baden."
„Mach langsam", warnte Tim.
Sanchez stieg in das niedrige Wasser im mittleren Abfluß, und Tim folgte ihm. Er hielt sich an seinem Gürtel fest, damit sie sich nicht verlören. Jerk zögerte, winselte und folgte den Buben dann; seine langen Ohren schleiften im Wasser.
Die Wasserrinne führte doch ziemlich steil bergab. Als San-

chez einen Fuß vorsetzte, rutschte er mit dem anderen Fuß auf der glitschigen Ablagerung aus Mineralien aus, die das Wasser auf dem Trogboden aufgeschichtet hatte, und saß plötzlich mit einem heftigen Aufprall im Wasser. Er riß Tim mit, der vornüber kippte.
„Kopf einziehen!" schrie Tim, als sie wie auf einer Rutschbahn hilflos die Wasserrinne hinunterrutschten.
Sanchez saß ganz gemütlich auf dem Hosenboden, aber Tim lag auf den Knien, und das war eher unangenehm. Sie wurden immer schneller, und die dampfende Dunkelheit in der Röhre verschluckte sie.

10. Überfall im Bad

Das Ganze glich sehr einer Rutschbahn im Schwimmbad oder einer Wasserachterbahn auf dem Jahrmarkt, nur daß die Buben nicht wußten, ob sie sich hier nicht doch noch irgendwo die Schädel einschlagen würden. Sie sausten schneller und schneller abwärts und landeten plötzlich mit lautem Platsch in tiefem Wasser.
Sanchez ging unter, schluckte Wasser, das nach Rost und Eisen schmeckte, kam keuchend und spuckend wieder hoch und begann zu schwimmen. Von irgendwoher kam ein wenig Licht, aber es war nicht wie das grüne Licht im Freien. Das Singen war nun viel lauter zu hören, und es schien noch immer von irgendwo weiter unten zu kommen.
„Pssst!" hörte er, und dann ein leises Planschen, und daran merkte er, daß Tim in seiner Nähe war. Ein lauteres Planschen und ein Winseln – Jerk stieß von hinten gegen ihn. Er paddelte mit den Vorderpfoten. Sanchez versuchte, ihn zu streicheln, aber das war beim Schwimmen schwierig.

Das Singen ging vom Pferde-Wiehern in Englisch über. Dazu war lautes Wasserplanschen zu hören. Die Stimme sang:

> *"A space flight ticket to romantic places*
> *With lots of money and some nice new faces,*
> *la la la la la la ..."*

„Er hat vergessen, wie es weitergeht", sagte Sanchez. „Und die beiden ersten Zeilen stimmen auch nicht ganz."
„Pssst!" machte Tim wieder. „Die Stimme kenn ich doch!"
Nach noch mehr Planschen und Schnauben stimmte die helle Tenorstimme eine französische Opernarie an:

> *"Toreador, en garde,*
> *Toreador, Toreador ..."*

Das war aus Bizets „Carmen".
„Es ist ein sehr gebildetes, musikalisches Pferd", flüsterte Sanchez.
Er hatte recht. Die beiden Buben ahnten in diesem Augenblick noch nicht, daß dies die Zisternen für Mister Mools Privatbad waren und daß es Mister Mool persönlich war, der da sang, während er eine sehr heiße Dusche nahm. Nach der ganz heißen Dusche ging er unter die nächste, aus der nur mäßig warmes Wasser kam. Sie lag genau unter dem Reservoir, in dem Tim, Sanchez und Jerk schwammen.
Ein gewöhnlicher Duschregen ist nicht genug für ein Pferd; ein Pferd braucht einen Wasserfall. Mister Mool hob den Huf und zog an einer Schnur, die eine Falltür im Zisternenboden öffnete.
„Hilfe!" quiekte Sanchez. „Die Strömung ..."
Ein Sturzbach aus braunem Wasser prasselte auf Mister

Mool herab. Damit hatte er gerechnet. Aber nicht damit, daß ihm zuerst ein Fliegender Hund auf den Kopf fiel, und dann Tim, dessen Sturz ebenfalls von Mister Mools hartem Schädel gebremst wurde, ehe er in die Duschwanne fiel, und schließlich Sanchez. Sanchez hatte sich verzweifelt gegen die Strömung gewehrt. Er konnte nichts sehen, weil er Wasser in den Augen hatte. Dann gab alles unter ihm nach – und plötzlich landete er mit einem Aufprall, der ihm den Atem nahm, auf etwas Festem. Weil er ein guter Reiter war, griff er instinktiv nach einer Mähne und hielt sich mit den Schenkeln fest, während noch immer Wasser nachlief. Da saß er nun, auf Mister Mools Rücken! Mister Mool warf ihm einen fassungslosen Blick über die Schulter zu, ehe er mit einem Satz laut wiehernd aus der Dusche sprang. Sanchez duckte sich schnell, um nicht an die Decke zu stoßen.
„Hilfe! Freunde! Überfall! Eine Verschwörung! Sie sind überall!" wieherte Mister Mool laut.
Sanchez sprang hastig herunter. Drei Schimmel kamen ins Badezimmer galoppiert.
„Ihr seid miserable Leibwächter!" schrie Mister Mool sie an. „Euch ist es egal, ob ich in meinem eigenen Badezimmer ermordet werde! So kann das nicht weitergehen! Meine Migräne! Krämpfe! Nervenzusammenbrüche! Nie ein Augenblick Ruhe und Sicherheit! Buben, die aus der Decke fallen! Wozu bezahl ich euch eigentlich? Was soll das alles heißen?"
Er regte sich schrecklich auf, blähte die Nüstern, rollte die Augen, daß man das Weiße darin sah, und fuchtelte mit einem Handtuch herum, das er von der Stange gerissen hatte, um sich den Kopf abzutrocknen. Jerk schüttelte sich das Wasser aus dem Fell, und seine langen Ohren knallten dabei wie nasse Wäsche. Tim krabbelte aus dem Duschbecken heraus. Sanchez kam als erster wieder zu sich und sagte:
„Entschuldigen Sie bitte die Störung. Wir haben uns bloß

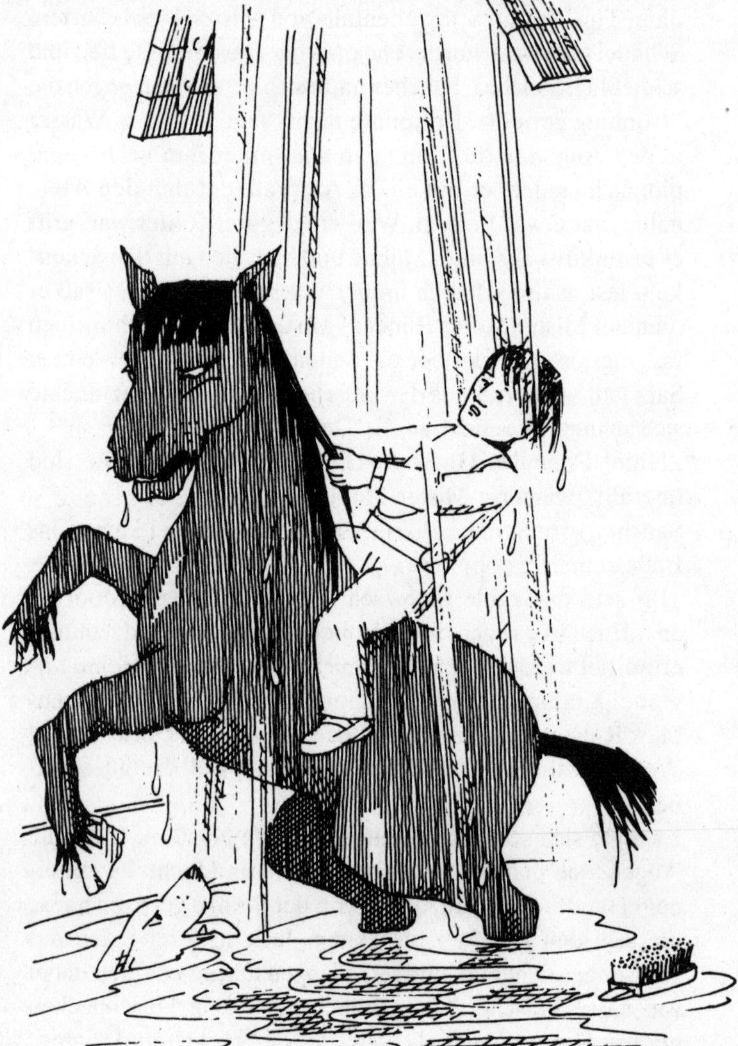

ein bißchen umgeschaut und nach einem Weg ins Freie gesucht."

„So, ihr habt euch ein bißchen umgeschaut? Ich möchte bloß wissen, wo!" schnaubte Mister Mool. Er warf einen Blick auf die Falltür, aus der nur noch wenig Wasser tropfte. „Die Falltür führt in eine Zisterne, die Zisterne führt in einen Tank, der Tank führt . . . Burschen, wie kommt man an die Tanks heran?"

„Durch einen Tunnel von der Hangarhöhle aus, das ist der einzige Weg, Boß", antwortete einer der Leibwächter-Schimmel.

„Von der Hangarhöhle?! Kinder schnüffeln an meinem Sekundenschiff herum! Kinder von der Presse spionieren herum und wollen mich dann in ihren Kinderzeitungen verleumden!" Mister Mools Augen glühten. „Das kann ich nicht länger . . ." Er brach abrupt ab und tupfte sich mit dem Handtuch im Gesicht herum, als ob ihm plötzlich etwas eingefallen sei. „Moment, Burschen! Bringt sie in das Zimmer nebenan. Ich bin gleich wieder da", muffelte er ins Handtuch und trottete eilig hinaus, das Handtuch noch immer vor dem Gesicht.

Die Buben standen da, pitschnaß und durchweicht und ziemlich zerschlagen, und schauten die drei Leibwächter-Schimmel an.

„Haben wir das richtig verstanden?" fragte ein Schimmel. „Seid ihr beiden mitsamt eurem Hund durch die Falltür da runtergekommen und dem Boß auf den Kopf gefallen?"

„Ja, aber nicht mit Absicht", sagte Sanchez.

„Nicht mit Absicht", wiederholte der Schimmel. Die drei Leibwächter schauten sich an.

Plötzlich brachen sie alle drei in Gelächter aus. Sie bogen sich vor Lachen . . .

„Sie sind dem Boß auf den Kopf gefallen!"

„Zwei Buben und ein Hund!"

„Die beste Dusche, die er seit langem gehabt hat."
„Das ist gut für die Nerven!"
„Und für seine Kopfschmerzen!"
„Hört mal, Buben", sagte der erste Schimmel und wischte sich die Lachtränen aus den Augen. „Nehmt euch jeder ein Badetuch und auch eines für den Hund, und dann warten wir beim Boß im Stehraum. Da habt ihr Zeit, euch ein Bild zu machen!"
Darüber brachen die Pferde wieder in hilfloses Kichern aus. Die Buben begriffen erst warum, als sie in den Stehraum kamen: die Wände waren rundum mit Spiegeln bedeckt.
„Ich wette, diesen Witz machen sie jede Woche siebenmal", wisperte Sanchez seinem Bruder zu.
Mister Mool blieb so lange aus, daß die Buben beinahe wieder trocken waren, als er endlich kam. Er trug seinen schwarzen Umhang, sah wieder gutgelaunt aus und sagte munter:
„Also, Kinder, ihr könnt in eurer Zeitung über den armen William Mool schreiben was ihr wollt. Mir ist es egal, ob ihr mich verreißt oder nicht; ihr könnt mich damit nicht mehr erreichen."
„Ach, wirklich?" sagte Sanchez höflich.
Das große Pferd lächelte spöttisch zu ihm herunter, und der gezackte weiße Fleck auf der linken Seite seiner Nase zuckte dabei.
„Ja, wirklich!" Mister Mool trabte graziös rund um den leeren Raum, zeigte ein paar elegante Kurbetten und beobachtete sich dabei verstohlen in den Spiegeln. „Ich gebe den Protonenantrieb auf und ziehe mich zu wohlverdienter Ruhe ins Privatleben zurück!"
„Sie verkaufen den Protonenantrieb?" fragte Tim.
„Ich mach etwas viel besseres", sagte Mister Mool und kramte in der Tasche seines Umhanges nach etwas. „Ich werde ihn versteigern!"

„Ob die Leute denn auch bieten?" fragte Sanchez zweifelnd.
„Ob die Leute bieten?" Mister Mool schnaubte. „Die Herren Direktoren würden ihre eigene Großmutter verkaufen, bloß um die Chance zu haben, bieten zu dürfen! Hier, ich werde ihnen bei der Versteigerung sogar zeigen, was sie bekommen, wenn sie genug bieten."
Er hielt mit dem rechten Huf einen dick versiegelten Pergamentumschlag und einen dunklen, gewundenen Glaszylinder hoch. Ein pulsierendes Glühen füllte den Zylinder, war abwechselnd ganz schwach und im nächsten Augenblick so gleißend, daß den Buben die Augen vom Hinschauen weh taten. Ein Spiralwirbel von offenbar beträchtlicher Kraft drehte sich wie ein Kreisel in dem flackernden Licht.
Mister Mool hielt den Zylinder mit dem Huf hoch. „Das ist das Geheimnis meines Protonenantriebs, die geheimnisvolle Flamme, die in sieben Minuten einen Kreis rund um das Universum ziehen kann. Ihr Buben habt die besondere Ehre, hier den Schlüssel zu ungeahntem Reichtum zu sehen, und irgendeine Weltraum-Fluggesellschaft wird das Glück haben, ihn dem armen, alten William Mool abzukaufen."
„Und der Briefumschlag?" fragte Tim.
Mister Mool stopfte den Zylinder und den Umschlag gleichgültig wieder in seine Tasche. „Der Briefumschlag enthält die geheime und ungeheuer komplizierte Formel, nach der die glückliche Fluggesellschaft Hunderte von solchen Zylindern für ihre Weltraumflotte bauen und ihre Konkurrenten kaputtmachen kann. Ich habe wie ein Sklave gearbeitet, um diese Formel zu finden. Ich habe mich lange Jahre in meinem Labor in diesem Berg abgeschuftet."
„Wir haben uns dieses Labor gerade angeschaut", bemerkte Tim vielsagend.
Mister Mool ließ nur ganz flüchtig einen finsteren Ausdruck über sein Gesicht gleiten.

„Aber ich werde nicht noch länger schuften, mir reicht es. Eure Zeitungen werden mich nicht mehr schikanieren, sie werden nicht mehr mit Gruselgeschichten von Luftverseuchung über William Mool herfallen. Luftverschmutzung! Mein Zylinder würde nicht einmal meines Vaters Gemüsegarten verseuchen!"
Diese Bemerkung schien ihn an irgend etwas Lustiges zu erinnern. Er hielt den Huf vor das Gesicht, und die Buben sahen nur an seinen Augen, daß er lachte.
„Also werden sie alle Angebote machen?" drängte Tim ihn weiter.
„Es ist gar nicht nötig, alle zu der Versteigerung einzuladen", antwortete Mister Mool herablassend. „Nur die beiden reichsten Rivalen. Ich habe die Direktoren von *Pan Weltall* und *Ophiuchus Hansa* für heute abend auf meine Insel vor der Küste eingeladen. Sie werden in ungefähr einer Stunde eintreffen. Keiner kann es sich leisten, den anderen gewinnen zu lassen. Aber einer muß nun mal der Verlierer sein. Und sie müssen bar bezahlen." Er schaute wieder düster drein und schlug mit dem Huf auf den Boden. „William Mool verläßt sich nicht auf Versprechungen auf Papier. Aber natürlich..." Er lächelte schon wieder, „... bekomme ich auch noch einen bestimmten Prozentsatz vom Profit." Wieder lächelte er.
„Es war sehr interessant hier, aber können wir jetzt bitte gehen?" fragte Sanchez.
„Und hingehen und die Direktoren mit Geschichten von Luftverseuchung und von eurer Herumschnüffelei in meinem Protonenlabor beunruhigen?" fuhr Mister Mool sie an. „Das kommt überhaupt nicht in Frage!"
„Wir haben eigentlich gar kein Protonenlabor gesehen, obwohl wir danach gesucht haben", sagte Tim.
„Ihr bleibt hier, und zwar mindestens drei Stunden, bis ich den Protonenantrieb verkauft und das Geld kassiert habe",

sagte Mister Mool unfreundlich. „Ihr habt das ganze Haus für euch, und nach Mitternacht steht euch das ganze Weltall offen – aber bis dahin bleibt ihr hier eingeschlossen."
Mister Mool wandte sich an die Leibwächter: „Burschen, ihr sorgt dafür, daß die Falltür in meinem Badezimmer ordentlich verschlossen wird. Start mit dem Sekundenschiff ist in dreißig Minuten. Es ist bloß eine kurze Reise, aber sorgt trotzdem dafür, daß wir den Fernsehleuten einen anständigen Knall für ihr gutes Geld liefern!"
Unter der Tür wandte er sich noch einmal lächelnd um. „Auf Wiedersehen, liebe Kinder!" Dann legte er den Kopf spöttisch auf die Seite: „Und macht euch nicht zu viel Sorgen wegen der Luftverschmutzung!"
Tim und Sanchez hörten ihn vor sich hin lachen, als sein leichter Hufschlag im Flur verhallte.
„Bleibt hier, Jungs, und denkt daran, daß wir in der Nähe sind und aufpassen", warnte der erste Schimmel. Dann eilten die drei Pferde hinaus, und die Buben blieben allein zurück.

11. Die Flucht

„So, jetzt wissen wir's", sagte Tim.
„Was?" fragte Sanchez.
„Daß es keinen Protonenantrieb gibt!" sagte Tim.
„Und was war das Ding in dem Zylinder?"
„Eine alte Whiskyflasche voll Olivenöl, einem inaktiven Gas und einer pulsierenden Argon-Birne. Weißt du, die Sorte Leuchtröhren, wie man sie bei der Leuchtreklame verwendet. Den Flaschenhals hat er mit einer Lötlampe abgeschmolzen und versiegelt", sagte Tim.

„Und der Briefumschlag?"
„Ich wette, da sind bloß ein paar Blätter voll Zahlen und Formeln drin, die so kompliziert ausschauen, daß Mister Mool längst über alle Berge ist mit dem Geld, ehe die Leute von den Fluggesellschaften dahinterkommen, daß alles bloß ein Schmarrn ist."
Tim schien seiner Sache sehr sicher zu sein. „Du hast eben selbst gehört, wie er befohlen hat, daß die Fernsehleute einen ‚anständigen Knall für ihr gutes Geld' kriegen sollen. Ich bin sicher, das machen sie mit dem Magnesium, das sie fässerweise in dem Tunnel liegen haben. Magnesium mit Hydrohelioidgas gemischt gibt einen gewaltigen Knall, ein grelles Blitzlicht und hinterläßt eine riesige schwarze Rauchwolke."
„In der man dann nicht sieht, wie langsam das Sekundenschiff in Wirklichkeit ist", fügte Sanchez hinzu, um zu zeigen, daß er auch nicht ganz dumm war, wenn es um Technik ging.
„Genau", nickte Tim. „Die Sache ist also im Grunde genommen ganz einfach."
„Wenn sie so einfach ist, meinst du wirklich, daß dann einer von diesen Direktoren hingeht und Mister Mool Millionen für eine alte Whiskyflasche mit einer pulsierenden Glühlampe zahlt?" fragte Sanchez.
„Genau das fürchte ich", sagte Tim, der mit untergeschlagenen Beinen auf dem Boden saß. Er schaute sehr verwirrt drein.
„Aber warum?"
„Weil er in drei Sekunden vom Mool zur Erde gelangt ist. An der Tatsache kommen wir nicht vorbei, oder? Und das hat er nicht bloß einmal gemacht, sondern sogar zweimal! Und deshalb werden die Direktoren ihm alles glauben, was er ihnen erzählt. Hinter der ganzen Sache muß irgendein Schwindel stecken, aber wir wissen nicht, welcher, bis auf

den Trick mit dem Magnesium. Ich wollte, wir könnten jetzt mit Nigel Pony reden; er ist Fachmann für Schwindel."
Sanchez lugte aus der Tür.
Unten im Flur stand ein Schimmel Wache und hob gleich drohend den Huf.
„Hier kommen wir nicht raus; da vorn steht einer", berichtete er Tim.
„Ich habe das Gefühl, daß uns nur noch eine Kleinigkeit fehlt, um hinter den Schwindel zu kommen." Tim wiegte sich im Sitzen hin und her. „Jetzt überleg mal: hat Mister Mool irgendwelche seltsamen Dinge getan, während wir mit ihm geredet haben?"
„Er ist alle zwei Minuten wütend geworden, und dann hat er wieder gegrinst", sagte Sanchez.
„Das ist blöde, nicht seltsam", fand Tim.
„Er hat die Unterhaltung jedesmal ganz unerwartet abgebrochen, aber das ist vielleicht auch bloß so seine Art", fuhr Sanchez fort.
„Aber dahinter könnte etwas stecken!" sagte Tim aufgeregt. „Was hat er uns da als letztes gesagt?"
„Beim ersten Mal hat er gerade von seiner Familie erzählt und uns dann plötzlich rausgeschmissen. Und eben, als er uns angeschrien hat, ist er auf einmal hinausgerannt. Mit dem Handtuch auf dem Gesicht."
„Ich glaub, wir haben's gleich!" rief Tim und sprang auf. „Ich habe so ein Gefühl . . . Weißt du was? Mister Mool hat irgendwie seltsam ausgeschaut! Das Handtuch . . ."
„Ich hab's!" stieß Sanchez mit solch hoher Stimme aus, daß Jerk auch aufsprang. Sanchez packte Tim am Arm. „Ich hab's! Das Handtuch! Mister Mool hielt sich das Handtuch vors Gesicht! Er hat keinen weißen Fleck auf der linken Seite von der Nase! Das Wasser hatte ihn abgewaschen!"
„Genau!" Tim grinste begeistert. „Und dann ist ihm das mitten in seiner Schimpferei plötzlich eingefallen, und da ist

er schleunigst hinausgerannt, mit dem Handtuch auf der Nase!"

„Und als er später in das Spiegelzimmer gekommen ist, da hatte er den Fleck schon wieder aufgemalt. Das weiß ich genau, weil der Fleck immer so komisch zuckt, wenn er lacht", sagte Sanchez.

„So, jetzt ist die Frage: warum malt er sich einen weißen Fleck auf die Nase?" sagte Tim. „Bloß so, weil er das hübsch findet? Oder hat das irgendwas mit dem zu tun, was er uns sonst noch erzählt hat? Er sprach von seiner Familie..."

Sanchez überlegte. „Er hat was von drei kleinen Schwestern gesagt. Die Namen weiß ich nicht mehr..."

„Die sind auch nicht wichtig."

„Und von einer gemütlichen alten Farm. Und dann..."

Tim und Sanchez schauten sich an. Ihre Gesichter hellten sich im gleichen Moment auf, und sie flüsterten gleichzeitig und langsam:

„Und dann hat er was von einem Zwillingsbruder gesagt!"

„Wir haben es! Das ist es! Das Rätsel ist gelöst!" Tim sprang hoch und klatschte in die Hände. „Mister Mool hat einen Bruder!"

„Einen Zwillingsbruder, der genauso ausschaut wie er..."

„Bis auf den weißen Fleck neben der Nase! Den hat nur der Bruder!"

„Also gibt es zwei Mister Mools, zwei Sekundenschiffe, und zwei Schimmel-Mannschaften..." sagte Sanchez.

„Das eine startet in einer dicken schwarzen Wolke vom Mool..."

„Und das andere taucht drei Sekunden später aus einer dikken schwarzen Wolke über der Erde auf. Er ist ein Hochstapler!"

„Ein sehr erfolgreicher, stinkreicher Schwindler, wenn wir

die Direktoren nicht noch rechtzeitig irgendwie warnen können", sagte Tim.
„Er wird seinem Bruder die Hälfte von dem Geld abgeben müssen", sagte Sanchez. „Die Schimmel wollen bestimmt auch ihren Anteil haben, und die beiden Sekundenschiffe waren sicher sehr teuer."
„Er hat bloß ein paar billige Verzierungen auf ganz gewöhnliche Raumschiffe aufmontiert", antwortete Tim. „Darum geht's auch nicht. Was machen wir jetzt? Wir müssen die Eltern und Nigel Pony alarmieren! Sie sind die einzigen, die den Handel noch verhindern können. Mein Laser-Funkgerät ist im Eimer; es hat zuviel Wasser abgekriegt."
Sanchez schaute noch einmal zur Tür hinaus.
„Da scheint alles fertig zum Aufbruch zu sein", sagte er. „Wir haben nicht mehr viel Zeit. Sie werden die Tür zur Treppe nur noch einmal öffnen, um selbst hinauszugehen, und dann sind wir hier eingesperrt. Unterirdische Häuser in Bergen haben keine Hintertüren."
„Jerk ist unsere einzige Chance. Er muß allein fliehen", entschied Tim. Er holte sein Notizbuch heraus, riß eine Seite heraus und begann schnell zu schreiben. Dabei bemerkte er: „Ein Glück, daß Pferde immer solche genauen Familienstammbäume führen und so genau aufschreiben, wer wann wo geboren wurde, wie die Eltern heißen und so weiter ... Kannst du dich noch daran erinnern, wie der Mond heißt, auf dem Mister Mools Eltern angeblich leben?"
„Sternenauge", sagte Sanchez.
Tim las vor, was er geschrieben hatte:
„Es gibt zwei Mister Mools und zwei Sekundenschiffe. Er hat einen Zwillingsbruder. Geburtsort Mool-Mond Sternenauge. Prüft das per Funk beim Weltall-Einwohner-Meldeamt nach. Die Direktoren von *Pan Weltall* und *Ophiuchus Hansa* befinden sich auf seiner Insel vor der Küste. Sie sollen dort den Protonenantrieb gegen bar kaufen. Es gibt

keinen Protonenantrieb! Grüße, Tim und Sanchez . . . Okay so?"
„Ja, steck's ihm schnell unter das Halsband. Sie machen gerade die Tür auf", flüsterte Sanchez. Er kauerte nieder und umarmte Jerk, der ihm schnell über das Gesicht schleckte. „Jerk, du mußt heim! Ohne uns! Heim . . . Heim, hast du verstanden? Ganz schnell heim zum Alten Elias!"
Jerk spitzte die Ohren, winselte leise und wollte schon zur Tür. Tim steckte den Zettel sorgsam hinter seinem Halsband fest.
„Jetzt ist niemand im Flur", sagte Sanchez. „Komm, Jerk, braver Jerk! Heim, Jerk, heim! Du mußt unbedingt heim!"
Sie schlichen durch den Flur; Sanchez hielt Jerk noch am Halsband fest, denn Jerk zog schon ziemlich. Die Buben lugten in den nächsten Raum; das war das Empfangszimmer, in dem sie das erste Mal mit Mister Mool gesprochen hatten. Auf der anderen Seite führte die Tür hinaus zur Treppe, hinaus in die Freiheit. Sie stand weit offen, aber Mister Mool lief in dem Zimmer auf und ab, und drei oder vier Schimmel stapelten eine Menge Gepäck auf.
Sanchez drückte Jerk noch einmal an sich und flüsterte ihm ins Ohr: „Braver Jerk, heim, heim! Hast du verstanden?"
Jerk winselte leise und zog.
„Heim!" befahl Sanchez laut und ließ Jerk los.
Jerk sauste durch den Raum, dicht vor Mister Mools Hufen vorbei, um einen Stapel Gepäck herum, und war schon an der Tür.
„Hierher, Bonzo!" rief Mister Mool scharf.
Natürlich hörte Jerk nicht auf ihn. Auf der obersten Stufe versuchte ein Schimmel, ihn zu greifen. Jerk schlug einen Haken. „Ich mach das Tor unten zu. Fangt den Hund in der Höhle!" schrie Mister Mool und griff schon nach dem Hebel an der Wand. Drei Schimmel warteten unten in der großen

Höhle darauf, Jerk abzufangen. Das breite Tor nach draußen schob sich schon langsam zu. Jerk sprang auf das Treppengeländer, breitete die Ohren aus und segelte wie eine riesige Papierschwalbe in einer schön geschwungenen Kurve durch die Höhle abwärts und dann zum Tor hinaus. Zwischen seinen Ohren und den Torflügeln waren kaum noch ein paar Handbreit Platz.

Das Tor knallte hinter Jerk zu. Draußen tobte wieder ein Gewitter. Jerk landete und fiel sofort in seinen langen, schaukelnden Hundegalopp; er lächelte vor sich hin. Es gab Leute, die behaupteten, Fliegende Hunde könnten gar nicht fliegen!

„Boß, er ist draußen, und Sie haben uns eingesperrt! Wir können nicht hinter ihm her!" riefen die drei Leibwächter-Schimmel aus der Höhle herauf.

Schnaubend und stampfend drückte Mister Mool noch einmal auf den Hebel, um das Tor wieder zu öffnen. Draußen zuckten Blitze, und der Donner rollte.

„Sollen wir mit dem Anti-Grav hinter ihm her, Boß?" fragte ein Schimmel. „Das ist die einzige Möglichkeit."

„Es ist zu spät. Außerdem war es bloß der Hund; die Buben haben wir noch", schrie Mister Mool. „Beeilt euch lieber, damit wir endlich starten können. Je schneller ich auf der Insel bin und das Geld in die Hufe bekomme, desto besser. Macht schneller! Wozu bezahl ich euch eigentlich? Muß ich alles selbst machen?"

Schnaufend schleppten die Pferde das Gepäck hinaus. Tim und Sanchez standen noch immer am Eingang zum Empfangszimmer. Mister Mool schaute sich noch einmal höhnisch lachend nach ihnen um und rief: „Ihr habt William Mool zum letzten Mal geärgert. Ihr werdet mich vermissen, aber ich euch nicht!"

Er knallte ihnen die Tür vor der Nase zu, und die Buben hörten, wie er den Schlüssel herumdrehte.

„Jerk hat's geschafft; hoffentlich rennt er schnurstracks heim", sagte Tim. „Nigel Pony hat gesagt, er würde am *Drachen 5* auf uns warten. Wenn er dort ist, wenn Jerk zurückkommt, dann weiß er bestimmt, was er tun kann und muß. Aber die Zeit ist sehr knapp. Wenn wir bloß hier raus und auf die Insel gelangen könnten, ehe Mister Mool mit seiner Versteigerung anfängt."

„Komm, wir schauen uns mal um", schlug Sanchez vor. „Vielleicht gibt es doch irgendwo noch einen Ausgang oder wenigstens ein Funkgerät oder irgend etwas dergleichen."

Aber es gab nur fünf Zimmer und ein Bad, alle leer bis auf eine Sternenkarte an einer Wand und Dutzende von Spiegeln. Betrübt setzten sich die Buben im Empfangszimmer auf den Boden. Draußen grollte der Donner, und der Vulkan spuckte wie üblich, aber über all dem Lärm konnten sie trotzdem das langgezogene, hohe Pfeifen aus den Ionen-

gasdüsen hören, als das Sekundenschiff sich auf seiner Startrampe aufrichtete.
"Er kommt doch noch durch mit seinem Schwindel", sagte Tim wütend. "Sogar mit dem lahmen alten Schlitten ist er in fünf Minuten an der Küste. Er wird die beiden Direktoren mit einer guten Mahlzeit und Getränken vollstopfen, das Geld einsacken und davonfliegen. Wir haben verloren, in der letzten Runde verloren!"
"Aber die Direktoren werden doch merken, daß er fünf Minuten gebraucht hat, um die lächerlichen fünfzig Meilen zurückzulegen? Weiter ist es sicher nicht", meinte Sanchez.
"Es wird ihm schon eine Ausrede einfallen", sagte Tim. "Er wird behaupten, er hätte extra so langsam gemacht, damit nirgendwo die Fensterscheiben kaputtgehen. Du weißt doch, wie er reden kann!"
Das Düsengeheul des Sekundenschiffs erreichte sein höchstes Volumen und verhallte dann. Mister Mool war unterwegs zu seinem Inselschloß.
"Ich überlege gerade..." begann Sanchez nachdenklich. "Auf diesem Planeten ist nichts so, wie es zu sein scheint. Mister Mool ist schrecklich eitel, aber ich verstehe trotzdem nicht, warum er auch noch in der Ecke da drüben einen Spiegel haben wollte. Man kann ihn gar nicht sehen, sobald die Tür zur Treppe aufsteht. Vielleicht..."
Tim ging schon in die Ecke. Er musterte den Spiegelrahmen.
"Geschnitzte Pferdeköpfe..." sagte er und tastete und zog und drehte daran herum.
Der zweite Pferdekopf war ein Türknauf! Der ganze Spiegel dreht sich von der Wand weg. Dahinter führte eine schmale Rampe steil nach unten.
"Auf geht's!" sagte Sanchez, und sie stiegen hintereinander hinunter. Die Rampe führte nach einer Weile in einen großen, niedrigen Keller, in dem es wie in einer Werkstatt aussah. Es gab keinen zweiten Weg hinaus. In der Mitte stand

ein stählerner Käfig und daneben ein Pult mit einer Schalttafel voll Knöpfen und Hebeln. Drei dicke Elektrokabel hingen wie Schlangen von der Decke und endeten darin.
„Noch eine Sackgasse", sagte Sanchez.
„Ich glaube, dieser Keller liegt genau unter der großen Eingangshöhle", sagte Tim. Er zeigte auf den Käfig. „Weißt du, was das ist?"
„Die andere Hälfte von der Transitions-Maschine? Das Ding, in dem Mister Mool zu der Pressekonferenz aufgetaucht ist?" riet Sanchez.
„Ja." Tim nickte. „Also . . ."
„O nein, das können wir nicht versuchen!" stieß Sanchez aus. „Die Dinger sind viel zu gefährlich! Manchmal transportieren sie bloß ein paar Stücke von dir weiter und vergessen den Rest. Ich hab keine Lust, ohne Kopf auf der anderen Seite anzukommen!"
„Unsinn!" sagte Tim. „Ein bißchen Haut oder eine Fingerkuppe, mehr kannst du dabei nicht loswerden. Du mußt bloß stocksteif stehen bleiben, wie eine Statue. Komm, es blitzt schon wieder da draußen, und die Schalttafel zeigt an, daß die Batterien randvoll geladen sind."
„Ich mag meine Haut und meine Fingerspitzen!" protestierte Sanchez. „Und wer soll die Hebel für uns bedienen, die das Ding in Gang setzen?"
„Darum kümmere ich mich schon", sagte Tim und hantierte schon mit einem Stück Draht an einem Hebel an der Schalttafel herum. „Ein Glück, daß Pferde nicht viel von Schaltknöpfen halten, weil sie so große Hufe haben, und deshalb alles mit Hebeln bauen."
Er schob Sanchez in den Käfig und folgte ihm dann. Dabei zog er den Draht hinter sich her, den er am anderen Ende am Starthebel befestigt hatte.
„Jetzt mußt du erstarren!" befahl er. „Je weniger du dich rührst, desto sicherer ist es."

Sanchez versuchte, an irgendeine bestimmte Statue zu denken und sich einzubilden, er sei auch eine, aber leider fiel ihm nur die Venus von Milo ein, und das war kein Trost, denn die hatte keine Arme. Er stand stocksteif da, die Arme an sich gepreßt. Auch Tim rührte sich nicht, den Draht in der Hand.
„Eins... zwei... drei..." zählte er und zog mit einem Ruck.
Zuerst passierte gar nichts. Sanchez spürte nur ein seltsames Zucken in sich, sein Blut schien zu springen und zu tanzen. Es roch nach angebrannten Kochtöpfen. Dann begann das tiefe Dröhnen, das die Buben schon einmal gehört hatten. Es dröhnte immer lauter tief in Sanchez' Kopf. Seine Nase juckte; er mußte sich wirklich sehr beherrschen, um sich nicht zu kratzen; aber er wußte ja, daß er sich nicht bewegen durfte. Blasse Blitze zuckten um den Käfig, ihre Beine, ihre Körper, bis sie ihre Köpfe einhüllten und die ganze Welt nur noch aus blassen Blitzen zu bestehen schien. Sanchez dachte an all die Kubikmeter vulkanischen Gesteins zwischen den beiden Käfigen. Er hatte nun einen verbrannten Geschmack im Mund, und seine Nase juckte noch schlimmer als zuvor. Er hielt die Augen weit offen, aber Licht war das einzige, was er sehen konnte.
Oder doch nicht?
Hing da nicht ein Bündel von Lämpchen, geformt wie Trompetenblüten? Und stand dahinter nicht ein Tor offen? Sanchez wagte noch immer kaum zu atmen und erst recht nicht zu sprechen. Die Welt bekam wieder feste Umrisse. Das Dröhnen verklang, und das Licht verlöschte.
„Wir haben's geschafft", sagte Tim und betrachtete das abgerissene Stück Draht, das er noch in der Hand hielt.
„Kann ich mir jetzt die Nase kratzen?" fragte Sanchez und merkte, daß er das gar nicht mehr wollte.
Sie sprangen aus dem Käfig. Die Höhle war leer.

„Das war viel schlimmer als beim Zahnarzt!" sagte Sanchez.
„Das Spinnen-Anti-Grav steht noch immer vor dem Tor", sagte Tim. „Aber man kann es sicher nur in Bewegung setzen, wenn man weiß, wie ein Pferd trabt und galoppiert. Also hängt jetzt alles von dir ab. Meinst du, du kannst es dazu bringen, uns achtzig Kilometer weit zu tragen? Wenn alles klappt, könnten wir in einer Stunde auf der Insel sein."
Sanchez war noch damit beschäftig, seine Fingerspitzen zu zählen und seine Nase zu betasten. Alles war noch ganz und an Ort und Stelle. Die beiden Buben gingen um das sperrige Anti-Grav herum und kletterten dann hinauf.
„Es hängt alles davon ab, wie man die Beine bewegt, wenn man in den Gamaschen steckt", sagte Tim. „Es geht alles per Fernsteuerung; die Anti-Grav-Beine bewegen sich genauso wie deine. Das ist ja gut und schön, wenn man ein Pferd ist, aber was machen wir, wo wir bloß zwei Beine haben?"
Sanchez lachte. „Jetzt hast du die einmalige Gelegenheit, auch einmal ein Pferd zu spielen, wenigstens das Hinterteil davon. Jetzt fehlt uns bloß noch eine Decke, unter der wir uns verstecken können, und ein Pferdekopf aus Pappmaché. Dann sind wir bühnenreif. Ich steck die Beine in die vorderen Gamaschen und du in die hinteren, und die Arme legst du um meine Taille. Diesmal ist es nützlicher, wenn man was von Pferden versteht anstatt von Technik."
Das Anti-Grav klappte schon automatisch seine langen Beine auseinander, als die Buben in die Gamaschen stiegen und versuchten, festen Halt und Gleichgewicht zu finden.
„Wir müssen zuerst ein paar für uns einfache, langsame Schritte versuchen: links, rechts, links, rechts, damit wir den Rhythmus herauskriegen", sagte Sanchez. „Links, rechts, links, rechts..."

Langsam, wie ein ängstlicher Käfer, machte das Anti-Grav ein paar Riesenschritte und stolperte hinaus ins Freie. Die grüne Dämmerung des Mool war erholsam nach dem langen Aufenthalt im Inneren des Berges. Sanchez sog den starken, süßen Duft der hängenden Trompetenblumen ein und hörte, wie das Wasser in die Badebecken rauschte, aber Pferde waren nirgendwo zu sehen. Sie waren alle zu den Abend-Rennen gegangen, nachdem das Sekundenschiff in einer schwarzen Rauchwolke verschwunden war.

„Wahrscheinlich funktioniert dieses Anti-Grav am besten, wenn wir die Beine genauso benutzen wie ein Pferd beim Trab", sagte Sanchez.

„Und wie geht das?" fragte Tim, dem es gar keinen Spaß machte, die Hinterbeine zu sein.

„Nun, auf den ersten Blick schaut es so aus als ob die Vorderbeine sich nach rückwärts bewegen würden, wenn die Hinterbeine nach vorne kommen, aber das ist eine optische Täuschung", erklärte Sanchez. „Wenn das wirklich so wäre, würden sie ja in der Mitte zusammenstoßen, und . . ."

„Also . . .", warf Tim ungeduldig ein.

„Also in Wirklichkeit bewegen sich die Beine diagonal, und wenn ich links, rechts, links, rechts marschiere, mußt du gleichzeitig rechts, links, rechts, links laufen. Wir fangen ganz langsam an, bis wir's heraus haben. Wenn wir auch noch galoppieren können, schaffen wir in ebenem Gelände über hundert Kilometer in der Stunde. In welche Richtung müssen wir?"

„Nach Südosten, da lang", zeigte Tim, der den Kompaß hatte.

Traben war gar nicht so einfach; sie stolperten ein paarmal. Mit vier Beinen muß man ganz anders denken als mit nur zweien. Das Gleichgewicht ist eher leichter zu halten, aber sonst . . . Einmal flog Sanchez sogar in hohem Bogen aus den Gamaschen und landete im Gras. Aber danach hatten

sie die Sache wirklich richtig heraus, und das Anti-Grav funktionierte großartig. Es war so leicht wie eine Feder und schwebte beinahe; die Buben brauchten die Schritte nur anzudeuten, und das Anti-Grav führte sie kraftvoll und geschmeidig aus, ohne Stoßen und Rütteln.
Die Buben genossen gerade ihren ersten, richtigen Galopp, und das Land, von schwächer werdenden Blitzen beleuchtet, flog an ihnen vorbei, da tauchte plötzlich ohne jede Vorwarnung ihr erster Feuergraben vor ihnen auf. Die glühende Lava schleuderte ihnen ihre Hitze entgegen.
„Hinterbeine, springt um euer Leben!" schrie Sanchez und zog schon selbst die Beine an. In einem gewaltigen, wundervollen Sprung flogen sie über den Graben und noch ein Stück weiter und kletterten dann den steilen Paß zwischen zwei Vulkanen hinauf.

12. Wilde Flut und wilde Flüge

Das hier gefiel Sanchez an dem ganzen Abenteuer am besten: anstatt ein Pferd zu reiten, war er selbst eines! Oder doch wenigstens ein halbes, ein Vorderteil. Sogar Tim machte die Bewegung und die mühelose Kraft Spaß, mit der sie unter dem von Silber durchzogenen Himmel durch die Nacht trabten.
„Meinst du, die Pferde verkaufen uns das Ding?" überlegte Sanchez. „Es macht viel mehr Spaß als unsere gewöhnlichen Anti-Gravs."
Als sie etwa eine dreiviertel Stunde galoppiert waren, hörte das Festland plötzlich auf. Eben hatten sie noch schier endlose grüne Wiese unter den Hufen, und im nächsten Augenblick rief Sanchez: „Brrr!"

Sie hielten am Rand einer hohen Klippe. Hundertfünfzig Meter unter ihnen breitete sich eine große, flache Bucht voll trockenem Sand aus. Das war der Meeresboden, aber ohne einen Tropfen Wasser. Ein oder zwei Meilen weiter draußen ragte ein Vulkan auf wie ein Nagel aus einem Brett. Dicht unter seinem Gipfel waren die Umrisse von Gebäuden und Lichter zu erkennen.
„Ich wette, das ist Mister Mools Schloß", sagte Tim. „Es ist genau die Art von Ort, die er sich für ein Ferienhaus aussuchen würde."
„Wie lange ist es her, seit er uns in dem Vulkanhaus eingesperrt und zurückgelassen hat?" fragte Sanchez.
Tim warf einen Blick auf die Uhr. „Anderthalb Stunden. Jerk kann inzwischen auch daheim bei *Drache 5* sein, wenn er unsere Spur vom Hinweg sofort gefunden hat. Und wenn Mister Mool den Direktoren zuerst ein gutes Essen serviert, dann kommen wir vielleicht doch noch rechtzeitig."
„Da links gibt's einen Weg nach unten, durch einen Spalt in den Klippen", sagte Sanchez. „Komm weiter."
Der Weg bergab war gefährlich; Pferde stürzen oft, wenn es bergab geht. Aber endlich zogen sie ihre langen Anti-Grav-Beine über die letzten Felsbrocken und fegten in gestrecktem Galopp über den ebenen Sand. Mister Mools Burg ragte furchterregend hoch über dem trockenen Meeresboden auf, der Sand stob unter den Anti-Grav-Hufen auf, und die Luft schmeckte nach Salz und kühlte ihre Gesichter.
„Ich glaube, wir haben hundertzwanzig Stundenkilometer drauf!" rief Sanchez glücklich über die Schulter nach hinten. „Und der Rhythmus ist perfekt. Ist das nicht große Klasse?"
„Je schneller, desto besser", schnaufte Tim. „Das schaut jetzt alles wie trockener Sand aus, aber weißt du noch, was Nigel Pony uns vom Wasser auf dem Mool erzählt hat?"

„Lieber Himmel, ich hab ganz vergessen, daß es hier auch Gezeiten gibt!" sagte Sanchez. „Wie war das noch?"
„Nun, er hat gesagt, hier spielte das Meer verrückt", sagte Tim. „Und wenn auf der Erde schon ein einziger Mond die Flut an manchen Stellen zwanzig Meter hoch ziehen kann, dann können die vierhundertachtzig Monde des Mool bestimmt Flutwellen auslösen, die Hunderte von Metern hoch sind, vielleicht auch tausend Meter, und sie wie Klippen aus Wasser durch das Meer schieben."
„Ich möchte kein Fisch auf dem Mool sein!" Sanchez lachte.
„Nach den Klippen zu urteilen, die wir eben heruntergeklettert sind, kann schon die erste Flutwelle über hundert Meter hoch sein", fuhr Tim fort. „Und wenn wir jetzt kein Glück haben, dann finden wir das bald ganz genau heraus, denn da

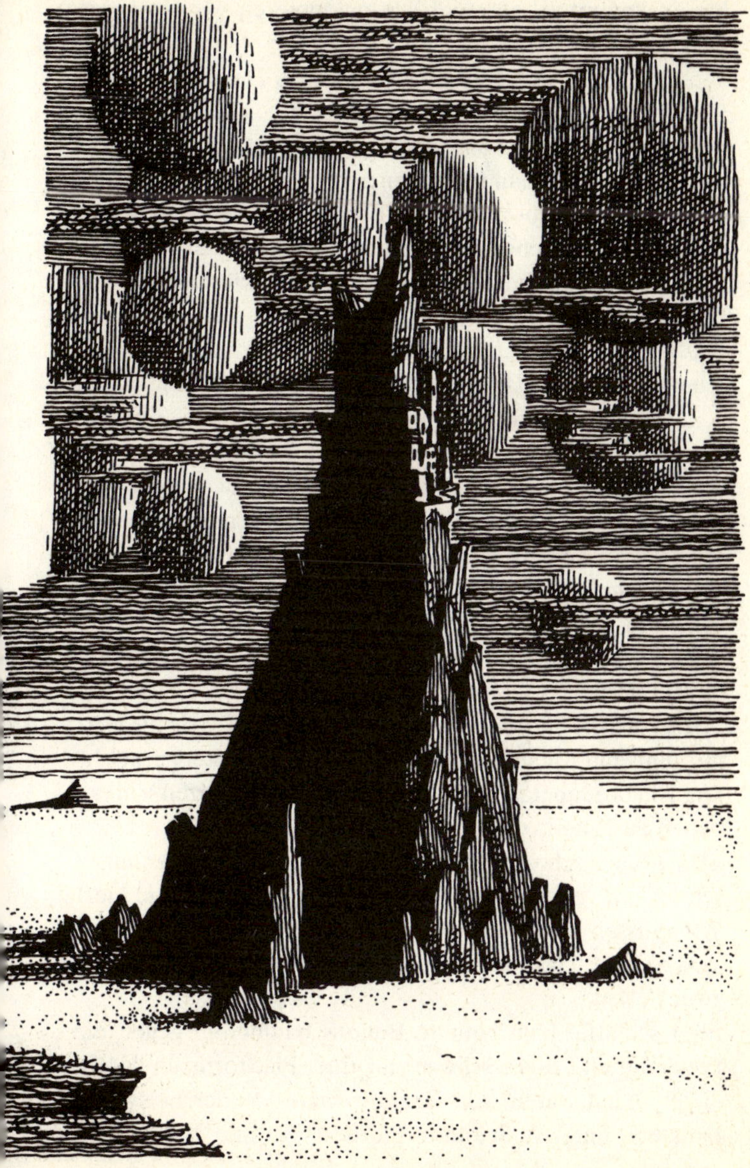

hinten kommt schon eine! Los galoppieren wir um unser Leben!"
Weit draußen, weit hinter Mister Mools Burgberg, in der Dämmerung noch kaum zu erkennen, aber mit einer Schaumkrone, die im Mondlicht glänzte, hatte sich plötzlich wie durch Zauberhand über den ganzen Horizont eine berghohe Welle erhoben. Zerstörerische Gezeiten tobten beinahe ununterbrochen durch die Meere des Mool und wurden von dem großen Kreis der Monde willkürlich hin- und hergezogen.
Die Buben bewegten verzweifelt die Beine in den Gamaschen und ließen das Anti-Grav schier über den Sand fliegen. Ein winziges Stolpern im Rhythmus, und sie wären mitsamt dem Anti-Grav der Länge nach auf den Boden geschlagen. Aber inzwischen konnten sie sehr gut galoppieren, und Mister Mools Berg rückte immer näher und versperrte schon den Blick auf den halben nächtlichen Himmel. Aber hinter dem Berg wälzte sich ihnen eine Wasserwand entgegen, und sie schien genauso schnell wie die Buben selbst darauf los zu galoppieren. Ein dumpfes Brüllen dröhnte in ihren Ohren.
„Brrr!" schrie Sanchez, und sie bremsten so, daß sie die letzten fünfzehn Meter seitwärts auf den Bergsockel zurutschten. Ein ohrenbetäubender Knall schien den ganzen Vulkan beben zu lassen.
„Die Flut ist schon auf der anderen Seite dagegen gerannt!" schrie Tim verzweifelt. „In ein paar Sekunden ist sie hier! Wir müssen höher hinauf!"
„Da, schau!" Sanchez zeigte in eine kleine Bucht zwischen zwei Felsen.
Fünf schlaffe, halb gefüllte Ballons baumelten gegen die Felswand und zogen schwach an einer Plattform, an der sie angebunden waren. Ein Gasrohr ragte aus der Felswand. Daneben hing ein Schild in Pferdeschrift und in Englisch:

„Zum Hinauffliegen bitte aufblasen."
„Das ist der Aufzug zur Burg!" sagte Tim. „Schnell, schnell!"
Sanchez lenkte das Anti-Grav auf die Plattform, und Tim sprang schon auf den Boden, um den Gashahn aufzudrehen. Sanchez sprang hinterher und öffnete die Ballonventile. Wind, den die Flutwelle vor sich hertrieb, blies ächzend in die kleine Bucht.
„Ich hab's!" Tim hatte es fertiggebracht, den stramm zugedrehten Hahn zu öffnen. Hydrohelioidgas zischte durch den Schlauch und die Ventile. Die fünf Ballons richteten sich mit einem Ruck auf, schüttelten den Sand ab und erhoben sich in die Luft. Genau in diesem Augenblick schwappte der Vorläufer der großen Flutwelle in die Bucht. Er war schon mindestens zehn Meter hoch, bestand aber hauptsächlich aus Schaum.
„Zu spät!" schrie Sanchez.
„Halt dich an den Tauen fest!" schrie Tim. „Halt dich fest!"
Sie klammerten sich an die Taue, mit denen die Ballons an der Plattform festgebunden waren. Die Unterseite der Plattform schleifte knirschend über die Steine, und das Gas strömte noch immer durch die Ventile. Das Wasser schlug salzig und eisig über Tims und Sanchez' Köpfen zusammen, zerrte an ihren Armen, riß das Anti-Grav von der Plattform und zerschmetterte es an den Felsen.
Das war ihre Rettung. Vom Gewicht des Anti-Grav befreit, schossen die Ballons in die Höhe, rissen den Gasschlauch aus dem Hahn, und die Plattform, auf der die Buben standen, aus dem Wasser. Woge um Woge griff zu ihnen hinauf, jede höher als die davor. Eine ungeheure Welle schlug so hoch, daß sie die Plattform mit einem gewaltigen Schlag von unten umkippte, aber die Taue hielten, und die Plattform kippte gleich wieder zurück. Dann waren sie dem Zugriff

der Wellen endlich entkommen, nicht einmal Gischt war mehr in der Luft, und der Aufzug glitt, an einem laufenden Kabel an der Felswand vertäut, leicht nach oben. Sie waren in Sicherheit vor der Gewalttätigkeit der See.
Durchweicht und atemlos schauten Tim und Sanchez hinunter und sahen, daß die ganze Bucht, durch die sie eben noch galoppiert waren, schon unter dem Wasser verschwunden war. Eben donnerte die Flutwelle schon mit einem Lärm wie von Kanonenschüssen gegen die Klippen an der Küste.
„Nigel Pony wollte unbedingt, daß wir ein Bad nähmen, und wir wollten nicht. Dafür haben wir jetzt schon wieder eines gekriegt", sagte Tim und grinste schief. „Leider war das Wasser diesmal nicht heiß genug!"
„Schade um das schöne Anti-Grav", sagte Sanchez betrübt und schaute hinunter auf das brodelnde Wasser an den Felsen. „Das war das einzige technische Ding, in dem ich jemals gereist bin, das sich ganz natürlich anfühlte. Und jetzt ist es hin und verschwunden."
„Ich glaube, wird sind gleich da", sagte Tim.
Die Ballons zogen die Plattform sanft über eine Landerampe, die aus der Felswand herausgehauen war. Dann blieb die Plattform liegen, obwohl die Ballons noch immer an den Tauen zogen, und die beiden Buben stiegen herunter und hatten wieder festen Boden unter den Füßen.
Über ihnen führte eine Rampe im Zickzack zur Burg hinauf. Es gab nur ein einziges Tor, und das sah sehr fest verschlossen aus. Die Burg erhob sich so am Rand des Abgrundes, als ob sie aus dem Berg herausgewachsen sei.
„Himmel, schau mal!" stieß Tim aus. „Sie sind da! Jerk hat's geschafft!"
„Wo . . . wo?" fragte Sanchez.
„Da links neben dem Turm. Vor dem Silberfleck am Himmel. Siehst du's?"
„Uff, bin ich froh!" sagte Sanchez.

Drache 5 hing reglos auf seinen Anti-Gravs etwa dreihundert Meter über Mister Mools Burg. An seinem kühnen Kobrakopf war er leicht zu erkennen, auch wenn man ihn vor den Monden nur als Umriß sehen konnte. Er zeigte keine Lichter; sogar die Positionslaternen waren gelöscht.
„Aber warum schweben sie da oben und warten?" überlegte Sanchez. „Die Zeit vergeht, und Mister Mool fängt bestimmt schon mit seiner Versteigerung an."
Noch während er sprach, tauchten zehn seltsame Gestalten um die Burgecke auf.
„Fliegende Pferde!" sagte Sanchez entzückt. „Noch besser als ein galoppierendes Anti-Grav!"
„Ich wette, eins davon ist ein geflügeltes Pony!" sagte Tim.
„Wir müssen ihn rufen, sonst findet er uns hier nicht."
„Nigel Pony!" schrien sie zusammen. „Wir sind hier!"
Ihre Stimmen hallten von den Burgmauern wider. Drei der geflügelten Pferde trennten sich von den anderen und flogen mit einer seltsam eintauchenden Bewegung zu den Buben herunter. Als sie näher kamen, sahen die Buben, daß die Flügel in Wirklichkeit breite, durchsichtige Propellerblätter waren, die gemächlich schlugen. Das offenbar von einer Batterie gespeiste Antriebsaggregat hatten die Pferde auf den Rücken festgeschnallt. Die Spannweite war mindestens zehn Meter, sie wirkten gleichzeitig klobig und graziös.
„Nigel Pony und Silber und Morgenstern!" Sanchez erkannte sie gleich wieder.
„Nicht noch ein Ritt!" ächzte Tim. „Wenn ich diesmal runterfiele . . ."
Jedes der Pferde suchte sich eine Kehre an der Zickzackrampe aus; dann lehnten sie sich gegen die Propeller zurück, um das Tempo zu drosseln, und ließen sich unbeholfen nieder wie Tauben, die auf einem Sims landen müssen, das zu schmal für sie ist. Silber schätzte die Entfernung nicht richtig ab, scharrte einen Augenblick mit den Vorderhufen auf der

Rampe und schwang sich noch einmal über den Abgrund hinaus. Mit zwei gemächlichen Flügelschlägen erhob er sich wieder, versuchte die Landung ein zweites Mal und schaffte es. Die Propellerblätter falteten sich zu Fächern schmal zusammen und lagen an der Flanke des Pferdes. Die Buben eilten die Rampe hinauf zu Nigel Pony.
„Schön, daß Sie da sind", sagte Tim.
„Ist Jerk gut heimgekommen?" fragte Sanchez.
„Mich freut's auch, euch wiederzusehen", antwortete Nigel Pony. „Ja, Jerk ist gut angekommen, aber natürlich war er hundemüde, und deshalb hat Große Mutter ihn beim Alten Elias in *Drache 5* gelassen."
„Und wo ist Große Mutter?" fragte Sanchez.
Nigel Pony zeigte mit dem Vorderhuf zum Himmel.
„Sie fliegt doch nicht auf einem Pferd herum?" fragte Tim verblüfft.
„Eure Mutter ist eine bemerkenswerte Frau", sagte Nigel Pony. „Und ihr beide habt eure Sache auch nicht schlecht gemacht, wenn ich das sagen darf."
„Haben Sie beim Weltall-Einwohner-Meldeamt nachgefragt?" wollte Tim wissen.
„Ja, und wir haben Mister Mools Zwillingsbruder auch gleich gefunden. Und jetzt wollen wir gerade Mister Mool selbst einen Besuch abstatten. Ihr seht zwar ziemlich naß und verfroren aus, aber es wäre zu schade, wenn ihr den letzten Akt der Komödie verpassen würdet. Traut ihr euch noch einen Ritt auf Silber und Morgenstern zu?"
„Keinen Ritt, bloß einen Sitz", verbesserte Sanchez ihn. „Versuchen Sie mal, uns davon abzuhalten!"
„Wenn Große Mutter das kann, dann kann ich das auch", sagte Tim.
Sanchez half seinem Bruder auf Morgensterns Rücken hinauf und schwang sich selbst auf Silber.
„Auf geht's!" rief Nigel Pony.

Die breiten Propellerblätter falteten sich mit leisem Rascheln wie von Plastik auseinander. Die Antriebsaggregate begannen zu summen. Sanchez spürte, wie Silber die Muskeln anspannte und dann einen kleinen Sprung machte. Sie schwebten hoch über der schwarzen See, die Felswand glitt an ihnen vorbei.
Die drei flogen zu den anderen Pferden zurück, und Tim klammerte sich an Morgensterns Mähne fest. Das Ganze fühlte sich eher wie ein wackeliges Gleiten als wie Fliegen an; die Pferde schienen auf eine Luftströmung warten zu müssen, um dann darauf aufzusteigen. Tim warf nur einen einzigen Blick hinunter auf die See und die Klippen, die sicher dreihundert Meter unter ihm lagen, und starrte von da an unverwandt auf die Mähne zwischen Morgensterns Ohren.
„Du brauchst keine Angst zu haben!" sagte Morgenstern in seiner üblichen aufreizend hilfreichen Art.
„Sind diese Flugdinger zuverlässig?" fragte Tim ihn.
„Natürlich", sagte Morgenstern. „Solange die Batterie voll ist. Sie verbrauchen sich ziemlich schnell, aber vorher leuchtet ein rotes Warnlicht auf. Sag mir Bescheid, falls es plötzlich brennt. Dann haben wir noch eine Minute Flugzeit übrig."
„Ja", sagte Tim und schluckte. „Ich sag's dann sofort!"
„Die Dinger sind ideal für solche kurzen Kommando-Unternehmen", fuhr Morgenstern fort.
„Haben Sie sie schon oft benutzt?" fragte Tim etwas überrascht.
„Natürlich", sagte Morgenstern. „Sie gehören zu unserer Ausrüstung bei der Polizei."
Bei der Polizei! dachte Tim. Also, jetzt wird mir verschiedenes klar, was ich vorher nicht verstanden habe!
Die anderen Pferde kamen angeflogen. Große Mutter saß im Damensattel auf Schöner Renner; sie trug ihren dicksten

Weltraumanzug und war darin eine wirklich imposante Figur. Sie schaute nicht gerade glücklich, aber sehr entschlossen drein. Es ist sehr schwirig, im Damensattel zu reiten, wenn man überhaupt keinen Sattel hat und nirgends mit dem Fuß Halt finden kann. Sie winkte, als sie die Buben sah.

Die Pferde schwebten über einer kleinen Terrasse zwischen der Burg und dem Klippenrand. Nigel Pony landete als erster, faltete seine Flügel zusammen und winkte dann die anderen heran. Zuerst landete Große Mutter, dann Tim und zum Schluß Sanchez, und jedes Pferd startete sofort wieder, sobald es seinen Passagier abgesetzt hatte. Nigel Pony hob den Huf, und die Pferde stiegen wieder auf und verteilten sich auf die Burgtürme.

Eine Glasschiebetüre führte von der Terrasse in einen hell erleuchteten Raum. Durch die Tür sah man drinnen etliche Herren im Halbkreis sitzen; das waren die Direktoren von der *Pan Weltall* und der *Ophiuchus Hansa*. Sie wandten der Glastür den Rücken zu und hatten große offene Koffer voll Geld hinter sich stehen. Mister Mool stand vor ihnen, redete und lächelte und hielt den Glaszylinder mit dem pulsierenden Licht hoch, damit alle ihn sehen konnten. Offensichtlich begann gerade die Versteigerung.

„Es ist soweit", sagte Nigel Pony.

Er trat vor und klopfte energisch an die Tür. Innen drehten sich alle herum. Mister Mools Nüstern blähten sich ärgerlich, und sein falscher weißer Fleck zuckte. Er sagte noch irgend etwas zu den Direktoren, was draußen nicht zu verstehen war, steckte den Glaszylinder mit dem Licht in die Tasche in seinem Umhang und kam ruhig zur Tür. Er schob sie auf, trat auf die Terrasse und zog die Tür hinter sich zu. Nigel Pony und er sahen sich an.

„Wer sind Sie?" fragte er.

„Kommissar Nigel Pony von der Intergalaktischen Polizei",

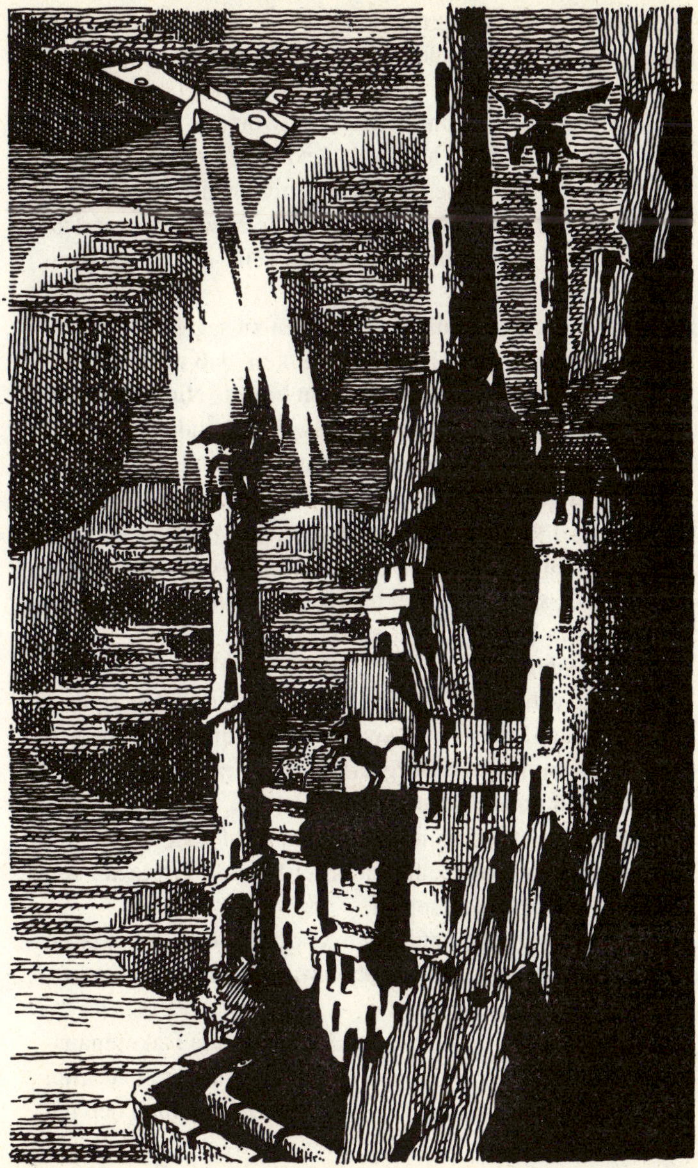

antwortete Nigel Pony gelassen.

„Von der Intergalaktipol!" hauchte Sanchez, und er und Tim schauten sich an.

„Freut mich sehr, Kommissar", antwortete Mister Mool selbstsicher. „Und Sie haben sich extra herbemüht, um mir zu sagen, daß Sie diese beiden jugendlichen Delinquenten gefaßt haben?" Er zeigte mit einer Kopfbewegung auf Tim und Sanchez. „Ich möchte der erste sein, der Ihnen dazu gratuliert."

„Ich habe mich herbemüht, um Ihnen zu sagen, daß wir es diesen beiden jungen Herren verdanken, daß wir hinter Ihren Schwindel gekommen sind", antwortete Nigel Pony mit seiner tiefsten Stimme. „Und Ihr Zwillingsbruder ist gesund und munter und wartet in dem zweiten Sekundenschiff zwischen der Erde und ihrem Mond auf Ihr Signal."

Mister Mool sackte schier zusammen und schaute kläglich von einem zum anderen. „Es ist also aus mit dem armen William Mool", sagte er und schniefte ein wenig. „Ich bin am Ende meines Weges angelangt!"

Dann veränderte sich seine Stimmung plötzlich, er rollte die Augen und schnaubte wütend: „Ein Pony und drei schwache Menschen! Ich werde euch mitsamt diesen dämlichen Direktoren in meinem Burgverlies einsperren und mit dem ganzen Geld davonfliegen!"

Nigel Pony zeigte nur stumm mit dem Huf nach oben. Auf jedem Burgturm stand eines der Pferde und wartete auf den Befehl, die Burg zu besetzen.

Große Mutter drückte auf einen Knopf an ihrem Funkgerät und sagte drohend: „Und da oben wartet ein schwerbewaffnetes Schlachtschiff!"

Auf ihr Signal hin ließ der Alte Elias oben die Raketenauspuffrohre von *Drache 5* spucken. Gelbe Flammen zuckten über den Himmel, und der donnernde Doppelknall ließ die Dachziegel auf der Burg klirren.

„Ich ergebe mich", sagte Mister Mool. „Was verlangen Sie von mir?"
„Benutzen Sie Ihren Verstand, um sich aus dem Schlamassel heraus zu helfen, anstatt in einen neuen zu geraten", sagte Große Mutter. „Niemand ist an einem Skandal interessiert. Sie haben Professor Horgankriss hier irgendwo eingesperrt, nicht wahr?"
„Der Herr Professor ist mein Gast, aber Sie können ihn gern wiederhaben", sagte Mister Mool schnell.
„Nun, zuallererst müssen Sie ihn wohl beschwichtigen", sagte Große Mutter. „Ich schlage vor, Sie erklären diesen Direktoren, der Professor habe Ihnen bewiesen, daß der Protonenantrieb die Atmosphäre verseucht. Und daß Sie ihn deshalb nicht verkaufen können, solange Sie keine neue Methode gefunden haben, um ihn zu entgiften. Das bedeutet, daß die Versteigerung abgeblasen wird und der Professor als der Held von der Weltall-Gesundheitsbehörde in alle Zeitungen kommt. Was sagen Sie dazu?"
„Eine bewundernswürdige Idee!" sagte Nigel Pony. „Obendrein erspart sie uns Steuerzahlern die Unkosten, diesen Schwindler im Gefängnis ernähren zu müssen."
„Gnädige Frau, Sie haben gerade einen letzten Akt geschrieben, der eines großen Dramas würdig ist", sagte Mister Mool. „Ich hoffe nur, daß meine bescheidenen Schauspielkünste dafür ausreichen. Und welch ein Bühnenbild!"
Mister Mool warf einen Blick hinunter auf die Klippen, dann wandte er sich zur Terassentür um. Mit einem Hieb seines rechten Hufs zertrümmerte er die ganze Scheibe. Der Seewind blies in den Raum. Drinnen sprangen die Männer auf und starrten auf die prächtige, schwarze Gestalt mit dem wallenden Umhang, die sich von den silbernen Schatten der Nacht abhob.
„Meine Freunde", begann Mister Mool und hielt wieder das

pulsierende Licht und den Umschlag im Huf. „Meine Freunde, ich muß Ihnen eine Enttäuschung bereiten. Jedes Pferd kann Glück haben, aber nur ein großes Pferd kann Glück und Unglück durchstehen. Ich glaube, Sie glaubten, wir alle glaubten, daß ich der Welt mit meinem Protonenantrieb zu einem lächerlichen Preis, für einen Bruchteil seines wahren Wertes, das wundervollste Geschenk in seiner Geschichte machen würde. Nun weiß ich, daß das leider nicht sein kann. Sie müssen noch ein Weilchen länger warten.
Mein guter Freund Professor Horgankriss von der Weltall-Gesundheitsbehörde hat mir bewiesen, daß mein Protonenantrieb eine viel zu starke Luftverseuchung durch Strahlungen verursacht. Ich habe nicht mit ihm debattiert; ich respektiere ihn viel zu sehr. Und ich füge mich seiner wissenschaftlichen Entscheidung. Der Protonenantrieb muß weg. Es ist besser, wenn die Reise zur Erde mit einem gewöhnlichen Raumschiff drei lange Stunden dauert, als wenn auch nur ein einziges Fohlen, ein einziges Kind durch meine Erfindung Schaden nehmen würde."
Mister Mool machte eine Pause und schluckte, als ob er mit den Tränen kämpfte.
„Sie, meine Freunde, sollen Zeugen des Endes sein. Ich habe Jahre an meiner Erfindung gearbeitet, aber jetzt gebe ich meine Forschungen auf. Jetzt zerbreche ich das Geheimnis meines Protonenantriebs!"
Mit diesen Worten schleuderte er die glitzernde Whiskyflasche mit dem Licht darin an die nächste Turmwand, wo sie mit scharfem Peng zersprang. Die Scherben fielen klirrend auf den Boden.
„Und tiefer als je Senklot sank, ertränke ich mein Buch..."
zitierte Mister Mool sehr dramatisch und schleuderte den Umschlag, der angeblich die geheimen mathematischen Formeln enthielt, in hohem Bogen ins Meer.
Dann verschwand Mister Mool schleunigst, und die Direk-

toren brachen in aufgeregtes Geschnatter aus. Sanchez hatte erwartet, daß sie sehr niedergeschlagen sein würden, aber statt dessen wirkten sie hoch erfreut!
Nigel Pony beobachtete sie ziemlich verächtlich und sagte: „Sie sind erleichtert, weil sie keine Millionen für ein neues Transportmittel ausgeben müssen, das bequeme Leute noch ein bißchen schneller an Orte bringt, wo sie im Grunde genommen nichts verloren haben."
„Eigentlich ist es alles ihre eigene Schuld, nicht?" sagte Sanchez. „Wenn sie nicht so schwach wären, dann würden sie sich nicht von Leuten wie Mister Mool über's Ohr hauen lassen."
„Sie haben so jemanden wie Mister Mool verdient", nickte Nigel Pony.
„Und Sie sind bei der Intergalaktipol! Warum haben Sie uns das nicht schon früher erzählt?" sagte Sanchez.
Nigel Pony machte ein betrübtes Gesicht. „Weil die Leute nie so nett wie vorher zu einem sind, sobald sie wissen, daß man bei der Polizei ist", antwortete er. „Aber so habe ich meine Reise mit euch sehr genossen."
Mister Mool führte Professor Horgankriss herein. Der Professor schaute verwirrt drein und blinzelte, was nur verständlich war nach ein paar Stunden in einem finsteren Raum. Aber die Direktoren eilten ihm entgegen und umringten ihn und schüttelten ihm die Hand und lobten ihn, weil er die Welt vor der Verseuchung durch Protonenschubstrahlen gerettet hatte; deshalb dachte er gar nicht daran, sich zu beschweren.
„Komisch, aber wenn man ganz genau hinschaut, dann sind die Dinge fast nie so, wie sie auf den ersten Blick ausgesehen haben", bemerkte Tim.
„Nun ja, sonst wären wir Polizisten auch alle arbeitslos", sagte Nigel Pony.
„Meinen Sie das ernst?" fragte Sanchez, selbst sehr ernst-

haft. „Wäre es Ihnen nicht auch lieber, wenn es auf dem Mool und seinen Monden immer still und friedlich wäre und Sie nichts anderes zu tun hätten, als frisches Steingras zu weiden und abends zu den Rennen zu gehen?"
„Um ganz ehrlich zu sein: nein!" antwortete Nigel Pony. „Mir macht das Spaß, mit einem Burschen wie unserem Mister Mool fertig zu werden."
„Und er ist schon bestraft worden, nicht?" meinte Sanchez. „Das ganze Theater muß ihn einen Riesenhaufen Geld gekostet haben. Jetzt ist er sicher ruiniert."
„Ruiniert!" Nigel Pony lachte. „Er hat schon einen ganz schönen Profit damit gemacht, daß er das Recht, Start und Landung des Sekundenschiffes zu filmen, an das Fernsehen verkauft hat. Leute wie William Mool fangen nur selten etwas an, bei dem sie Geld verlieren. Das ganze Weltall ist voll von gelangweilten Leuten, die unterhalten werden wollen. Er liefert ihnen den Blödsinn."
„Also ist er im Grunde genommen auch notwendig", sagte Sanchez.
„Und wir haben ihn miteinander verdient", schloß Tim.
Mister Mool ließ seinen Gästen Getränke servieren. Auch der Professor hielt ein Glas in der Hand, aber er schaute nur bescheiden hinein und trank nicht.
„Liebe Freunde!" begann Mister Mool. „Heute abend möchte ich einen Trinkspruch ausbringen, der mir aus dem Herzen kommt, der uns allen aus dem Herzen kommt. Trinken wir auf das Wohl unserer lieben, alten Milchstraße, auf das Wohl all der lieben, guten Leute, die darin leben, und trinken wir auf das Wohl von Professor Horgankriss, der das alles vor einer Gefahr gerettet hat, an deren Existenz viele von uns nicht glauben wollten. Auf Professor Horgankriss und auf einen neuen, sauberen Protonenantrieb!"
„Auf den Professor!"
„Auf einen neuen, sauberen Protonenantrieb!"

Alle tranken höchst erfreut darauf.

„Soll das heißen, daß er schon daran denkt, wie er möglichst bald den nächsten Schwindel aufziehen kann?" wunderte sich Sanchez.

„Wahrscheinlich", nickte Nigel Pony. „Aber es gibt immer Burschen wie uns, die mit Burschen wie ihm fertig werden. Ich weiß, es ist heute schon das dritte Mal, aber ich finde, daß ihr beide jetzt dringend ein ordentliches, heißes Bad braucht."

„Genau das habe ich mir auch gedacht", sagte Große Mutter.

Teil 2

Drache 5 und das Super-Hirn

1. Ein Planet in Panik

Seit drei Tagen stand Weltraumfrachter *Drache 5* im Weltall Schlange, umkreiste den Schnee-Planeten auf einer Umlaufbahn in fünfhundert Meilen Höhe und wartete auf die Landeerlaubnis.
Nach einer langen Reise durch den Weltraum ist solches Warten ärgerlich. Tim und Sanchez langweilten sich schrecklich. Große Mutter und Alter Elias, ihre Eltern, waren beinahe ebenso schlechter Laune. Die beiden Buben bürsteten ihren Fliegenden Jagdhund Jerk, bis sein Fell und seine langen Ohren wie Seide schimmerten und er sich sehr sauber und sehr unbehaglich fühlte. Dann nahmen sie sich auch noch die Minims vor und bürsteten ihnen den Pelz und polierten ihre Krallen. Ihnen gefiel es genausowenig wie Jerk, so herausgeputzt zu werden. Hinterher kletterten sie wieder auf ihr Sitzbrett und taten beleidigt und kauten an ihren Krallen, damit sie wieder unordentlich aussahen.
Und es kam noch immer kein Zeichen des Willkommens von dem einzigen Weltraum-Flughafen des Schnee-Planeten.
Durch die Kabinenfenster beobachteten die Buben, wie die großen, plumpen Raumschiffe, die zusammen mit *Drache 5* auf der Umlaufbahn warteten, Passagiere aufnahmen. Raketen-Fähren, die auf langen Feuerspuren vom Planeten unten heraufschossen, brachten sie her. Sobald ein Raumschiff voll war, begannen die Antennen der Galaxis-Integratoren zu zucken; das Raumschiff verschwand in einer grauen Wolke und begann seine weite Reise zu anderen Sternen der Galaxis.
„Es kommen immerzu neue Raumschiffe, und die Raketen-Fähren pendeln dauernd hin und her. Da gibt es ja für uns überhaupt nie Platz zum Landen", beklagte sich Sanchez.

„Was meint ihr, wo die alle in solcher Eile hin wollen?"
Alter Elias saß in seinem Pilotensitz, rauchte Pfeife und
schnitzte mit einem scharfen, spitzen Messer an Kirschkernen herum. Er schaute verächtlich auf den weißen Planeten
hinunter.

„Karnickel! Die sind doch alle gleich! Wenn einer krank
wird, werden sie alle krank. Wenn einer auf eine andere
Weide will, rennen alle anderen hinter ihm her. Wenn einer
auf einmal Hosen aus himmelblauem Samt hat, dann hüpft
in der nächsten Woche der ganze Stamm in blauem Samt
herum. Kein Gehirn!" sagte Alter Elias.
Große Mutter saß an ihrem Webrahmen; sie arbeitete an einer grünen Bettdecke aus grobem Leinen, die sicher kratzte,
wenn man mit dem Gesicht daran kam.
„Im Raumführer steht, daß es keine Kaninchen, sondern
Hasen sind", sagte sie fest. „Weiße Hasen, einsfünfzig groß,
wenn sie auf den Hinterläufen sitzen, und sehr intelligent.
Also bring den Buben nichts Falsches bei, sonst verärgern

sie gleich alle bei der Landung, weil sie sie Kaninchen nennen."

Der Alte Elias war eigentlich alles andere als streitsüchtig. Aber er war nur glücklich, wenn die Motoren von *Drache 5* schnurrten, und die drei Tage Warten und im Kreis herumschweben hatten ihn ärgerlich gemacht, weil es nichts zu tun gab.

„Hasen!" knurrte er gereizt. „Von mir aus können sie auf den Hinterläufen sitzen, bis sie zehn Meter groß sind – aber sehr intelligent sind sie bestimmt nicht! Versuch bloß mal, per Funk mit ihnen zu reden. Sie schnaufen und schniefen bloß und bringen keinen Satz zu Ende. Ich kann keine vernünftige Auskunft aus ihnen herausholen."

„Sie können nicht einmal selbst Raumschiffe bauen", stimmte Tim zu. „Da draußen, das sind lauter internationale Raumschiffe, die sie bei allen möglichen Fluggesellschaften gemietet haben. Sie bauen bloß diese kleinen Raketen-Fähren, und das kann jeder Schuljunge."

„Wahrscheinlich fliegen die Dinger mit Karottensaft", fügte Alter Elias ziemlich boshaft hinzu.

„Vielleicht", sagte Große Mutter und klapperte mit den Schäften ihres Webstuhls, „vielleicht haben sie bloß deshalb keine Raumschiffe, weil sie da unten einen so hübschen, angenehmen Planeten haben, daß sie gar nicht fortstreben, sondern dableiben wollen."

„Warum kommen dann all diese Raumschiffe leer hier an und fliegen voll beladen wieder weg?" fragte Tim erregt. „Das wundert mich schon die ganze Zeit. Es sind lauter Passagierschiffe, keine Frachter, und sie bringen überhaupt niemanden her, sie holen bloß Leute ab!"

„Karnickel", brummte Alter Elias in eine Rauchwolke gehüllt.

„Hasen!" sagte Große Mutter.

„So, wenn das Hasen sind, warum haben wir dann den Laderaum voll Salatsamen?" fragte Alter Elias triumphierend.

„Karnickel fressen Salat! Und wir bringen ihnen zwanzig Säcke Padgetts Spezial-Schnellwuchs-Riesensalat-Samen. Und das ist die schlechteste Sorte, die du für gutes Geld kaufen kannst: sie wächst schnell und ist riesig, aber sie hat kein Aroma und keinen Geschmack und keinen Nährwert! Einen anständigen Salat kriegst du damit nie zustande. Das weiß ich aus Erfahrung! Und das beweist, daß bei diesen Karnikkeln der Verstand kleiner ist als die Ohren! Sonst würden sie das Zeugs nicht kaufen! Und wenn du meinst, sie sind trotzdem intelligent, dann versuch mal, die Erlaubnis zur Landung aus ihnen herauszuholen."

Einen Augenblick war es ganz still in der Kabine von *Drache 5*. Große Mutter hörte auf zu weben, und Tim und Sanchez saßen da und rührten sich nicht. Sie waren beide ein bißchen besorgt, denn der Alte Elias widersprach der Großen Mutter sonst nie. Er war ein sehr zufriedener Mensch, solange er nur an seinen Motoren arbeiten konnte. Und weil *Drache 5* schon ein sehr altes Raumschiff war, mit sehr komplizierten Maschinen, hatte Alter Elias meistens sehr viel zu tun und überließ alles andere gerne der Großen Mutter.

Große Mutter knallte den Weberkamm nachdrücklich ans Gewebe. Die Minims fuhren auf ihrem Sitzbrett hoch und lugten erfreut herunter. Sie gingen schließlich nur auf Reisen, weil sie gern in Gesellschaft waren und Abenteuer erlebten.

Nun waren sie froh, daß sich endlich wieder einmal etwas ereignete.

„Tim, geh ans Funkgerät und verbinde mich sofort mit dem Flughafen auf dem Schnee-Planeten!" sagte Große Mutter energisch.

„Ja, Große Mutter", sagte Tim und rannte schon.

„Und Sanchez, schaff den Hund da aus deiner Schlafkoje", fuhr Große Mutter noch energischer fort. „Überall Hundehaare, und dazu der Pfeifenqualm von deinem Vater! Wie sieht das hier immer aus! Wenn wir schon kreuz und quer durch das Weltall trampen müssen, um Fracht hierhin und dorthin zu bringen, nur damit wir unseren Lebensunterhalt verdienen, dann möchte ich wenigstens eine ordentliche, saubere Kabine haben. Sonst muß ich mich schämen, wenn mal jemand kommt."

„Ja, Große Mutter", sagte Sanchez und zog Jerk am Halsband herunter. Jerk jaulte nicht einmal, wenn Große Mutter in diesem energischen Ton sprach.

„Weltraumfrachter *Drache 5* ruft Flughafen Schnee-Planet", rief Tim stolz in das Funkgerät.

Zuerst kamen nur Geräusche von atmosphärischen Störungen durch, und dann eine aufgeregte Stimme, die „Humpf-humpf, was?" machte. Auf diese Entfernung hätte auch das Funk-Fernsehbild durchkommen müssen, aber mit diesen Geräten war Alter Elias nicht so geschickt wie mit Integratoren und Raketenmotoren.

„Dummes Drahtding", sagte er, wenn es nicht sofort tadellos funktionierte, und rührte es dann nicht mehr an.

„Weltraumfachter *Drache 5* ruft Flughafen Schnee-Planet", wiederholte Tim. „Hören Sie mich?"

„Humpf-humpf!" fauchte das Funkgerät wieder. „Was ist los? Frachter? Raumschiffe können hier nicht landen!" keuchte eine hastige, atemlose Stimme.

Große Mutter trat an das Funkgerät und nahm Tim das Mikrofon aus der Hand.

„Kapitän von Weltraumfrachter *Drache 5* ruft Flughafen Schnee-Planet und bittet um Landeerlaubnis in fünfzehn Minuten", sagte sie langsam.

„Uah! Wah! Raumschiffe können hier nicht landen!" sagte die Stimme hastig.

„Karnickel! Karnickel, die in Höhlen leben", brummte Alter Elias vor sich hin.

„Weltraumfrachter *Drache 5* hat Raketenmotoren und Anti-Gravitations-Anlagen für selbständige Landungen auf Planeten", antwortete Große Mutter mit beschwichtigender Stimme. „Wir bitten um Landeerlaubnis in fünfzehn Minuten, um eine Fracht von zwanzig Säcken Salatsamen abzuliefern."

Daraufhin kam ein kollerndes Lachen aus dem Funkgerät. „Wu-hu-humpf! Ganz unmöglich! Der Flughafen ist für die nächsten achtundzwanzig Tage im voraus für Landungen ausgebucht, für die Luftbrücke!" Die Stimme schnaufte kurz und machte noch einmal „Whumpf!" Dann fuhr sie fort:

„Übrigens brauchen wir hier keinen Salatsamen. Wir ziehen selbst welchen, eine sehr gute Sorte. Niemand hier würde jemals ausgerechnet Salatsamen aus dem Ausland bestellen." Die Stimme wurde ernst. „Außerdem sind dumme Witze nicht angebracht, wenn der nationale Notstand herrscht. Bitte fliegen Sie ab!"
„Sanchez, geh in den Laderaum und schau nach, wie die genaue Adresse heißt, an der wir den Samen abliefern sollen", flüsterte Große Mutter drängend. „Irgend jemand hat ihn bestellt, und irgend jemand kriegt ihn auch."
Sie sprach wieder in das Funkgerät: „Hören Sie mal, wir sind nicht zweihundertsechzig Lichtjahre weit von Padgetts Versuchslabor auf dem Planeten Alpha im Sonnensystem Kliton hergereist, um hier herumzuwarten, während Sie sich räuspern."
„Ch-pfrumph! Wir bestellen nie Salatsamen im Ausland. Wir haben eine ausgezeichnete einheimische Sorte, festes Herz, saftige Blätter, würziger Geschmack. Das muß alles ein Irrtum sein! Ende der Funkverbindung."
Große Mutter legte die Hand über die Sprechmuschel und fragte: „Wo bleibt Sanchez?"
„Ich hab sie", rief Sanchez aus dem Laderaum. „Sie war auf dem letzten Sack hinten in der Ecke aufgenäht. Da steht bloß ,Eilsendung an Super-Hirn, Zimmer 1, Flur 1, Sektion A.' Das muß eine Import- und Export-Firma sein. Der Bursche ist sicher ganz schön geschäftstüchtig, sonst hätte er sich nicht solch einen Namen gegeben."
„Flughafen an Weltraumfrachter, Sie bekommen keine Landeerlaubnis", meldete sich die selbstzufriedene Stimme noch einmal aus dem Funkgerät. „Ich wiederhole, keine Landeerlaubnis. Ganz unmöglich. Wochenlang. Chhumpf! Ende der Durchsage."
„*Drache 5* an Flughafen; die Durchsage ist nicht beendet", antwortete Große Mutter. „Der Salatsamen ist von einer

Firma namens Super-Hirn bestellt worden, an die Adresse Zimmer 1, Flur 1, Sektion A. Ein Irrtum ist völlig ausgeschlossen."

Aus dem Funkgerät kam noch ein spuckender Laut, und dann nichts mehr; kein humpf und kein pfrumph, nur tiefes Schweigen, das eine halbe Minute dauerte.

„Diese Karnickel!" sagte Große Mutter. „Wenn sie nicht antworten, dann landen wir einfach ohne Erlaubnis!"

„Ich hab's dir ja gesagt!" Alter Elias lehnte sich zufrieden in seinem Pilotensitz zurück. „Es ist bloß ein Haufen dummer Karnickel. Ich wußte, daß du das einsehen würdest."

„Flughafen an Weltraumfrachter *Drache 5*! Flughafen an *Drache 5*! Eilige Durchsage! Hören Sie mich? Humpf, hören Sie mich?" Die Stimme aus dem Funkgerät klang nun ganz anders, respektvoll und beinahe ängstlich.

„Hier *Drache 5*, wir hören Sie", antwortete Große Mutter gelassen.

„Sie haben Landeerlaubnis. Ich wiederhole: Sie haben Landeerlaubnis, in fünfzehn Minuten. Bitte beginnen Sie sofort mit dem Anflug. Unsere Koordinaten: 067 O 253 zu 08 N 772, ich wiederhole, humpf, unsere Koordinaten sind ..."

Klick! Große Mutter schaltete das Funkgerät aus und schaute alle mit zufriedenem Lächeln an.

„Wenn man Geduld hat, kann man mit jedem Hasen vernünftig reden", sagte sie.

Alter Elias legte seinen Sicherheitsgurt an und schaltete die Zündung ein. Die Raketenmotoren sprangen schnurrend an, und das alte Raumschiff begann zu beben.

„Ich habe euch immer gesagt, daß eure Mutter eine tüchtige Frau ist", sagte Alter Elias zu den Buben.

Es machte Spaß, *Drache 5* zu steuern. Da er ein sehr altes Raumschiff war, hatte er nur wenige automatische Vorrichtungen, und man mußte alles selbst machen. Tim und San-

chez machte das Starten und Landen am meisten Vergnügen, weil man in der dichten Atmosphäre eines Planeten den Galaxis-Integrator abstellen mußte und statt dessen das dicke Bündel Raketen im Heck benutzen konnte und dazu die kleinen Steuer- und Bremsraketen in den sichelförmigen Flügeln.
Die Buben mußten ja zugeben, daß der Integrator von *Drache 5* sehr langsam war im Vergleich zu modernen Raumschiffen. Sie hatten achtzehn Tage gebraucht für die zweihundertsechzig Lichtjahre von der Sonne Kliton zum Schnee-Planeten; ein modernes Raumschiff hätte das in fünf bis zehn Stunden geschafft. Aber die modernen Raumschiffe hatten keine Raketen, mit denen sie auf einem Planetenflughafen landen konnten. Sie mußten draußen im Raum bleiben, und Raketen-Fähren pendelten zwischen ihnen und dem Planeten hin und her und machten den Zubringerdienst. Und sie hatten auch nicht solche wundervollen Stromlinien wie *Drache 5*.
Die Landung auf dem Schnee-Planeten war besonders interessant. Tim bediente das Funkgerät und das dreidimensionale Radargerät, das den Raum im Umkreis von fünfzig Meilen rund um *Drache 5* herum abtastete. Sanchez war an der Reihe, um dem Alten Elias beim Steuern zu helfen. Alter Elias bediente die Raketen zum Auf- und Absteigen, zum Bremsen und zum Beschleunigen und Sanchez die beiden Raketen zum Rechts- oder Linkssteuern.
Große Mutter webte weiter an ihrer kratzigen Bettdecke und hielt dabei ein wachsames Auge auf ihre Mannschaft. Zehn Minuten nachdem sie die Landeerlaubnis bekommen hatten, steuerten die Heckraketen *Drache 5* aus der Umlaufbahn und hinunter zum weißen, umwölkten Schnee-Planeten. Er zog orangenfarbene Feuerspuren hinter sich her und füllte die Stille des Raums mit dem Donner des hinter ihm einstürzenden Vakuums.

Drache 5 knirschte in sämtlichen Schweißnähten und Schrauben, als er blausilbern und prächtig durch die dünne äußere Atmosphäre hinunter schoß. Die Anti-Gravitations-Propeller sprangen an, um die Geschwindigkeit herabzusetzen und die Luftreibung zu mildern. Die Flügelspitzen glühten rosig von der Hitze. Dann war *Drache 5* in der Troposphäre und flog durch Luft, die man atmen konnte. Unter ihm breitete sich eine dicke Decke gewaltiger Schneewolken aus. Sie umgaben den Planeten unablässig; von ihnen hatte er seinen Namen. Diese Wolken machten ihn auch kalt und unfruchtbar, und sie waren auch schuld daran, daß nur sehr selten ein Raumschiff hierher kam.

„*Drache 5* an Flughafen Schnee-Planet", funkte Tim. „Ich bin null null acht Minuten von der Einflugschneise entfernt. Prüfen Sie nach und bestätigen Sie, daß ich freien Anflug habe. Nachprüfen und bestätigen. Ende der Durchsage."

Plötzlich wurde es dunkel in der Kabine; *Drache 5* war in die Wolkendecke eingedrungen; er bockte und sprang wie ein Pferd.

Nun sahen Sanchez und Alter Elias nichts als dichtes Schneetreiben vor dem Fenster der Pilotenkanzel. Nur das Radargerät konnte ihnen noch den Weg zeigen.

„Nachprüfen und bestätigen!" funkte Tim noch einmal.

Das Radio gab ein „Humpf" von sich und sonst gar nichts.

„Wahrscheinlich jäten sie gerade ihre Salatbeete, diese Karnickel!" stieß Alter Elias aus. „Sie haben keine Zeit, uns reinzulotsen!"

„Pfrumfff!" sagte das Radio. Und dann sehr hastig: „Flughafen an *Drache 5*. Ihre Einflugschneise ist nicht frei! Drei Raketen-Fähren im Abflug darauf! Machen Sie sich bereit, Ihr Raumschiff aufzugeben. Machen Sie sich fertig. Sie müssen Ihr Raumschiff aufgeben. Sie sind auf Kollisionskurs. Das Versehen tut uns schrecklich leid! Wir bitten vielmals um Entschuldigung!"

„Ich hab's euch ja gleich gesagt!" Alter Elias reckte wütend das Kinn.
„Zwei Raketen genau voraus, dreißig Meilen vor uns!" rief Tim erschrocken von seinem Radargerät.
Im gleichen Augenblick griffen Alter Elias und Sanchez schon nach den richtigen Hebeln für den Raketenschub. Es klang wie ein tiefes Husten, als die Heckraketen das alte Raumschiff mit einem Ruck nach oben rissen, daß das ganze Gerippe ächzte. Dann schlug eine helle Flamme aus den Retro-Raketen unter dem linken Flügel, und *Drache 5* bog nach rechts ab. Sanchez zog noch einmal an einem Hebel, und die Raketen rechts zogen *Drache 5* in einer engen Kurve in die Nähe des alten Kurses zurück.
In diesem Augenblick kamen sie aus den Schneewolken heraus und hatten für einen Moment Sicht.
„Da sind sie!" Sanchez zeigte nach links, als die beiden Raketen-Fähren wie zwei leuchtende Pfeile vorbeisausten.
„Genau auf unserem Kurs!" schnaubte Alter Elias. „Und wo ist die dritte? Sie haben gesagt, es sind drei, und vielleicht können sie doch wenigstens richtig bis drei zählen!"
Weit vor ihnen zwischen den Wolken sah Sanchez einen glänzenden Punkt aufblitzen. Sofort griff er wieder nach den Hebeln, und *Drache 5* schwenkte so scharf nach links, daß die Minims auf ihrem Sitzbrett hin und her schwankten und Jerk aus Sanchez' Schlafkoje rutschte.
Die dritte Raketen-Fähre, vollgepackt mit Kaninchen oder Hasen, wie immer man sie nennen wollte, war beinahe vorbeigezischt, ehe die anderen die Gefahr gesehen hatten.
„Gut gemacht, mein Junge", sagte Alter Elias zufrieden, und Sanchez lächelte erfreut.
„Flughafen an *Drache 5*", meldete sich die Stimme im Radio wieder und klang nun munter und energisch. „Ihre Einflugschneise ist jetzt frei, aber Sie sind sechs Strich nach links von Ihrem korrekten Kurs abgewichen. Bitte korrigieren Sie

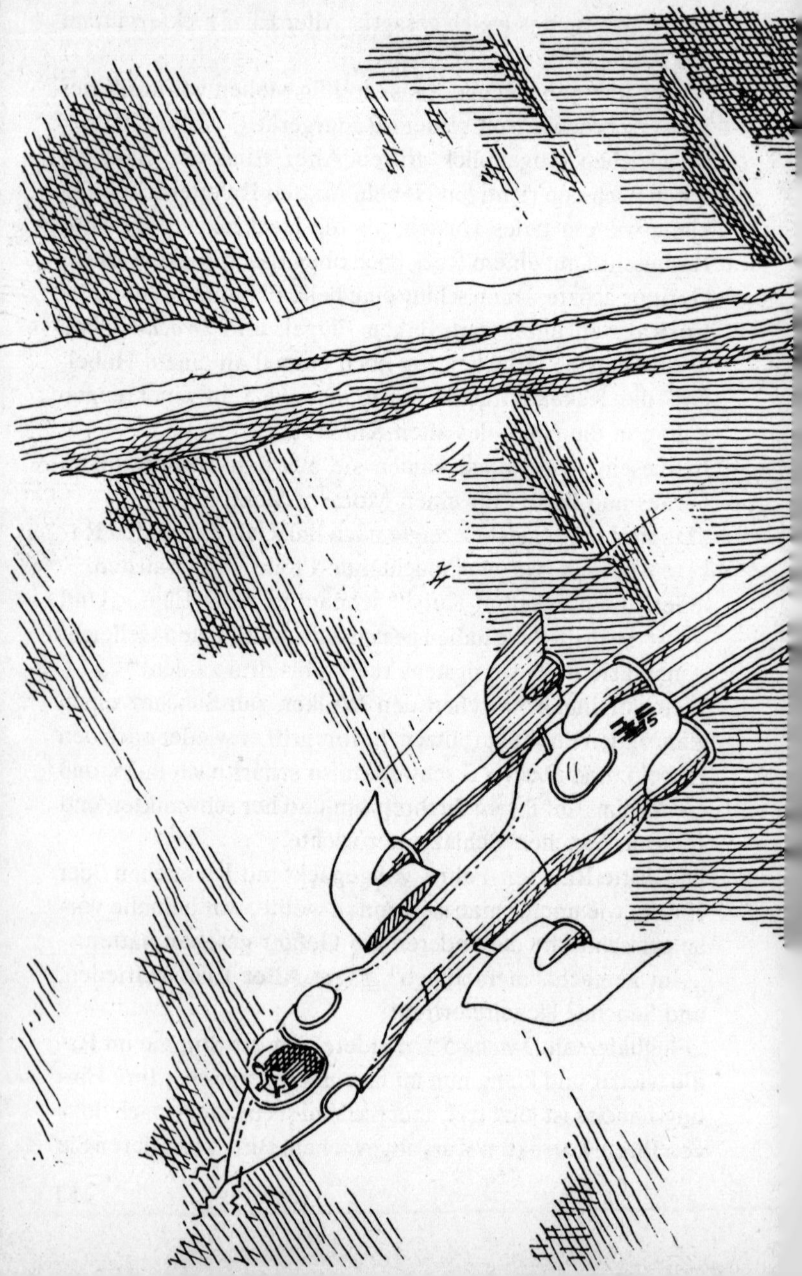

das sofort. Ich wiederhole: Bitte korrigieren Sie das sofort."

In der Pilotenkanzel von *Drache 5* schauten sich alle an.

„Karnickel!" knurrte Alter Elias. „Der Fluglotse da unten sollte lieber auf einem Salatfeld den Schneckenverkehr regeln!"

Drache 5 tauchte wieder in die Schneewolken ein und kehrte auf seinen alten Kurs zurück. Er wurde von heftigen Windstößen und Schneewirbeln gebeutelt.

„... Null null sechs Minuten ... Null null fünf Minuten ... Null null vier Minuten ..." meldete Tim durch das Funkgerät.

„Ob es noch genug aufklart, damit wir die Landebahn sehen können?" überlegte Sanchez.

„Ich möchte bei einer blinden Landung nicht von dem Haufen da unten abhängen", sagte Alter Elias.
„Null null drei Minuten . . ."
Plötzlich waren sie aus dem Schneesturm heraus, und das reine weiße Licht von Sonnenschein auf Schnee strömte in die Kabine. Sie flogen dreihundert Meter über niedrigen Hügeln, auf denen eine dicke Schneedecke lag. Die Wolken über ihnen hatten sich geteilt, und zwei kalte, weiße Sonnen schienen herunter. Unter ihnen lag zwischen den Hügeln ein langes Flugfeld, auf dem es von Raketen-Fähren und Gestalten wimmelte, die auf den nächsten Start warteten. Am anderen Ende des Flugfeldes führte ein riesiges schwarzes Tunneltor in den Berg.
Alter Elias zeigte triumphierend darauf und rief: „Ich hab's euch ja gleich gesagt, daß sie in Höhlen hausen!"
„Anti-Gravs für die Landung eingeschaltet", rief Sanchez schnell, um eine weitere Debatte zu verhindern.
Die Raketen sprühten nur noch einen dünnen Funkenregen, als das alte Raumschiff herabsank. Dann brachten die Bremsraketen *Drache 5* in der Luft beinahe zum Stillstand, und die Anti-Gravs schalteten sich ein und lenkten *Drache 5* sanft immer tiefer herunter, dicht über die hin und her rennenden Hasen hinweg, immer tiefer, bis er zum Schluß mit leisem Knirschen auf dem festgewalzten Schnee der Landebahn aufsetzte.
Jerk sprang auf und schleckte Sanchez sehr feucht über das Gesicht, um zu zeigen, wie froh er war. Dann kratzte er schon eifrig an der Kabinentür und schüttelte die langen Ohren.
„Es sind weiße Hasen", rief Tim vom Kabinenfenster.
Sanchez schaute ihm über die Schulter. „Du liebe Zeit, die haben es aber eilig. Und seht euch mal die tollen Düsenschlitten an!"
Niemand schien sich um *Drache 5* zu kümmern. Zwei wei-

tere Raketen-Fähren erhoben sich nacheinander auf zischenden und brüllenden Gasstrahlen von ihren Startrampen und verschwanden bald im leuchtend weißen Himmel. Ein ständiger Strom von Schlitten wälzte sich aus dem großen Tor im Berg; manche waren so groß wie Autobusse, andere boten nur Platz für vier Hasen mit Gepäck, aber alle waren randvoll beladen. Die Düsenschlitten sausten mit lautem Zischen dahin, und richtige Schneefontänen spritzten hinter ihnen hoch. Die Hasen stiegen mit Reisetaschen und Koffern aus, stellten sich in die Schlangen an den Raketenstartrampen, und die Schlitten zischten wieder zurück zum Tunneleingang.

„Anti-Gravs scheinen sie nicht zu haben", bemerkte Tim herablassend. „Diese Schlitten sind ziemlich primitiv und vergeuden den Treibstoff kanisterweise."

„Ich finde, sie müssen ganz schön gescheit und geschickt sein, wenn sie überhaupt etwas konstruiert haben, obwohl sie doch bloß Pfoten haben", sagte Sanchez. „Versuch mal, ohne Finger und Daumen zum Zupacken einen Hammer zu halten. Fast alle zivilisierten Rassen im ganzen Weltall haben irgendeine Art von Hand oder Tentakeln, die sie statt dessen benutzen können."

„Und sie sind genauso groß wie wir, wenn nicht noch größer", sagte Tim. „Wenn die einsfünfzig von den Hinterläufen aus gemessen werden, dann sind sie ja schon im Sitzen einsfünfzig groß. Aber sie scheinen noch nicht so weit zu sein, daß sie auch Häuser bauen."

„Ich wette, du würdest auch nicht in einem Haus leben wollen, wenn es das ganze Jahr lang unentwegt schneit", sagte Sanchez, der die großen, pelzigen Geschöpfe, die da draußen hin und her eilten, schon irgendwie mochte. „Wahrscheinlich haben sie die ganze obere Schicht des Planeten mit Tunneln und Kellern ausgehöhlt. Und sicher ist es da ganz gemütlich."

„Gemütlich gewesen", warf Alter Elias ein und zündete seine Pfeife an. „Aber jetzt scheinen sie es verdammt eilig zu haben, wegzukommen. Schaut euch nur an, wie sie sich in die Schlitten und die Raketen-Fähren drängen."
„Sie sehen sehr sauber aus", sagte Große Mutter lobend und webte einen weißen Faden in ihre grüne Bettdecke, wie um ihre Ansicht zu unterstreichen. „Mir sind sie zu einer Mahlzeit oder zu einer Tasse Tee willkommen."
„Du kannst den Kessel gleich aufsetzen", sagte Alter Elias und zeigte durch das Fenster am Pilotensitz. „Da kommt schon so ein Karnickel auf uns zu."

2. Eine Überschwemmung in der Unterwelt

Ein kleiner Düsenschlitten kam zu *Drache 5* und zog einen hohen Schneeschleier hinter sich her. Ein Hase saß am Steuer, und neben ihm saß ein zweiter, der einen nach Uniform aussehenden schwarzen Mantel trug und mit einer schnellen, ungeduldigen Pfotenbewegung zur Pilotenkanzel hinauf winkte.
In der anderen Pfote hielt er einen kurzen, schwarzen Stock mit einem goldenen Knauf.
„Baron Osterhase persönlich kommt zu Besuch", sagte Alter Elias. „Macht ihm die Tür auf, Jungs. Es juckt ihn schon in den Pfoten, wenn er bloß an den Salatsamen denkt!"
Tim öffnete die Kabinentür, und ein klirrend kalter Luftstoß blies herein. Die Wolken hatten eine Sonne verdeckt und erreichten gerade die zweite. Dünnes Schneetreiben begann. Der Hase im schwarzen Mantel kam die Gangway herauf, blieb unter der Tür stehen, schaute sich nervös nach rechts

und links um, holte Luft und präsentierte dann seinen Stab mit dem Goldknauf.

„Phumm!" begann er mit einem kleinen Schnauben. „Gestatteten Sie, daß ich mich vorstelle: Oberbezirksinspektor des Super-Hirns für Flur 6, Sektion K."

„Und ich bin der Kapitän des Weltraumfrachters *Drache 5*", antwortete Große Mutter mit fester Stimme. „Ich nehme an, Sie möchten den Salatsamen für die Firma Super-Hirn abholen, also kommen Sie doch bitte herein. Bei dieser Kälte ist es drinnen angenehmer."

„Kälte!" sagte der Oberbezirksinspektor. „Heute ist ein schöner, warmer Tag. O ja! Ein sehr schöner, warmer Tag!" Aber er kam doch herein und schaute schnell von einem zum andern.

„Dieser Salatsamen, den das Super-Hirn bestellt haben soll, den möchte ich gern sehen", sagte er, „Ich hoffe inständig, daß Sie uns die Wahrheit gesagt haben. Denn nur für das Super-Hirn haben wir Ihnen in diesen Notzeiten die Landeerlaubnis gegeben. Es ist jetzt nicht die richtige Zeit für Scherze hier bei uns auf dem Schnee-Planeten." Seine Nase zuckte nervös.

„Sie können ihn sich sofort anschauen; Sanchez wird Sie in den Laderaum führen", sagte Große Mutter. „Und hinterher trinken Sie vielleicht eine Tasse Tee mit uns? Das heißt, wenn Sie es nicht zu eilig haben", fügte sie hinzu, denn die weißen Hasen schienen alles in großer Hast und mit einer Reihe von erregten Gesten zu machen.

„Vielen Dank, sehr gerne", antwortete der Oberbezirksinspektor und hoppelte durch die Tür zum Laderaum, die Sanchez geöffnet hatte.

Große Mutter stellte den Wasserkessel auf den Herd und die Tassen auf den Tisch, und unterdessen war zu hören, wie der weiße Hase im Frachtraum herumrumorte und Säcke beiseite zog und „Pfrumpf" und „Humph" vor sich hin brummelte. Dann hoppelte er plötzlich wieder in die Kabine und setzte sich auf dem Boden nieder. Tim und Sanchez schauten sich an und nickten: er war tatsächlich schon im Sitzen einsfünfzig groß, wie es im Raumführer stand. Sie konnten dem Alten Elias nicht zunicken, weil der Rauchsauger auf seiner Pfeife lief. Große Mutter hatte ihm diesen Rauchsauger zu Weihnachten geschenkt, obwohl er ihn gar nicht haben wollte. Es war ein Mini-Gerät, das allen Pfeifenrauch in einem kleinen Kreis dicht um die Pfeife festhielt, damit er nicht das Zimmer verqualmte und andere Leute belästigte. Der ganze Rauch blieb dicht vor dem Gesicht des Rauchers selbst hängen, und deshalb sah Alter Elias dann nicht mehr viel.

Große Mutter bot dem Oberbezirksinspektor eine Tasse Tee an und legte vorsichtshalber einen Strohhalm auf die Untertasse. Der Inspektor-Hase steckte den Strohhalm in den Tee und sah Große Mutter mit besorgter Miene an.

„Dieser Salatsamen ist *fadscharidschi* . . . wie heißt das noch bei Ihnen? Ein Dreck! Pfrumph!" sagte er. „Er wächst in ein, zwei, drei Minuten, aber er hat keinen Geschmack. Wir würden so etwas nie essen! Niemals! Aber das Super-Hirn hat ihn trotzdem bestellt. Das verstehe ich nicht."

Alter Elias nickte zustimmend hinter seiner Rauchwolke. „Sie haben ganz recht. Padgetts Spezial-Schnellwuchs-Riesensalat ist die Transportkosten nicht wert, aber natürlich erwarten wir, daß Sie die bezahlen. Sie arbeiten doch für diese Firma Super-Hirn?"

Der Inspektor richtet sich abrupt auf und schnaufte: „Humph! Ich arbeite für das Super-Hirn. Wir alle arbeiten für das Super-Hirn! Das Super-Hirn hat Weiße Hasen und Schwarze Hasen in logischer Harmonie vereint." Er schnaufte wieder und reckte seinen Stab mit dem goldenen Knauf wie zum Gruß. „Zum größeren Wohl der größeren Zahl!" sagte er laut, dann ließ er sich wieder zurücksinken,

warf einen nervösen Blick auf die Rauchwolke vor dem Alten Elias und schlürfte ein wenig Tee durch den Strohhalm.
„Aber sagt dieses Super-Hirn Ihnen nicht Bescheid, wenn es etwas bestellt hat?" fragte Tim. „Ich meine, Sie sind offensichtlich eine wichtige Persönlichkeit hier am Flughafen. Sie sollten so etwas doch wissen, oder?"
Der Inspektor rührte betrübt mit dem Strohhalm in seinem Tee herum.
„Phumm", schnaufte er in klagendem Ton. „Du hast recht. Wenn irgend jemand über die Bestellung von ausländischem Schund informiert sein müßte, dann ich. Aber hier auf unserem Schnee-Planeten, wo früher alles so vollkom-

men organisiert war, so vollkommen..." Er küßte seine Pfotenspitze und wedelte damit zur Decke. „... daß ihr euch nicht einmal im Traum vorstellen könnt, wie vollkommen die Ordnung war, die das Super-Hirn hier eingeführt hat..." Seine Stimme verklang, und er saß da und schaute seelenvoll in seine leere Teetasse.

„Bitte, erzählen Sie doch weiter", sagte Sanchez und schenkte ihm noch einmal Tee ein.

„Diesmal keine Milch, bitte, nur ein bißchen Zitrone", sagte der Inspektor-Hase. „Nun, jetzt ist hier alles Chaos; das Unheil ist über uns hereingebrochen."

„Das tut mir wirklich leid", sagte Große Mutter. „Dabei macht Ihr Planet solch einen sauberen, ordentlichen Eindruck, wenn man ankommt und hinunterschaut."

„Bis vor sechs Monaten, ja", stieß der weiße Hase aufgeregt aus. „Aber seit sechs Monaten ist alles hin! Wir sind ruiniert! Ich werd Ihnen alles ganz genau erzählen, damit Sie Bescheid wissen."

Alle ließen sich bequem in ihren Sesseln und Kojen nieder, denn es sah so aus, als ob es eine lange Geschichte werden würde. Die Minims auf ihrem Sitzbrett spitzten die Ohren und ließen sich kein Wort entgehen. Sie hofften, daß dem Inspektor die englischen Worte ausgingen und sie dolmetschen konnten, denn dafür waren sie schließlich auf jeder Reise mit dabei.

„Vor langer, langer Zeit gab es hier auf dem Schnee-Planeten viel Zank und Streit", begann er. „Wir Weißen Hasen kämpften gegen die Schwarzen Hasen. Die Schwarzen Hasen kämpften gegen die Weißen Hasen. Und dann gab es noch die bösen Grauen Hasen, die *Ragotzoni* ... Wie nennen Sie *Ragotzoni* in Ihrer Sprache?"

Alle schauten zu den Minims hinauf. Sie konnten ja Gedanken lesen und alles übersetzen. Ihre kleinen Eichhörnchengesichter waren nachdenklich.

„Er meint . . ." begann der erste Minim.
„Gesetzlose . . ." sagte der zweite Minim.
„Oder Wilde . . ." schloß der dritte Minim.
„Die Gesetzlosen, ja!" sagte der Inspektor. „Überall wurde gekämpft, bis unsere Wissenschaftler eines Tages sagten: so kann das nicht weitergehen. Dann haben sich alle Wissenschaftler von den Schwarzen Hasen und alle Wissenschaftler von den Weißen Hasen zusammengetan, und sie haben miteinander einen großen Computer gebaut, der alles weiß und uns allen sagt, was wir tun müssen."
„Und dieser Computer ist das Super-Hirn?" fragte Tim.
„Das Super-Hirn. Zum größeren Wohl der größeren Zahl!" sagte der Inspektor-Hase und reckte wieder seinen Stab zum Gruß.
„Von da an gab es keinen Krieg mehr zwischen den Weißen und den Schwarzen Hasen, weil das Super-Hirn uns alle befehligte. Überall herrschte Frieden und Fortschritt, weil das Super-Hirn alles weiß. Wenn ein junger Weißer oder Schwarzer Hase zwölf Monate alt wird, also wenn er halb ausgewachsen ist, wird er zum Super-Hirn ins Zimmer 1, Flur 1, Sektion A gebracht und registriert. Das Super-Hirn stellt fest, wie der junge Hase ausschaut, was er kann, und findet in allen Einzelheiten heraus, wie sein Gehirn arbeitet. Das wird alles in dem Computer gespeichert und ausgewertet. Und dann wird dem jungen Hasen gesagt, welche Arbeit er in Zukunft tun muß."
„Sie meinen, für immer?" stieß Sanchez entsetzt aus.
„Sein Leben lang!" sagte der Inspektor fest. „Das Super-Hirn irrt sich nie. Überall herrscht Ruhe und Zufriedenheit. Unsere Welt ist in sechsundzwanzig große Sektionen aufgeteilt. Von A bis M leben die Weißen Hasen, von N bis Z die Schwarzen Hasen. In jeder Sektion einhunderttausend Hasen. Es gibt gutes Futter. Alle sind glücklich."
„Und wo sind die Grauen Hasen geblieben?" fragte San-

chez und überlegte gleichzeitig, daß das Leben auf dem Schnee-Planeten schrecklich langweilig sein mußte.
„Die Grauen!" sagte der Inspektor ärgerlich. „Sie sind *usski* . . . von uns fortgegangen. Sie sind sehr unordentlich!" Er sah Sanchez streng an und fuhr dann düster fort: „Hunderte von Jahren lang war alles still und friedlich, bis vor sechs Monaten auf einmal das Wasser kam!" Er wedelte dramatisch mit den Pfoten. „Ohne Warnung, in vier Stunden, ist auf einmal eine große Überschwemmung in den Sektionen E und F und G. Wir kämpfen, wir bauen Dämme, aber es nutzt alles nichts. Das große Binnenmeer von Strolnigord hat die Dämme durchbrochen und ist über uns gekommen!"
„Wie schrecklich!" sagte Große Mutter. „Aber konnte das Super-Hirn denn nichts dagegen tun?"
Das Gesicht des Weißen Hasen verdüsterte sich noch mehr. „Das ist ja das Rätselhafte", sagte er. „Natürlich haben wir das Super-Hirn gefragt, was wir tun sollen. Das ist Gesetz. Aber wir bekommen keine Antworten, nur Fragen und noch mehr Fragen und Verzögerungen! Und die ganze Zeit breitet sich das Hochwasser immer mehr aus. Es ist in den Sektionen D, C und B! Wir bauen Pumpstationen – umsonst! Das Wasser kommt bis H und I und J! Wir graben Kanäle und wir legen Abflußrohre, aber das Wasser steigt immer weiter. Und jetzt . . ." Er stampft mit der Pfote auf, „jetzt ist das Wasser schon in Sektion K, wo ich Oberbezirksinspektor bin! Jetzt sind nur noch zwei Sektionen übrig, L und M, dann ist alles aus!"
„Das ist also der Grund, warum hier so viele Raumschiffe und Raketen-Fähren unterwegs sind", sagte Tim. „Sie wandern alle aus. Sie verlassen den Schnee-Planeten."
„So ist es", nickte der Inspektor. „Wenn auf anderen Planeten Landwirte und Gärtner gesucht werden, Fachleute für Knollenfrüchte und Grünfutter, dann gehen meine Leute dorthin. Es bleibt uns nichts anderes übrig."

„Und die Schwarzen Hasen?" fragte Alter Elias interessiert.
Der Inspektor zögerte. Er war offenbar verlegen. „Sie brauchen nicht fortzugehen. Sie haben kein Hochwasser in ihren Fluren. Sie leben in den Abteilungen auf der anderen Seite von Sektion A, wo das Super-Hirn wohnt."
„Und das Super-Hirn?" fragte Tim. „Ist es ihm gelungen, seine Füße trocken zu halten?"
Die Nase des Inspektors zuckte ärgerlich.
„Du darfst keine Witze darüber machen", sagte er streng. „Wir nehmen an, daß das Wasser nicht bis in die Sektion A vorgedrungen ist. Aber es wird jede Woche schwieriger, eine Verbindung herzustellen. Das Wasser steigt immer höher, und Kannibalenfische schwimmen in den Fluren herum. Letzte Woche haben wir eine Delegation zum Super-Hirn geschickt, die Oberbezirksinspektoren von sechs Sektionen. Sie sind nicht zurückgekommen. Wahrscheinlich haben die Kannibalenfische sie erwischt!"
Alle schauderten. Kannibalenfische, die in finsteren überfluteten Fluren herumschwammen – eine gräßliche Vorstellung.
„Können Sie denn nicht über das Fernsehtelefon mit dem Super-Hirn sprechen?" fragte Tim.
„Bis vor zwei Wochen ging das, aber seitdem funktioniert nicht einmal das mehr", sagte der Inspektor.
„Komisch!" sagte Tim leise vor sich hin.
„Und wie kommt es, daß Ihr Super-Hirn erst vor drei Wochen all diesen billigen Salatsamen bei Padgetts bestellt hat?" fragte Alter Elias. „Wie sollen wir das Zeug bei ihm abliefern, und wo will es den Salat aussäen, unter diesen Umständen? Es muß sich doch etwas dabei gedacht haben!"
„Das ist mir auch ein Rätsel", gestand der Inspektor unglücklich. „Wir können uns einfach nicht vorstellen, daß das

Super-Hirn uns Schaden zufügen könnte. Es ist ein Computer, der gebaut wurde, um das größere Wohl für die größere Zahl zu schaffen. Aber jetzt frage ich mich doch manchmal, was mit den Schwarzen Hasen los ist. Früher, ehe wir das Super-Hirn hatten, haben die Schwarzen Hasen uns viel Böses zugefügt. Jetzt, wo das Wasser uns vertreibt, haben wir sie um Hilfe gebeten, damit sie unsere Obdachlosen aufnehmen. Aber sie helfen uns nicht. Sie haben die Eingänge zu ihren Fluren zugemacht, und sie beschimpfen uns. ‚Laßt euch Flossen wachsen!' sagen sie, und ‚Lernt doch schwimmen!'"

Der Inspektor schüttelte betrübt den Kopf und stand auf, um zu gehen. „Wenn Sie die Kannibalenfische schon einmal gesehen hätten, dann wüßten Sie, daß die Lage sehr ernst ist." Er öffnete die Kabinentür, und kalte Luft blies herein.

Alle schauten ihn voll Mitgefühl an.

„Also, wenn es Ihnen nicht gelingt, mit dem Super-Hirn Kontakt aufzunehmen, dann weiß ich leider nicht, wo Sie den Salatsamen hier ausladen könnten, und auch nicht, wie Sie an Ihr Geld dafür kommen sollen. Es tut mir sehr leid. – Vielen Dank für den Tee", schloß er.

„Machen Sie sich keine Sorgen!" sagte Tim munter. Er stand vor der Tür, und die Schneeflocken wirbelten um ihn herum. „Mit unseren Anti-Gravs können wir tauchen, wenn wir sie umrüsten und mit einer großen Plastikhaube versehen. Wir werden schon bis zum Super-Hirn vordringen und herausfinden, was es vorhat."

Whonng!

Ein lautes, hohles Krachen hallte durch das Tal. Etwa zweihundert Meter von *Drache 5* entfernt hatte gerade eine Raketen-Fähre starten wollen. Statt dessen breitete sich eine schwarze Rußwolke von der Startrampe aus. Verrußte Weiße Hasen rannten wie aufgescheucht herum, stolperten über Gepäck, hasteten Gangways herunter und schrien und schimpften.

„Das scheint leider eine Fehlzündung gewesen zu sein", sagte Inspektor-Hase und schaute ziemlich verlegen drein. „Mit unseren Triebwerken haben wir manchmal Ärger. Entschuldigen Sie mich bitte. Das muß ich untersuchen."

Mit leichten Sprüngen hüpfte er durch den Schnee zu der Rußwolke, die sich immer mehr ausbreitete.

„Fehlzündungen!" sagte Tim. „Heutzutage!"

„Karottensaft!" sagte Alter Elias und ließ seinen Pfeifenqualm aus dem Rauchsauger entweichen. Auch diese Wolke breitete sich aus und zog davon.

„Wir müssen uns das alles mal näher ansehen", sagte Tim.

„Wir müssen ihnen helfen", sagte Sanchez. „Stellt euch das bloß mal vor: sie werden von Kannibalenfischen aus ihrer eigenen Welt vertrieben und müssen als heimatlose Landarbeiter auf fremde Planeten gehen!"

„Dahinter steckt mehr als nur Kannibalenfische", erklärte Alter Elias weise.

„Und ich kriege mein Geld für den Salatsamen, ganz egal, was passiert!" erklärte Große Mutter sehr energisch.

„Meine Dame, meine Herren, vielleicht kann ich Ihnen behilflich sein?" sagte ein kräftige, muntere Stimme.

Sie schauten von der Gangway hinunter. Der Düsenschlitten, mit dem der Inspektor gekommen war, parkte noch immer unter *Drache 5*. Und es war der Fahrer, ein junger Weißer Hase, der sich da gemeldet hatte.

„Effgenie, Chauffeur zweiter Klasse", stellte er sich mit einer Verbeugung vor. „Ich stehe zu Ihrer Verfügung! Möchten Sie irgendwo hin? Bitte, steigen Sie ein! Ich fahre Sie überall hin!"

„Wohin sollten wir denn fahren wollen?" fragte Tim zweifelnd.

„Effgenie hört alles", sagte der junge Hase selbstsicher.

„Ich bringe euch zur Sektion K. Ihr werdet die Überschwemmung sehen. Ihr werdet euch ein Bild von der Lage machen. Effgenie wird euch alles genau erklären."
„Kennst du den Weg zur Sektion A, wo das Super-Hirn lebt?" fragte Tim.
„Zur Sektion A? Natürlich!" Der junge Chauffeur-Hase lachte. „Effgenie kennt Sektion A wie du deine Hosentasche! Also, kommt ihr mit?"
Er schien ganz versessen darauf zu sein und gab Gas und ließ die Düsen aufheulen, daß das Echo von dem breiten Tunneleingang zurückkam, der weit vor ihnen lag.
„Wie wär's?" sagte Sanchez eifrig. „Bloß Tim und ich, denn mehr passen nicht auf den Schlitten. Wir könnten die Lage erkunden und nachsehen, ob alles so ist, wie der Inspektor es beschrieben hat."
„Na ja, wenn wir nichts unternehmen, bleiben wir auf dem Salatsamen sitzen", überlegte Große Mutter. „Also gut, aber paßt auf, daß ihr nicht ins Wasser fallt. Und vor allem hütet euch vor diesen Kannibalenfischen. Und in dem Berg muß es wie in einem Eisschrank sein, also zieht eure Heizanzüge an und stellt die Thermostaten auf neun ein, bis ihr wißt, wie die Temperatur ist. Wir können keine Erkältungen gebrauchen."
„Also, kommt ihr mit?" wiederholte Effgenie und lächelte aufmunternd.
„Wir kommen mit!" sagte Sanchez.
Zwei Minuten später quetschten Tim und Sanchez sich auf dem Beifahrersitz zusammen, und Effgenie steuerte seinen Schlitten in einer wilden Kurve um *Drache 5* herum.
„Yavoro, Yavoro!" schrie er dabei laut, und die Auswanderer-Hasen hoppelten ihm schnell aus dem Weg.
Drache 5 verschwand schnell hinter dem Schneeschleier, den der Schlitten hinter sich aufwirbelte. Vor ihnen öffnete sich wie ein Schlund der riesige Tunnel, der in die Unterwelt

führte, zu Super-Hirn, Hochwasser und Kannibalenfischen.
Über dem Tunnelbogen waren zwei große Hasen eingemeißelt, der eine weiß und der andere schwarz. Sie hielten einander an den Pfoten. Über ihnen war ein zackiger Blitz mit weißem Email ausgelegt. Darunter stand ein Motto in der Hasensprache.
„Was heißt das?" fragte Sanchez und zeigte darauf.
„Das da?" schrie Effgenie und rümpfte die Nase. „Da steht *Avlaney dam ter avlaney doschitt*, und das heißt in eurer Sprache ‚Für das größere Wohl der größeren Zahl'."
Der Schlitten fuhr unter dem Torbogen hindurch, und Effgenie drehte den Kopf zu Tim und Sanchez um, blinzelte ihnen zu und sagte: „Ganz unter uns: ich glaube, das alles ist dem Untergang geweiht. – *Yavoro! Yavoro!*" schrie er und steuerte seinen Schlitten auf der linken Seite der Fahrbahn in die Unterwelt.

3. Kannibalenfische

Die Unterwelt wirkte wie eine Kreuzung zwischen einer riesigen Stadt und einem Gemüsegarten und einer Tiefkühltruhe.
Im Tunnel gab es keinen festgestampften Schnee mehr, nur noch steinhartes, schwarzes Eis. Breite Straßen und zweistöckige Flure erstreckten sich in alle Richtungen. Alle waren mit gewölbten Decken und vielen Verzierungen aus dem festen Gestein herausgehauen. Gelbes Licht leuchtete; manchmal hell aus Hunderten von Lampen, manchmal nur in ein paar flackernden Birnen in den schwarzen Schatten. Überall wimmelte es von Weißen Hasen. Manche zogen

Schlitten, manche fuhren Düsenschlitten, manche fuhren in großen, grünen Schlitten-Bussen, und andere eilten auf Schlittschuhen über den schwarzen Eisboden.
Sanchez konnte die Straßen und Galerien gar nicht richtig in sich aufnehmen, weil überall solche Mengen von Hasen herumeilten, die schwatzten und schrien und klingelten. Aber die Gemüsegärten sah er genau. In den Fluren, die nach den Seiten abzweigten, gab es das nicht, aber in den breiten Straßen lagen überall endlose Gemüsebeete als Grünstreifen in der Mitte. Es gab Wirsing, Weißkraut, Rotkraut, Rosenkohl und Broccoli, Kopfsalat, Chicoree, Weiße Rüben, Rote Rüben, Steckrüben, Zuckerrüben, Runkelrüben, Karotten und dazu viele andere Pflanzen, die die Buben nicht kannten. In den Straßen, in denen es oben noch eine Galerie gab, rankten sich Bohnen und Erbsen und das Blattwerk von Melonen, Kürbissen und Gurken an den Geländern hoch. Überall arbeiteten Hasen, jäteten und hackten und spritzten und zupften, und die langen Beete waren so ordentlich wie Teppiche. Ein durchdringender Geruch wie in stickigen Ställen lag in der Luft.
Durch all diesen Betrieb und Verkehr fuhr Effgenie in einem Affentempo, und alle anderen Fahrer schienen es genauso zu machen. Er bremste nicht einmal an den Kreuzungen. Natürlich schleuderte der Schlitten in jeder Kurve, aber Effgenie fing das sehr geschickt mit den kleinen, zischenden Düsen rechts und links am Schlitten auf.
Tim und Sanchez hielten sich fest und versuchten, sich an Effgenies Fahrweise zu gewöhnen.
An einer sehr engen Kurve hing eine lange Gurkenpflanze bis auf die Straße herunter, und eine Reihe von Junghasen überquerte gerade den Fahrdamm. Beide Buben dachten, ihr Ende sei gekommen. Aber nein. Mit einem wilden *„Yavaro!"* und heulenden Steuerdüsen schoß Effgenie mit dem Schlitten durch eine Lücke zwischen den Gurkenranken,

hinter den kleinen Hasen durch, die entsetzt auseinanderspritzten, bog mit einem doppelten Schlenker wieder in die Straße ein und sauste dann an einem langen Tomatenspalier entlang weiter.
Er brüllte vor Lachen, schlug Tim auf den Rücken und sagte: „Das ist ein Leben!"
„Fährst du schon lange?" fragte Tim.
„Schon seit ich zwölf Monate alt geworden bin", schrie Effgenie. „Und das war vor acht Tagen!"
„Hast du eine Fahrprüfung machen müssen?" fragte Sanchez.
„Natürlich!" Effgenie war gekränkt. „Ein Chauffeur muß schließlich genau wissen, wo alles ist, sonst taugt er nichts. Hört zu, ich werde euch alles erklären. Jetzt kommen wir gleich zur Sektion L. Das ist ein besseres Viertel als M. M ist kein gutes Viertel. Die allerbeste Sektion war die Sektion D. Dort habe ich gelebt, ehe das Wasser und die Fische kamen. Dort hätte es euch auch gefallen. Hier drüben wohnen die Ärzte und dort die Krankenschwestern, ganz nahe beieinander. Das ist praktisch, wenn man sie mal braucht."
„Zum Beispiel nach einem Verkehrsunfall", bemerkte Sanchez nervös.
„Aber nein, bei uns gibt es keine Verkehrsunfälle", versicherte Effgenie. „Vielleicht rutscht eine alte Hasen-Dame mal mit den Schlittschuhen auf dem Eis aus und schlägt sich die Ohren an, aber das ist auch alles. Jetzt werde ich euch noch mehr erzählen. In diesem Flur da wohnen die Inspektoren. Es wird bald nicht mehr viel dasein, was sie noch inspizieren könnten. Riecht ihr was? Hier wird Spinat gebakken. Das schmeckt sehr gut, es ist mein Lieblingsfrühstück. Ihr müßt ihn nachher auch mal probieren."
Sie fuhren weiter und weiter, und Effgenie erzählte ununterbrochen und lachte und schrie den anderen Fahrern zu. Sie brauchten etwa zwei Stunden, um das Labyrinth der

Sektion L zu durchqueren. Endlich wies Effgenie mit der Pfote voraus.

„Seht mal, da vorne! Da geht's zur Sektion K. Dort wird jetzt ein Damm gebaut, um das Wasser abzuhalten", sagte er.

Hunderte von Hasen türmten Steine und Zement auf, um eine breite Ausfallstraße abzusperren. Der Damm war schon ungefähr zehn Meter hoch, halb so hoch wie die Dekke.

„Aber Effgenie läßt sich nicht aufhalten. Wir fahren weiter, dort hinauf, wo's verboten ist, und noch ein Stück weiter, dann sehen wir das Wasser", rief Effgenie und riß den Schlitten mit quietschenden Kufen um die Kurve.

Er fuhr eine steile Rampe zu einer schmalen Galerie hinauf. Plötzlich waren keine Hasen mehr zu sehen, und auf den Beeten wuchs kein Gemüse. Die Stille war beinahe greifbar nach dem Lärm in der Sektion L, und nur alle zwanzig Meter gab eine Glühbirne schwaches Licht. Jetzt fuhr Effgenie endlich langsamer. Schließlich wendete er den Schlitten in die Richtung, aus der sie gekommen waren, und hielt an. Die Buben stiegen aus und traten vorsichtig auf das schwarze Eis.

„Das war die Straße zur Sektion A; bis hierhin ist das Wasser schon", sagte Effgenie mit veränderter, leiser Stimme.

Ein paar Schritte weiter hörten die Lichter auf, dort begann Wasser. Es lag ganz still und schwarz da und dampfte ein wenig.

Tim schauderte es. „Wieso gefriert das Wasser nicht, mitten in all dem Eis?" fragte er.

„Das große Binnenmeer von Strolnigord gefriert nie, weil es bis zu den vulkanischen Feuern im Mittelpunkt unseres Planeten hinunter reicht", erklärte Effgenie. Dann verbesserte er sich: „Doch, einmal ist es doch gefroren, und das war im Winter vor achthundertundsechsundneunzig Jahren. Da-

mals gab es eine große Schlacht auf dem Eis. Die Schwarzen Hasen haben gegen die Weißen Hasen gekämpft."
„Und dann?" wollte Tim wissen.
„Die Weißen Hasen haben verloren!" Effgenie ließ sich mit einem Plumps auf den Schlitten sinken. „Wir verlieren immer!" rief er. „Und jetzt besiegt uns das Wasser! Es nimmt uns unsere Wohnungen und unsere Gärten! Es hat mir mein Heim in der Sektion D weggenommen, im besten Viertel! Meine eigene Mutter, mein eigener Vater mußten schon fortfliegen. Irgendwo auf einem anderen Planeten müssen sie nun Gärten bestellen, die uns nicht gehören. Meine Mutter, mein Vater werden nie wieder ihren eigenen kleinen Garten jäten! Effgenie ist ein armes Waisenkind!"
Die Tränen liefen ihm schon die ganze Zeit über das pelzige Gesicht; nun brach er in lautes Schluchzen aus und versteckte den Kopf in den Pfoten. Das Weinen hallte unheimlich in dem finstern Tunnel. Sanchez und Tim schauten sich verlegen an. Große Mutter hatte ihnen beigebracht, nicht vor Fremden zu weinen.
„Wenn ihr weinen wollt, dann tut's vor dem Spiegel. Dann hört ihr schon wieder auf", pflegte sie zu sagen.
Sanchez fand, daß er irgend etwas sagen mußte. Er klopfte Effgenie sanft auf die Schulter. „Wenn wir bloß irgendwie bis zu Super-Hirn durchkommen könnten! Dann würden wir ihm schon erklären, daß es endlich was tun muß."
Effgenie schaute mit einem tränenfeuchten Augen zu ihm auf. „Du hast recht!" sagte er und sprang entschlossen auf. „Ihr müßt dem Super-Hirn erklären, was los ist. Dann läßt es das Wasser wieder in das Meer von Strolnigord zurückfließen, meine Eltern kommen zurück auf den Schnee-Planeten, und ich bin wieder glücklich!"
Er strahlte die beiden Buben an und schlug auf den Schlitten. „Und jetzt schauen wir uns die Fische an! Kommt! Immer Effgenie nach." Er sprang hinauf zu einer weiteren Ga-

lerie über ihnen, und sie hörten ihn davonhoppeln.
Sanchez und Tim schauten sich wieder an.
„Hat der ein bewegtes Seelenleben! Das geht ja rauf und runter wie in einer Flasche Limonade", sagte Tim und grinste.
„Ich glaube, alle Hasen sind ein bißchen so", meinte Sanchez. „Sie regen sich leicht auf. Das kommt davon, daß sie alle in solchen Mengen dicht beieinander leben. Und von dem langen, dunklen Winter."
„Komm schnell, wir müssen hinterher", sagte Tim. „Wer weiß, was er sonst noch anstellt."
Als die Buben ihn einholen, saß Effgenie lässig auf dem Mäuerchen am Rande der Galerie und ließ einen Hinterlauf in das tiefe Wasser baumeln. Es war hier fast dunkel, und ein unheimliches, plätscherndes Geräusch kam den überschwemmten Tunnel entlang.
„Jetzt paßt mal gut auf, Kameraden, was Effgenie euch jetzt zeigt!" rief er und begann, mit dem Hinterlauf ins Wasser zu schlagen. Gleichzeitig brüllte er in die Finsternis: „Los, aufwachen, ihr glotzäugigen, kahlen Kannibalenfische! Ich bin's, Effgenie, der euch ruft! Wie lange soll ich noch warten? Los, kommt schon, avanti, avanti! Und hopp!"
Bei „hopp!" riß er den Hinterlauf aus dem Wasser, aus dem in der gleichen Sekunde ein riesiger, runder Rachen auftauchte und mit einem schrecklichen, schmatzenden Geräusch nach Effgenies Bein schnappte. Daneben! Das Riesenmaul und der Fisch dazu fielen ins Wasser zurück, und Wellen schwappten an den Mauern hoch.
„Was war das?" stieß Sanchez aus.
„Avanti, avanti, hopp!" schrie Effgenie und lachte und freute sich über ihre Verblüffung. Er zog den Hinterlauf noch einmal durch das Wasser und riß ihn schnell wieder heraus, denn das scheußliche Maul schoß noch einmal heraus und verfehlte ihn wieder nur um Zentimeter.

„So, das war euer erster Kannibalenfisch! Wie gefällt er euch?" Effgenie lachte. „Sie werden euch auf dem ganzen Weg zur Sektion A Gesellschaft leisten!"
„Aber der ist ja riesig! Der könnte dich in einem Bissen runterschlucken!" sagte Sanchez.
„Falls er mich erwischte", sagte Effgenie herablassend. „Und dann würde er ganz schön Bauchweh von mir kriegen. Er ist nicht groß, er ist noch ein Baby-Kannibalenfisch. Seine eigenen Großeltern würden ihn mit einem Happs verschlingen und dann sagen: wo bleibt das Abendessen? Bis jetzt habt ihr noch nichts Besonderes gesehen, aber Effgenie wird euch gleich . . ."
„Paß auf!" schrie Tim erschrocken.
Effgenie hatte wieder den Hinterlauf durch das Wasser gezogen, während er mit ihnen sprach. Plötzlich sah Tim etwas aus dem Dunkel auftauchen, das wie eine hohe Wasserwand aussah. Im gleichen Augenblick, in dem er seine Warnung schrie, schob sich schon wieder ein Maul aus dem Wasser, doppelt so groß wie das erste, schnappte nach Effgenies Pfote und erwischte sie diesmal auch. *„Enkahra!"* schrie Effgenie. „Hilfe, Hilfe!"
Der Unglücks-Hase klammerte sich mit aller Kraft an die Brüstung, auf der er eben noch gesessen hatte. Deshalb hatte der Fisch ihn noch nicht ganz ins Wasser hineinziehen können. Aber Sanchez sah, daß sein Hinterlauf vollständig im Fischmaul verschwunden war. Er sah auch die pyramidenförmigen Augen des Untiers aufblitzen. Den Körper sah er nicht, als er Effgenie um die Taille packte, aber er hörte, wie der Fisch mit dem Schwanz schlug, und war gleich darauf durchnäßt von den Wellen, die über die Mauer schlugen.
„Halt du jetzt mich fest!" schrie er Tim zu.
„Enkahra! Enkahra!" brüllte Effgenie.
Der Fisch schlug wieder heftig mit dem Schwanz.
„Armer Effgenie", knurrte Sanchez, als der Hase mit einer

Pfote von der Brüstung glitt. Sanchez fühlte, wie er selbst über den nassen Eisboden rutschte. Das Wasser glitzerte ölig. Effgenie hatte nun keinen eigenen Halt mehr: er war verloren!

In diesem Augenblick rettete Tim sie. Er hatte erkannt, daß sie zu wenig Halt auf dem Eis hatten. Deshalb hatte er sich den Gürtel abgerissen und ihn um eine der kräftigen Stützen geschlungen. Mit dem linken Arm hängte er sich dort ein, mit dem rechten umklammerte er nun Sanchez.

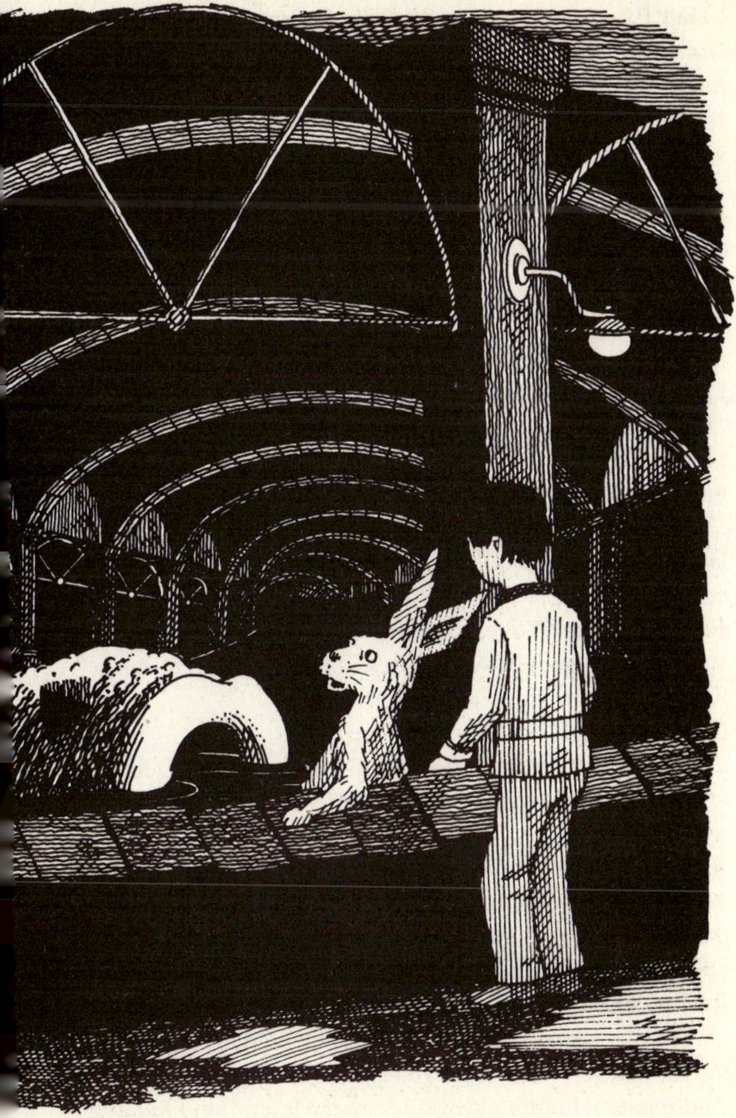

„Halt Effgenie fest", keuchte er. „Weiterrutschen können wir nicht mehr. Wenn ich sage ‚los', müssen wir beide noch einmal kräftig ziehen. Jetzt: Los!"
Sie warfen sich beide gleichzeitig mit aller Kraft zurück und gewannen zusammen ein paar Zentimeter. Mit einem Platschen hob sich der Kannibalenfisch halb aus dem Wasser und fiel dann mit seinem ganzen Gewicht wieder zurück: Tim und Sanchez hatten alles in allem mindestens fünf Zentimeter Boden verloren!
„Der Gürtel reißt mir den Arm entzwei", stöhnte Tim. „Wenn er noch mal hochspringt, kann ich uns nicht mehr halten! Das Vieh muß mindestens eine Tonne wiegen!"
„Es hat Effgenies ganzes Bein verschluckt", rief Sanchez. „Du mußt uns halten, sonst frißt es auch den Rest von ihm und mich dazu!"
„Da!" schrie Tim und starrte entsetzt den Wasserflur entlang. „Da kommt noch einer, und der ist noch viel größer!"
Eine schwarze Woge rollte auf sie zu. Diesmal war der Raum zwischen den Wänden des Korridors fast ganz ausgefüllt von einem kolossalen Fischmaul.
„Jonas und der Wal", ächzte Sanchez.
„Ein Glück! Jetzt haltet mich gut fest!" keuchte Effgenie.
Und er hatte erstaunlicherweise recht. Wenn Kannibalenfische nichts anderes finden, dann fressen sie sich einfach gegenseitig auf: die großen die kleinen. Wenn der Fisch, der Effgenies Bein geschnappt hatte, ein Großvater-Fisch war, dann war der, der jetzt den Flur herabfegte, ein Urgroßvater-Fisch! Mit einem gluckernden Geräusch schloß sich der Rachen dieses Monsters über dem ersten Fisch.
„Hau ruck, zieht!" schrie Effgenie. Die beiden Buben warfen sich mit einem Ruck zurück – und alle drei flogen in einem nassen Haufen einen oder zwei Meter vom Geländer entfernt auf den harten Boden.

Unten im Wasser war plötzlich alles ganz still. Der Urgroßvater schluckte den Großvater am Stück herunter! Dann verhielt er eine Sekunde, als ob er überlegte, was er nun tun sollte. Er schlug einmal mit der Schwanzflosse – und war verschwunden. Und die Welle, die er dabei auslöste, schwappte wieder über die Galerie.
„Effgenie, was ist mit deinem Bein?" fragte Sanchez besorgt und rappelte sich hoch. „Hat er es dir abgebissen?"
Effgenie brachte ein unsicheres Lachen zustande. „Nein, keine Spur! Kannibalenfische haben keine Zähne, zum Glück! Sie saugen. Gluck-gluck, und schon bist du drin. Und weil er solch ein riesiges Maul hat, und ein Hase bloß solch ein dünnes Bein, hat er mich nicht einmal richtig zusammengequetscht. Effgenie ist genauso gut wie vorher!"
„Lieber Himmel, tatsächlich", sagte Sanchez, der Effgenies Hinterlauf abtastete.
„Jetzt hab ich euch einen richtigen Riesen-Kannibalenfisch gezeigt, genau wie ich's euch versprochen habe." Effgenie richtete sich auf den Hinterläufen auf und prahlte schon wieder. „Also, was sagt ihr dazu?"
„Daß wir sofort zu *Drache 5* zurückkehren", antwortete Tim.

4. Aufbruch zum Besuch beim Super-Hirn

Als sie zu *Drache 5* zurück kamen, steckte Große Mutter sie zuallererst alle drei in das kleine Sauna-Bad des Raumschiffs.
„Ich nicht! Bei mir ist das nicht nötig!" protestierte Effgenie.

„Hinein mit dir!" sagte Große Mutter.
Und hinein ging er.
Die drei blieben zehn Minuten lang bei starker trockener Hitze auf den Holzbänken liegen und verloren dabei durch das Schwitzen ein paar Pfund Gewicht. Dann ließen sie Effgenie hinaus, weil er ein Fell hatte. Tim und Sanchez blieben noch drin und nahmen auch noch das Dampfbad. Dann sprangen sie beide unter die eiskalte Dusche, die sie kaum spürten, weil sie so erhitzt waren. Sie trockneten sich mit Frotteetüchern ab und kamen frisch und munter heraus, um zu essen und von ihren Abenteuern zu berichten.
Effgenie futterte schon eine Riesenportion Salat und erzählte gleichzeitig und beinahe ohne Atempause.
„... und dann sind wir zur Sektion L zurückgefahren und alles ist in Ordnung", schloß er gerade.
„Du liebe Zeit!" hauchte Große Mutter und wandte sich an Tim und Sanchez. „Ihr zwei seid also wieder einmal noch gerade eben davongekommen! Was für ein Glück, daß Mister Effgenie dabei war und euch aus der Patsche helfen konnte!"
„Fischgeschichten werden beim Erzählen immer größer", bemerkte Alter Elias trocken.
Tim und Sanchez fragten erst gar nicht, was für eine Geschichte Effgenie erzählt hatte. Sie hatten sich schon an ihn und seine Spinnerei gewöhnt. Außerdem waren sie sehr hungrig.
„Ich möchte zuerst ein Steak mit Salat und dann Himbeerkuchen mit Schlagsahne, bitte", sagte Sanchez.
„Ich auch, aber als Nachtisch lieber Zitronen-Meringen-Auflauf, bitte", sagte Tim.
„Vielleicht sollte ich mal beides probieren, weil ich das noch gar nicht kenne, Himbeerkuchen und Zitronen-Meringe", sagte Effgenie.
„Du hast sie ganz gewiß beide verdient, weil du meine Bu-

ben vor drei riesigen Kannibalenfischen und vor einem ungeheuren Kraken gerettet hast", sagte Große Mutter herzlich.
Effgenie schielte etwas nervös zu Tim und Sanchez hinüber, um zu sehen, wie sie das aufnahmen. Seine Geschichte war so frisch erfunden, daß er sie selbst noch nicht ganz glaubte.
Tim und Sanchez schauten sich an und grinsten. Dann blinzelten sie beide Effgenie verstohlen zu. Effgenie schaute erleichtert drein und blinzelte zurück.
„Auf diesem Planeten muß das Angeln Spaß machen", sagte Alter Elias.
Während die Buben aßen, fragte der Alte Elias nach allem, was sie gesehen und gemacht hatten. Er versuchte, von Effgenie zu erfahren, wie weit es genau von der Sektion K, wo das Hochwasser begann, bis zur Sektion A war, wo das Super-Hirn wohnte.
„Also, meint ihr, ihr schafft das, bis zum Super-Hirn vorzudringen?" fragte er zum Schluß.
„Wir müssen es schaffen", sagte Sanchez ernst. „Du hast die armen Hasen und das schreckliche Hochwasser nicht gesehen. Irgend jemand muß irgendwas tun, um ihr Zuhause und ihre Gärten zu retten!"
„Womit sollen wir reisen?" fragte Tim, der Praktiker.
„Ich glaube schon, daß ihr eure Anti-Gravs nehmen könnt, wenn wir sie mit wasserdichten Verdecks und einem reichlichen Vorrat an Sauerstoff ausrüsten", meinte Alter Elias.
„Ja, aber die Kannibalenfische?" wandte Tim ein.
„Wir könnten Silikon-Gewehre auf dem Verdeck anbringen", sagte Alter Elias langsam.
„Silikon-Gewehre", wiederholte Tim und lächelte.
Sanchez sah, daß alles in Ordnung ging.
„Können wir Jerk mitnehmen?" fragte er. „Er könnte sehr nützlich sein, wenn es brenzlig wird. Er schaut furchterre-

gend aus, wenn er die Ohren ausbreitet."
„Du kannst Jerk in deinem Anti-Grav mitnehmen, und Tim nimmt Effgenie mit", sagte Alter Elias. „Wenn dann das Super-Hirn bei Jerks Anblick vor Schreck aus den Pantoffeln gekippt ist, kann Effgenie ihm sagen, was er gegen das Hochwasser tun soll."
„Und nehmt eine Probepackung von dem Salatsamen mit und fragt das Super-Hirn, wo wir den Rest abliefern sollen", setzte Große Mutter hinzu.
„Wir müssen uns übrigens beeilen. Das Wasser steigt immerzu", sagte Effgenie ernst.
Sie beeilten sich. Sie arbeiteten bis spät am Abend und rüsteten die Anti-Gravs mit einem Verdeck aus, das wie eine Luftblase aussah. Diese Anti-Gravs wurden ja gewöhnlich nur für kurze Flüge über Land benutzt, um eine Gegend zu erkunden oder Nachrichten zu überbringen. Jetzt mußten sie ein durchsichtiges wasserdichtes Oberteil bekommen, ein Silikon-Gewehr, einen Vorrat an Sauerstoff und irgend etwas, um sie auch im Wasser vorwärts zu treiben. Die Flugdüsen waren nicht stark genug, um gegen den Wasserdruck anzukommen. Aber am Morgen mußte es sehr schnell gehen. Deshalb befestigte Alter Elias an jedem Anti-Grav eine Art Schaufelrad rechts und links neben der durchsichtigen Kabinenkugel. Nun war alles bereit, und sie konnten schlafen gehen.
Effgenie versprach, sie am nächsten Morgen um acht Uhr mit einem großen Schlitten abzuholen, auf dem sie die Anti-Gravs bis zum Wasser transportieren konnten. „Ihr seid meine Freunde", sagte er. „Ich werde euch nicht im Stich lassen."
Um sieben Uhr morgens wurden sie alle von der automatischen Weckanlage aus den Kojen gekippt. Diese Weckanlage sollte den Schlafenden eigentlich auch noch einen sanften Strahl kaltes Wasser ins Gesicht sprühen, damit sie

gleich richtig aufwachten, aber Alter Elias hatte diesen Teil der Anlage ausgeschaltet.
Sie ließen sich ein gutes Frühstück mit Pfefferminz-Kaffee, Speck, gebratenen Algen und Honigtoast schmecken. Um acht Uhr warteten sie fertig zum Aufbruch mit den Anti-Gravs im Schnee draußen vor *Drache 5*. Die Anti-Gravs sahen jetzt ziemlich plump aus, gar nicht so leicht und behende wie sonst. Die Schaufelräder ragten rechts und links wie große Traktorräder auf. Diese Räder hatten einen Durchmesser von einsachtzig, und Sanchez fand den Gedanken beruhigend, daß nur ein Kannibalenfisch, der noch wesentlich größer war als die von gestern, diese Dinger schlucken könnte.
Effgenie kam nicht um acht Uhr. Auch nicht um halb neun. Um fünf vor neun war er noch immer nicht da.
„Zum Kuckuck mit diesen unzuverlässigen Karnickeln!" sagte Alter Elias. Er schlug die Arme um sich, um die Kälte abzuwehren.
„Ist euch auch schon aufgefallen, daß heute morgen keine Raketen-Fähren abfliegen?" fragte Tim, dem immer alles auffiel.
„Ja, und wir haben auch noch keinen einzigen Hasen gesehen", nickte Sanchez. „Vielleicht hat das Hochwasser aufgehört?"
„Meint ihr, Mister Effgenie hat den anderen Hasen erzählt, daß ihr zum Super-Hirn wollt?" fragte Große Mutter.
„Ach herrje!" ächzte Sanchez. „Ganz bestimmt! Bloß um sich wichtig zu machen. Und jetzt haben sie mit der Auswanderung aufgehört, weil sie von uns erwarten, daß wir ihnen helfen. Wir hätten ihn über Nacht hierbehalten sollen."
„Und ihn fesseln!" sagte Tim.
„Und im Laderaum einsperren!" fügte Alter Elias hinzu.
„Ich glaube, ich höre Glöckchen", sagte Große Mutter, die

nie Zeit darauf vergeudete, sich nachträglich zu ärgern.
Zuerst ganz schwach und dann allmählich lauter werdend klang Glockenmusik aus dem Tunnel zur Unterwelt. Es war eine lebhafte, hübsche Melodie, flott und aufmunternd, die sich wiederholte. Schließlich tauchte eine stattliche Prozession von Schlitten aus dem Tunnel auf, und die Glockenmusik hallte klar in der kalten Luft zwischen den Hügeln. Ein großer, leerer Schlitten führte die Prozession an; am Steuer saß Effgenie in einem scharlachroten Überzieher.
„Das ist vermutlich der Schlitten für die Anti-Gravs", sagte Große Mutter.
„Und wofür sind die anderen?" fragte Alter Elias gereizt und zeigte auf die schier endlose Kolonne von Schlitten. In manchen saßen würdevolle Amtsträger mit Goldknaufstäben. In anderen saß ein ganzes großes Orchester von glockenspielenden Hasen. Sie spielten unentwegt dieselbe muntere Melodie. Diese Schlitten stellten sich nun vor *Drache 5* auf. Hunderte von weiteren Schlitten brachten neugierige Hasen als Zuschauer, die winkten und schwatzten und *Drache 5* und seine Mannschaft anstarrten.
„Das ist aber nett von ihnen, daß sie alle kommen", sagte Große Mutter.
„Grrumpf", machte der Alte Elias.
Effgenie führte all die Würdenträger mit den Goldknaufstöckchen heran und sagte:
„Ich habe ein paar Freunde mitgebracht; sie wollen uns feierlich verabschieden."
Niemand aus der Besatzung von *Drache 5* antwortete ihm. Der alte Oberbezirksinspektor, der auch dabei war, stellte alle anderen Inspektoren vor. Ein kleiner, alter Hase in einem schwarzen, mit Goldborte besetzten Überzieher hatte offensichtlich ein noch höheres Amt als alle anderen. Er machte eine Verbeugung vor der Großen Mutter und sah sie mit traurigem Lächeln an:

„Ich bin Eudachoff Bradbee, Chefinspektor der Flure, Lord-Minister der zwölf Sektionen, Oberste Stimme des Super-Hirns."
„Ich fühle mich sehr geehrt, Sie kennenzulernen", sagte Große Mutter.
„Wenn Ihre tapfere Mannschaft die Verbindung zum Super-Hirn nicht wieder herstellt, dann werden alle meine Titel bald gar nichts mehr bedeuten. Dann werde ich nur noch ein müder, alter Gärtner auf irgendeinem fremden Planeten sein, wo niemand mich kennt und wo ich niemanden kenne."
„Wir werden unser möglichstes tun", sagte Sanchez. „Aber sind Sie sicher, daß das Super-Hirn wirklich helfen kann, falls wir bis zu ihm gelangen? Ich meine, es hat bis jetzt auch nicht viel für Sie getan."
„Und eigentlich wollten wir auch nur wegen des Salatsamens mit ihm sprechen. Aber natürlich richten wir ihm gern etwas von Ihnen aus", sagte Tim.
Eudachoff Bradbee schaute gekränkt und beunruhigt drein, als er das hörte, und auch ziemlich ärgerlich.
„Das Super-Hirn ist für das größere Wohl der größeren Zahl", sagte er fest. „Natürlich wird es uns helfen. Das Hochwasser wird zurückgehen, und alles wird wieder gut sein." Er wandte sich an Sanchez: „Hier, ich vertraue dir meinen Machtzähler an."
Der alte Hase nahm die Silberkette, die er um den Hals trug, und hängte sie Sanchez um. An der Kette hing eine seltsam geformte silberne Scheibe voll kleiner Löcher und Vertiefungen. Sie schlug gegen Sanchez' Gürtelschnalle. Eudachoff Bradbee fuhr fort: „Wenn ihr in den großen Computerraum des Super-Hirns kommt, dann schieb diesen Zähler in den Macht-Schlitz. Dann kannst du mit dem Super-Hirn mit meiner Autorität als Oberste Stimme sprechen."
„Vielen Dank", sagte Sanchez.

„Und gib ihn mir zurück, wenn du wiederkommst", schloß Eudachoff Bradbee.
Dann hielt der alte Chefinspektor der Flure, Lord-Minister der zwölf Sektionen, eine Rede an all die Tausende von Hasen. Er hatte eine lebhafte, quiekende Stimme, und er trug

ein kleines Mikrofon um den Hals, so daß alle ihn hören konnten. Es war eine sehr lange Rede in der Hasensprache, deshalb war sie ziemlich langweilig für die Besatzung von *Drache 5*. Die Hasen hörten alle aufmerksam zu. Manchmal nickten sie, und manchmal klatschten sie. Das hörte sich an wie Donner aus einer gestopften Trompete. Eudachoff Bradbee klatschte oft selbst. Zum Schluß sangen sie alle zusammen eine Strophe nach der munteren Melodie, und das

Glockenorchester spielte die Begleitung dazu. Dann brüllten sie im Chor: *"Avlaney dam ter avlaney doschitt!"* und klatschten und klatschten und klatschten.

Inzwischen hatten Alter Elias, Tim und Sanchez die Anti-Gravs auf Effgenies großen Schlitten geladen. Nachdem die Arbeit getan war, stieg Effgenie auf den Fahrersitz und winkte der Menge großartig zu. Die Zuschauer klatschten und klatschten wieder.

„Paßt gut auf", sagte Große Mutter, als Tim und Sanchez und Jerk in den Schlitten stiegen.

„Seid vorsichtig und verlaßt euch nicht auf die Karnickel", sagte Alter Elias leise.

Alle Glöckchen läuteten wieder. Alle Inspektoren salutierten mit ihren Goldknaufstöckchen, und der Schlitten glitt davon und durch das Tor in die Unterwelt. Als er einen letzten Blick auf *Drache 5* warf, sah Sanchez, wie Große Mutter den Schnee von seinen Flügeln fegte. Eudachoff Bradbee hatte mit einer neuen Rede begonnen.

Auf der Fahrt durch die Sektionen M und L, die letzten, die noch nicht überschwemmt waren, winkten alle Hasen ihnen zu. Diesmal fuhr Effgenie nicht so schnell, aber nur, weil es ein großer Schlitten mit einem schwachen Düsenmotor war.

„Lahmes Bettgestell!" brummte er.

Sie erreichten die überschwemmte Straße zur Sektion A auf einem anderen Weg durch breitere Flure. Eine Gruppe Arbeiter-Hasen wartete schon, um die Anti-Gravs abzuladen und sie vorsichtig auf das dunkle Wasser zu legen.

Nun waren nicht mehr viele Hasen da, die ihm zuwinken konnten, und Effgenie wurde ziemlich still. Sanchez stieg in sein Anti-Grav und probierte die großen Schaufelräder aus. Das kleine Gefährt, das wie eine Luftblase aus Plastik aussah, schoß in einem engen Kreis über das Wasser. Es war sehr schnell. Jerk legte den Kopf auf Sanchez' Knie; er setzte sich nie auf den Rücksitz, weil er gern in Fahrtrichtung schaute und der Rücksitz andersherum stand.

Tim schnallte sich in seinem Pilotensitz an und rief: „Komm steig ein, Effgenie! Es geht los!"

„Seid ihr sicher, daß ihr mich unbedingt braucht?" fragte Effgenie und schaute unglücklich über das Wasser, in die Finsternis und auf das niedrige Tunneldach.

„Dein Vaterland braucht dich, Effgenie", sagte Sanchez hilfsbereit.

„Ja, mein Vaterland", sagte Effgenie mit einem schwachen Lächeln.

„Also steig ein!" sagte Tim energisch.

Effgenie stieg zu Tim ins Anti-Grav und schnallte sich auf dem Rücksitz an, der nach rückwärts schaute. Beide Anti-Grav-Mannschaften schlossen die Luken.

„Ist der Funkkontakt klar?" fragte Tim in sein Sprechgerät.

„Tadellos", antwortete Sanchez.

„Funktioniert die Sauerstoffzufuhr?" prüfte Tim, der immer für die praktischen Dinge zuständig war, weiter.

„Sauerstoff funktioniert", meldete Sanchez zurück und öffnete den Sauerstoffhahn zur Probe.

„Deine Scheinwerfer sind stärker als meine, also fahr du mit Fernlicht voraus", sagte Tim. „Wir sind hier auf der alten Hauptstraße, die schnurgerade durch alle Sektionen hindurch zur Sektion A und dem großen Computerraum geführt hat. Ich glaube, hier können wir den Weg nicht verfehlen."

„Nicht mit Effgenie im Rücksitz, der nach rückwärts schaut", antwortete Sanchez.

Effgenie war ein bißchen beleidigt. „Ihr wollt euch über Effgenie lustig machen, aber ihr werdet mich bald wieder brauchen! Denkt an meine Worte: Ihr werdet Effgenie bald wieder brauchen!"

„Anti-Grav-Strahlen einschalten", befahl Tim.

„Anti-Grav-Strahlen eingeschaltet", meldete Sanchez.
Leises Summen begann. Die beiden Anti-Gravs hatten sich nun aus dem Schwerkraftfeld des Schnee-Planeten herausgelöst. Sie würden nicht mehr fallen, nicht weiter steigen, nicht untergehen; sie würden sich jetzt nur noch so bewegen, wie ihre Piloten sie steuerten.
Sanchez' Scheinwerfer reichten weit voraus durch den überfluteten Tunnel, bis dorthin, wo das steigende Wasser bis zur Decke reichte.
„Vorwärts!" sagte Tim.
Sie winkten den Arbeiter-Hasen noch einmal zu; dann setzten die Schaufelräder sich in Bewegung, und die beiden Anti-Gravs glitten über das Wasser und begannen ihre Reise zum Super-Hirn.
„Tauchen!" befahl Tim, lange ehe sie die Stelle erreicht hatten, an der das Wasser bis zur Decke stand. Die beiden Boote sanken mühelos unter die Oberfläche und blieben mitten auf der alten Hauptstraße auf geradem Kurs.
Nun waren sie ganz allein.

5. Über die alte Hauptstraße

Sanchez rechnete damit, daß die Kannibalenfische im gleichen Augenblick über die Anti-Gravs herfallen würden, in dem sie sich in Bewegung setzten. Rechts von seinem Scheinwerferlicht sah er eine seltsame Gestalt im trüben Wasser aufragen.
„Kannibalenfisch vor der rechten Mauer!" rief Sanchez in sein Sprechfunkgerät.
Tim, der etwa fünfzehn Meter hinter ihm war, schwenkte seinen Scheinwerfer nach rechts.

Die riesige Statue eines Hasen war aus der Mauer ausgehauen und wurde nun von Tims Scheinwerfer hell beleuchtet. Die Statue hielt eine Art Hammer in der Pfote und schaute zu einem langen Blitz aus weißem Email auf. Unter der Statue war eine Inschrift eingemeißelt.
„Tut mir leid!" sagte Sanchez.
„Was bedeutet die Inschrift, Effgenie?" fragte Tim.
„Da steht: ‚Vom Super-Hirn mit Inspiration erfüllt, zerdrückt eine Mutter-Häsin Gemüse, um eine nahrhafte Suppe für ihre Kinder zu kochen'", antwortete Effgenie noch immer ziemlich mißmutig.
„Lieber Himmel, was für ein langer, großartiger Titel", sagte Tim.
„Es ist auch eine großartige Statue", sagte Effgenie mit Überzeugung.
„Ich kann noch eine Statue sehen", rief Sanchez.
„Den ganzen Weg entlang stehen Statuen, manche auf der rechten Seite, und manche links", sagte Effgenie. „Das hier ist die Prachtstraße meines Landes. Ehe die Flut kam, wurden alle jungen Hasen, wenn sie zwölf Monate alt waren, durch diesen Tunnel in den großen Computerraum geführt, damit das Super-Hirn sie registrierte. Dabei haben alle mit Glocken musiziert und gesungen."
„Das war sicher sehr schön", sagte Sanchez. „Und hinterher hat es bestimmt immer eine Menge gute Sachen zu essen gegeben?"
„Ich weiß nicht", sagte Effgenie mit sehr trauriger Stimme.
„Eine Woche ehe ich zwölf Monate alt geworden bin, ist das Meer von Strolnigord über uns hereingebrochen. Meine eigene Mutter und mein eigener Vater sind ins Exil geflogen, und es ist niemand da, der den armen Effgenie zur Vorstellung zum Super-Hirn begleiten kann. Das Hochwasser hat den Weg zu ihm versperrt."
„Mach dir nichts daraus", sagte Sanchez, der merkte, daß

Effgenie wieder niedergeschlagen war und weinte. „Du kannst dich ja registrieren lassen, wenn wir dort hinkommen."
„Das ist nicht dasselbe", sagte Effgenie. „Keine Musik, keine Lieder, kein Festessen!"
„Es muß eine Menge junge Hasen geben, denen es genauso ergeht wie dir", sagte Tim, der Effgenie hinter sich schniefen hörte. „Ich habe mir überlegt, daß das Super-Hirn in der letzten Zeit ziemlich wenig Weiße Hasen zu registrieren gehabt hat."
„Und . . .?" fragte Sanchez.
„Es ist mir bloß so eingefallen", sagte Tim geheimnisvoll. „Ich werde ihm etliche Fragen stellen, wenn wir nur erst dort sind." Mehr wollte er nicht sagen.
„Sing uns was vor, Effgenie", rief Sanchez durch das Sprechfunkgerät. „Ein Lied aus deinem Hasenland." Eigentlich hatte Sanchez gar keine Lust, sich ein Lied von Effgenie anzuhören, aber das war immer noch besser als das betrübte Schniefen.
„Ich werde euch ein trauriges Lied vorsingen", sagte Effgenie beinahe erfreut. „Es heißt: ‚Das Lied von den drei Matrosen-Hasen, die auf einem flachen Felsen im Meer von Strolnigord Schiffbruch erlitten'."
„Und wie geht es aus?" fragte Tim.
„Sie sind alle drei gestorben", sagte Effgenie und stimmte einen sehr langsamen, monotonen Gesang in der Hasensprache an. Er zog zwei kleine Glocken aus den Taschen seines neuen roten Überziehers und läutete sie hin und wieder. Es war sehr deprimierend.
Wenn man so lange Zähne hat wie diese Hasen, dachte Sanchez, kann man wahrscheinlich schlecht auf einer Flöte oder einer Trompete blasen; und mit Pfoten statt Händen muß es sehr schwierig sein, Gitarrensaiten zu zupfen oder einen Geigenbogen zu führen. Die Glocken sind vielleicht das ein-

zige, womit sie hantieren können. Aber Trommeln ginge auch, und trommeln wäre vergnüglicher. Er versuchte, lieber auf die Umgebung zu achten.

Die Scheinwerfer streuten Dauerlicht und hinterließen damit eine glitzernde Spur von leuchtenden Wassertropfen hinter den Anti-Gravs, um ihren Weg zu markieren. Aber auch das Dauerlicht machte die Finsternis nicht gerade gemütlich.

Diese alte Hauptstraße, der sie folgten, war so breit, daß Sanchez nur die Tunnelmauer rechts von sich sehen konnte. Ungefähr alle hundert Meter kamen sie an der riesigen Statue eines Hasen vorbei, der unter dem guten Einfluß des zackigen weißen Blitzes, dem Symbol des Super-Hirns, irgendeine nützliche Arbeit verrichtete. Im Scheinwerferlicht war oben auch ein schwaches Glitzern von den Kristallüstern zu erkennen, mit denen der Tunnel vor dem Hochwasser beleuchtet worden war. Links lag eine lange Reihe von Obstbäumen und Spalierbohnen, die im Wasser verfault waren und unheimlich aussahen. Manchmal meinte Sanchez, daß zwischen den Zweigen der Bäume Augen glühten, aber weil er sich schon einmal geirrt hatte, wollte er nichts davon sagen.

„Solange es nur Augen sind und keine Rachen, werden wir schon durchkommen", sagte er zu Jerk.

Jerk hatte die Nase an die durchsichtige Plastikhaube gepreßt und schaute wachsam hinaus in die Dunkelheit. Ab und zu wandte er den Kopf und sah sich nach etwas um, was er gesehen hatte, aber er konnte es Sanchez nicht erklären. Er winselte.

Sanchez gab ihm einen Würfel Rindfleischkonzentrat und nahm sich selbst einen der selbstgemachten Karamelbonbons. Er stellte das Sprechfunkgerät ab, damit er sich das Lied von den drei Matrosen-Hasen nicht mehr anhören mußte.

„Der arme Tim kann es nicht so einfach abschalten", dachte er.

Die Schaufelräder schaufelten tiefe Kreise dauerbeleuchtetes Wasser um, und die beiden Anti-Gravs schossen auf der alten Hauptstraße durch die Finsternis zum Super-Hirn.

6. Eine fürchterliche Begegnung

Effgenies langes Lied verursachte beinahe ein großes Unglück. Wegen des Liedes hatte Sanchez das Sprechfunkgerät ausgeschaltet. Das hätte er nicht tun dürfen, denn so konnte Tim ihn nicht mehr rufen.

Sie waren schon seit zwei Stunden in vollem Tempo unterwegs, und Effgenies Lied war noch immer nicht zu Ende. Tim ließ sich nicht weiter davon stören, denn er konnte jederzeit innerlich abschalten und einfach an etwas ganz anderes denken. Jetzt war er vollauf damit beschäftigt, über das Super-Hirn nachzudenken. Warum hatte das Super-Hirn Samen für schnell wachsenden, aber geschmacklosen Salat bestellt? Warum sagte es den Weißen Hasen nicht mehr, was sie zu tun oder zu lassen hatten? Warum überflutete das Meer von Strolnigord die Sektionen, in denen Weiße Hasen lebten, und nicht auch das Gebiet der Schwarzen Hasen? Und noch etwas wunderte Tim. Was war aus den Grauen Hasen geworden, aus den Gesetzlosen, von denen der alte Oberbezirksinspektor nicht sprechen wollte?

Plötzlich brach Effgenies Lied ab, und er schrie mit hoher, quiekender Stimme: *„Enkahra!* Hilfe! Ein Ururgroßvater-Kannibalenfisch frißt uns!"

Tim warf schnell einen Blick über die Schulter. Effgenie übertrieb zwar wie üblich, aber es war tatsächlich ein ziemlich großer Kannibalenfisch ziemlich dicht hinter ihnen. Sein Maul war noch zu, und seine Pyramidenaugen glotzten auf das Anti-Grav. Jede Einzelheit an dem Fisch war deutlich zu erkennen in dem Dauerlicht, das die Scheinwerfer hinterließen.

„Alarm!" rief Tim in sein Sprechfunkgerät, aber er prüfte nicht nach, ob Sanchez ihn auch hörte und ihm antwortete. Er war mit dem Fisch beschäftigt. Was sollte er jetzt tun?

Der Kannibalenfisch war ungefähr so groß wie das Anti-Grav.

Wahrscheinlich wunderte er sich über das Anti-Grav, er hatte ja noch niemals so etwas wie diese Plastikblase mit Schaufelrädern gesehen.

Er riß das dicklippige Maul auf, als ob er erst einmal abmessen wollte, ob das Ding auch hineinpaßte. Die Seitenflossen zuckten, und dann schoß er plötzlich und unerwartet blitz-

schnell vor und stieß gegen das linke Schaufelrad. Das Anti-Grav schleuderte.
„*Enkahra!* Oh, ich wollte, ich wäre bei meiner Mutter geblieben!" jammerte Effgenie. „Lieber auf einem fremden Planeten Gärtner sein als hier Futter für die Kannibalenfische!"
„Sei still, Effgenie, das ist noch gar nichts", sagte Tim. „Schneid dem Fisch eine Fratze. Ich will, daß er gegen die Plastikhaube stößt."
„Du bist verrückt geworden! Die Finsternis hier hat dich um den Verstand gebracht. Das ist anderen auch schon passiert", stöhnte Effgenie.
„Schneid ihm eine Fratze!" fuhr Tim ihn an; sein Finger krümmte sich am Abzug des Silikon-Gewehres.
„Iii-bäääh!" brüllte Effgenie und schnitt eine fürchterliche Grimasse; er zog sich die Augenwinkel mit den Vorderpfoten hoch, fletschte die Zähne und trommelte mit den Hinterpfoten auf den Boden.
Das wirkte. Mit einem schnellen Flossenzucken schoß der Kannibalenfisch vorwärts. Diesmal war sein Maul geschlossen und seine wulstigen, warzigen Lippen stießen kaum ein paar Zentimeter vor Effgenie gegen die durchsichtige Plastikwand.
„Er hat's mir befohlen!" rief Effgenie dem Kannibalenfisch quiekend zu.
Tim drückte auf den Abzug und sagte: „Ich hab ihn!"
Innerhalb von Sekunden breitete sich ein hauchdünner Film von Silikon über dem ganzen großen Fisch aus, wie eine durchsichtige Plastikfolie von unerhörter Reißfestigkeit. Einen Augenblick hing diese Folie faltig wie ein alter Beutel um ihn herum, dann wurde sie von den Neutronen darin gedehnt und blähte sich zu einer durchsichtigen Kugel auf, vollkommen rund und glatt, und der Kannibalenfisch hing mitten darin.

„Er dreht sich herum! Er liegt auf dem Rücken!" staunte Effgenie. Es stimmte. Die Silikonkugel, die Tim um den Fisch geschossen hatte, enthielt nur ein bißchen dünne Luft und Sprühwasser. Der Fisch lag völlig hilflos darin, verdrehte die Augen und machte das Maul schnappend auf und zu. In wenigen Sekunden war er weit hinter dem Anti-Grav zurückgeblieben, das so schnell wie möglich weiterpaddelte.

„Also, ich bin froh, daß das Ding genauso funktioniert hat, wie es in der Gebrauchsanweisung steht", sagte Tim.

„Haha!" sagte Effgenie und schlug begeistert die Pfoten zusammen. „Ohne mich hättest du gar nichts machen können. Ich war der Köder, ich habe ihn nahe genug herangelockt, und dann ... plopp! ... war es aus mit ihm! Effgenie der Furchtlose hat ihn erledigt."

„Wie kommst du zurecht, Sanchez?" fragte Tim, als er sich auf dem Pilotensitz umdrehte, um wieder in Fahrtrichtung zu schauen.

Keine Antwort aus dem Sprechfunkgerät. Tim sah nur die Schwärze des Wassers vor sich, die riesigen Statuen, die aus der Finsternis ragten, und den Zaun aus toten Bäumen. Von Sanchez war nirgendwo etwas zu erspähen.

„Ich rufe Sanchez! Ich rufe Sanchez! Hörst du mich? Gib deinen Standort durch!" rief Tim verzweifelt in das Sprechfunkgerät.

Keine Antwort.

„Effgenie, du schaust nach hinten, kannst du irgend etwas von Sanchez sehen?" fragte er.

„Ha, in meiner Richtung ist keine Spur von ihm", antwortete Effgenie mit ernsthafter Stimme. „Dein armer Bruder! Ich bin nicht da, um ihn zu leiten und ihm zu helfen, also hat ihn bestimmt schon längst ein großer Fisch verschluckt."

„Er war doch vor zwei Minuten noch genau vor uns!" schrie Tim ärgerlich.

„Was sind zwei Minuten für einen Fisch? Schnapp – schon hat er dich verzehrt", sagte Effgenie.
Tim schwieg. Effgenie war hin und wieder recht nützlich, aber nicht in Augenblicken der Gefahr. Tim hielt rundum Ausschau nach der Spur aus Dauerlicht von Sanchez' großem Scheinwerfer. Er sah seine eigene Lichtspur weit hinter sich im Tunnel verschwinden, aber sie war die einzige Spur. Tim legte das Steuer um und schoß auf seiner eigenen Spur zurück, dorthin, woher er gekommen war. Auf der einen Seite sah er vermodertes Astwerk, auf der anderen kahle Mauern und hin und wieder vom Dach oben das Blinken eines verloschenen Kronleuchters.
Dann erspähte er hinter einem Gewirr aus Ranken und Zweigen ein Licht. Er kurvte über die überfluteten Gemüsebeete und durchschnitt die Dunkelheit mit seinem Scheinwerfer. Da war Sanchez, und er steckte in einer üblen Lage.
Sein Anti-Grav lag hell erleuchtet mitten in einem Gewirr aus Kletterranken auf dem Boden. Es bewegte sich nicht mehr aus eigener Kraft; die Schaufelräder standen still. Sechs große Kannibalenfische benutzten es als Fußball. Sie schlugen es mit ihren dreigeteilten Schwanzflossen hin und her. Zwischendurch schauten sie sich mißtrauisch danach um. Dann schlugen ihre Schwanzflossen wieder zu, patsch und patsch und noch einmal patsch. Sanchez schien am Kopf verletzt zu sein. Er lag nach hinten gelehnt in seinem Sitz, und Jerk bewachte ihn und schnappte knurrend nach den Fischen draußen.
„Das hält es nicht mehr lange aus, diese Herumkickerei", sagte Tim besorgt.
„Oh, oh, laß alle Hoffnung fahren", sagte Effgenie. „Dein armer Bruder! Er hat Effgenie ausgelacht, und jetzt schau dir an, was aus ihm geworden ist!"
„Wenn ich einen mit Silikon beschieße, gehen die anderen

fünf mit den Schwanzflossen auf uns los", sagte Tim. „Es ist nicht viel Kraft nötig, um die Schaufelräder zu zerschlagen. Die Frage ist, welchen nehm ich mir als ersten vor?"
„Das ist doch ganz offensichtlich", sagte Effgenie. „Aber natürlich kenne ich diese Fische auch ganz genau, mit all ihren kleinen Gewohnheiten und ihren großen Schwächen."
„Also, welchen?" sagte Tim und hätte am liebsten Effgenies lange Ohren zu einem Knoten zusammengebunden.
„Du hast vielleicht schon bemerkt, daß es ein Großvater-Fisch und fünf Großmutter-Fische sind", sagte Effgenie. „Es ist immer der Großvater, der den Angriff leitet. Und die Großmütter folgen ihm, wie es die Art der Frauen ist."
„Und . . .?" sagte Tim.
„Also schießt du den Plastiksack um den Großvater herum, dann lassen dich die anderen in Ruhe", sagte Effgenie.
Tim gab sich Mühe, nicht zu schreien: „Ja, aber welcher ist der Großvater?"
„Wie bitte, du weißt nicht, woran man den Großvater erkennt?" fragte Effgenie aufreizend.
„Nein, und wenn du es mir nicht sofort sagst, dann schmeiß ich dich raus, und der Fisch, der dich frißt, wird dann wohl der Großvater sein!" sagte Tim.
„Ha, das soll natürlich nur ein Scherz sein, nicht wahr?" sagte Effgenie. „Aber ich werd es dir trotzdem erklären. Der Fisch mit den vier kurzen Stacheln auf dem Nacken, das ist der Großvater. Da! Siehst du ihn?" Er zeigte auf einen bösartig ausschauenden Kannibalenfisch, der sich ein wenig abseits von den anderen hielt. Er spielte nicht mit Fußball; er schaute nur zu und wartete.
„Großvater Kannibalenfisch, paß auf!" sagte Tim und steuerte auf ihn los.
Diesmal wartete Tim nicht darauf, daß der Fisch herankam und das Anti-Grav beschnüffelte, weil Effgenie ihm Fratzen

schnitt. Das kleine Anti-Grav schoß durch die Kletterranken und knallte dem Kannibalenfisch so auf den schuppigen Rücken, daß die Scheinwerfer flackerten und Tim in seinem Sicherheitsgurt vornüber flog.
„*Uschtavo!*" stieß Effgenie aus. „Das nächste Mal fahr ich!"
„Ich hab ihn!" sagte Tim als er das Silikon-Gewehr abfeuerte. Wieder blähte sich das Silikon wie zu einem Plastiksack auf. Wieder lag der Fisch darin hilflos auf dem Rücken. Seine große Schwanzflosse schlug gegen die dünnen, durchsichtigen Wände, aber das nutzte ihm nichts. Er flog dadurch nur von einer Seite der Kugel auf die andere.
Tim beobachtete die anderen fünf Kannibalenfische und hoffte inständig, daß sie wirklich Großmutter-Fische waren, wie Effgenie behauptet hatte. Sie ließen von Sanchez' Anti-Grav ab und schwammen in einer Reihe zu dem umgedrehten Großvater-Fisch. Mehrmals schwammen sie um die Plastikkugel herum.
Dann glitten zwei Fische auf die eine Seite, zwei auf die andere.
„Sie bringen ihn weg!" sagte Tim.
So war es. Der fünfte Fisch schwamm voraus, und die anderen vier Großmutter-Fische trugen die Plastikkugel mit dem Großvater-Fisch darin schnell, aber sorgsam auf ihren Köpfen über die Kletterranken und in die Schatten davon.
„Ich glaube, wir sollten auch gehen", sagte Effgenie nervös. „Vielleicht gehören noch mehr Kannibalenfische zu der Familie."
Durch das Wasser sah Tim, wie im anderen Anti-Grav Jerk die langen Ohren schüttelte und mit dem Schwanz wedelte, und wie Sanchez versuchte, sich aufrecht hinzusetzen. Tim steuerte sein Anti-Grav dicht heran und genau vor Sanchez. Dann zeigte er auf sein eigenes Sprechfunkgerät, um Sanchez dazu zu bringen, seines einzuschalten.

197

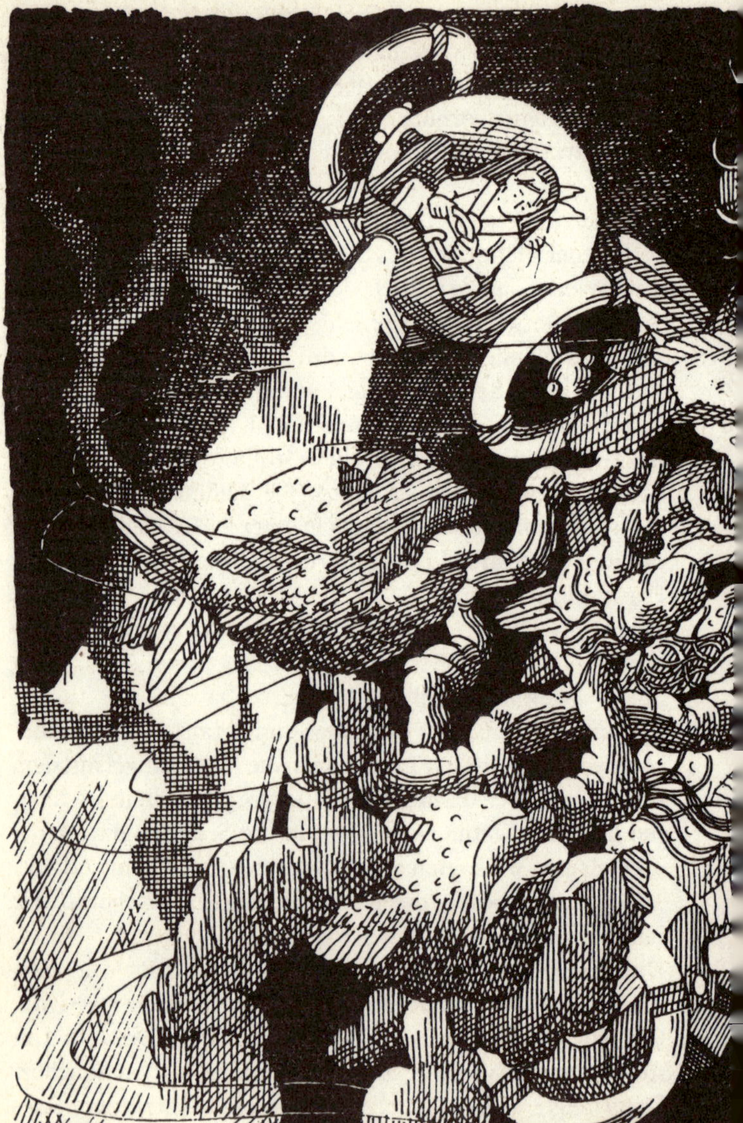

Aber Sanchez saß nur da und starrte mit verwirrtem Gesichtsausdruck benommen vor sich hin. Er schien gar nicht zu sehen, was um ihn herum vor sich ging. Jerk brachte ihn wieder zu sich. Jerk stieg mit den Vorderpfoten auf Sanchez' Knie und leckte ihm das Gesicht, wieder und wieder.

„Uff", machte Sanchez. Allmählich kam er wieder zu sich, konnte er wieder sehen, was vor ihm war. Er beugte sich vor und schaltete sein Sprechfunkgerät an.

„Was ist passiert?" fragte Tim besorgt. „Hast du dir den Kopf angeschlagen?" Tim schien sich manchmal mehr für Maschinen als für Menschen zu interessieren, aber er hatte doch ein gutes Herz und liebte seinen Bruder.

„Ich habe eine dicke Beule hinter dem rechten Ohr, und sie tut sehr weh", meldete Sanchez.

„Mach dir eine Wiederbelebungsspritze aus dem Erste-Hilfe-Kasten. Dosis R 16 ist für leichte Gehirnerschütterungen

und dergleichen", sagte Tim. „R beseitigt den Druck, und 16 wirkt belebend. Wir müssen schleunigst hier fort."
Es war ganz einfach, sich selbst solch eine Erste-Hilfe-Spritze zu geben, weil man sich dabei nur die Haut zu ritzen brauchte.
Die Kopfschmerzen verschwanden sofort, und Sanchez fühlte sich wieder frisch und munter.
„Was ist passiert? Warum läuft mein Anti-Grav nicht?" fragte er.
Sanchez wußte weniger als Tim von dem Überfall der sechs Kannibalenfische. Einer von diesen großen Fischen mußte unbemerkt von hinten herangekommen sein und das Anti-Grav mit einem gewaltigen Schlag mit der Schwanzflosse in das Gewirr der Kletterranken geschleudert haben. Dabei hatten die Schaufelräder sich verbogen und Sanchez sich bewußtlos geschlagen. Nur Jerk wußte ganz genau, was passiert war, aber Fliegende Jagdhunde können nicht sprechen.
„Diese Kannibalenfische sind nicht nur groß, sie sind auch gerissen und heimtückisch", sagte Tim. „Wir müssen hier verschwinden, ehe der Großvater aus seinem Silikonbeutel herauskommt und mit noch mehr Großvätern zurückkommt."
„Kann er denn wieder heraus?" fragte Sanchez.
„Allein sicher nicht. Aber wenn fünf Großmutter-Fische daran zerren, und wenn sie damit vielleicht irgendwo an scharfen Eisenspitzen von einem Zaun oder so hängenbleiben, dann kommt er vielleicht doch heraus. Heiz deine vordere Thermokupplung an. Wir schweißen dein Anti-Grav hinten an meines an. Meine Schaufelräder können uns beide ziehen, auch wenn's dann langsamer geht."
Tim wendete sein Anti-Grav und stieß bis dicht an Sanchez' zerbrochenes Fahrzeug zurück.
„Thermokupplung glühend heiß", meldete Sanchez.

Das Wasser rundum brodelte in wilden Wirbeln kochend auf, als die beiden Plastikschalen verschmolzen. Es war noch immer unmöglich, von einem Anti-Grav in das andere umzusteigen, aber sie waren jetzt wenigstens fest zu einem einzigen Vehikel miteinander verbunden. Vorsichtig ließ Tim die Schaufelräder anlaufen. Das doppelte Anti-Grav erhob sich von den überfluteten Gemüsebeeten und den Ranken, beschrieb einen Halbkreis und schwamm mit halber Geschwindigkeit wieder auf der alten Hauptstraße weiter. Es hatte nun zwei Paar Scheinwerfer und nur ein Paar Schaufelräder, die funktionierten.
„Mit vereinten Kräften haben wir deinen armen Bruder gerettet", sagte Effgenie.
„Ja", gab Tim gerechterweise zu, „wenn du mir den Trick mit dem Großvater-Fisch nicht erklärt hättest, dann wären wir schlimm dran gewesen."
„Es ist gern geschehen", sagte Effgenie bescheiden. „Es ist nicht der Rede wert."
Sanchez war sehr still. Für ihn war es bisher eine sehr schlechte Reise gewesen. Zuerst hatte er blinden Alarm geschlagen. Dann hatte er das Sprechfunkgerät ausgeschaltet. Dann war er von der Gefahr überrumpelt worden und hatte gerettet werden müssen. Und jetzt schleppte Tim ihn mit, wie ein Kamel seinen zweiten Buckel.
Das Unangenehmste daran war, daß er dabei Effgenie gegenüber saß und daß nur ein paar Zentimeter und zwei durchsichtige Schichten Plastik sie voneinander trennten. Effgenie nickte und lächelte ihm dauernd zu und machte gut gemeinte, aufreizende Bemerkungen wie: „Kannst du jetzt wieder klar denken?" und „Mach dir keine Sorgen, wenn Effgenie auf dich aufpaßt, passiert nichts mehr." Und Sanchez mußte doch höflich bleiben.
Aber es war Tim, der ein paar Minuten später im Rückspiegel die nächste Gefahr erspähte.

„Könnt ihr sehen, was ich sehe, zweihundert Meter hinter uns, dreißig Grad rechts?" fragte er ruhig.
Sanchez und Effgenie schauten sich um.
Aus der Finsternis glitt eine ganze Schwadron Kannibalenfische in V-Formation in den schwachen Schein, den die Dauerlichtspur über das Wasser legte. Sie kamen schnell näher.
„Wir sind verloren!" schrie Effgenie in Panik. „Diesmal sind es lauter Großväter!"
„Und ehe wir einen in eine Silikontüte gesteckt haben, schlagen uns die anderen schon mit den Schwanzflossen zusammen", sagte Tim grimmig. „Ich wette, sie wissen, wie die Sache bei den ersten beiden Versuchen für sie verlaufen ist, und haben etwas daraus gelernt."
„Vielleicht sollten wir die Scheinwerfer ausschalten und statt dessen Radar benutzen?" schlug Sanchez vor. „Sie folgen unserer Dauerlichtspur."
„Gute Idee", sagte Tim.
„Sie steigen auf! Sie wollen von oben angreifen! Es sind mindestens fünftausend!" schrie Effgenie.
Sanchez warf einen Blick zurück. Es waren nur ungefähr fünfzig große Kannibalenfische, aber das war auch schon viel zuviel. Sie hatten die Anti-Gravs eingeholt, wie große Schlachtschiffe ein kleines Boot, und ragten nun über ihnen auf, bereit zum Angriff.
„Lichter aus!" rief Tim. Völlige Dunkelheit schlug über ihnen zusammen. „Schalt dein Radargerät auf der höchsten Frequenz voll an, Sanchez. Ich nehm mein Radar zum Steuern und du nimmst deins, um sie durcheinanderzubringen. Schick Echowellen rauf und runter und vor und zurück. Fische haben selbst ein Radarsystem, also müßte sie das stören. Und haltet euch fest, ich tauche!"
Der Boden schien unter ihnen wegzusacken, als Tim die Anti-Gravs wie im Sturzflug absenkte. Das Radargerät zeigte ihm, wenn er den Mauern oder dem Boden zu nahe

kam, und er fuhr in Schlangenlinien und im Zickzack hin und her und hinauf und hinunter. Es fühlte sich an als ob sie im Stockfinstern in einer verrückt gewordenen Achterbahn säßen. Sanchez hing in seinem Sicherheitsgurt und feuerte unentwegt Radarstrahlen kreuz und quer.
„Sie bleiben schon etwas zurück, und sie zerstreuen sich!" rief Tim, den Blick auf dem Radarschirm, auf dem die Fische als grüne Punkte zu sehen waren. „Wenn wir nur schneller voran kämen."
„Schalt bloß das Licht an!" schrie Effgenie, der mit Radar nicht Bescheid wußte. „Du bist wahnsinnig geworden! Du wirst gegen die Mauern rennen!"
„Weißt du, was die Reisenden auf unserem Planeten machen, wenn ihre Schlitten von wilden Wölfen verfolgt werden?" sagte Tim.
„Nein, was? Gibt es da einen guten Trick? Dann mußt du ihn mir erklären", sagte Effgenie.
„Sie werfen einen Reisenden aus dem Schlitten und fliehen, während die Wölfe ihn auffressen", antwortete Tim und lachte im Dunkeln vor sich hin.
„Was sagst du da?" jammerte Effgenie, der über Witze, die ihn selbst betrafen, nicht lachen konnte. „Wollt ihr mich den Kannibalenfischen vorwerfen? Den armen Effgenie, der euch so gut geführt hat?"
Und Sanchez hatte neben dem Radarschießen eine Menge Arbeit, um den armen Hasen zu beruhigen und ihm klarzumachen, daß sie nicht einmal im Traum daran dachten, irgend etwas dergleichen zu tun.
„Ich glaube, ihr macht euch über mich lustig", sagte Effgenie beleidigt und war von da an ganz still; also hatte Tim doch erreicht, was er wollte.
Sie tauchten und stiegen und torkelten und tanzten noch immer durch die Dunkelheit. Nur das schwache grüne Glimmen auf dem Radarschirm bewies ihnen, daß ihre Au-

gen noch sahen. Die Fische blieben immer weiter zurück, dreihundert Meter, vierhundert, fünfhundert. Genau in dem Augenblick, in dem sie anfingen, etwas aufzuatmen, sagte Tim mit tonloser Stimme:
„Jetzt sind wir erledigt. Wir stecken in einer Sackgasse."
Es stimmte. Das Radargerät zeigte oben, unten, vorne und auf beiden Seiten Mauern an. Der Flur endete hier.
„Und die Fische kommen schon wieder näher!" fügte Tim hinzu. Es war ein schrecklicher Augenblick.
Effgenies Stimme kam aus der Dunkelheit; sie klang noch immer beleidigt: „Jetzt machen wir das Licht an", sagte er. Gleichzeitig klickte schon ein Schalter und die Scheinwerfer strahlten. Dicht vor dem Anti-Grav ragte eine Mauer auf, die aus der größten Gruppe Statuen bestand, die die Buben bis jetzt hier gesehen hatte. Sie stellten einen Aufmarsch von Dutzenden und Dutzenden jungen Hasen dar, die alle sehr erregt und erfreut dreinschauten und mit den Pfoten winkten. In der Mitte war der übliche weiße Zickzack-Blitz eingelassen.
„Du Riesenkarnickel! Jetzt sehen die Fische genau, wo wir sind!" rief Tim.
„Schaut euch das an!" sagte Effgenie und zeigte mit der Pfote auf die Statuen, ohne Tim zu beachten. „Schaut euch das an, das Meisterwerk von Voris Amblehoff, und der Stolz meines Volkes. Es heißt: Die Jugend der Nation der Weißen Hasen feiert voll Freude den Triumph des Super-Hirns. Zehn Jahre lang hat Voris Amblehoff daran gearbeitet, und dann war es endlich vollendet. Das heißt, bis auf das rechte Ohr des obersten Hasen auf der linken Seite. Der Hase dort, der den Freudentanz aufführt; dort ist der Stein noch rauh und unbehauen."
„Warum hat Voris ihn nicht fertiggemacht?" fragte Sanchez.
„Weil er gestorben ist!" antwortete Effgenie düster.

„Da kommen die Kannibalenfische!" rief Tim. „Diesmal hast du es wirklich geschafft, Effgenie!"
„Aber warum wartest du auf sie?" fragte Effgenie gelassen. „Unter jener Statue ist ein Torbogen. Hinter dem Torbogen beginnt eine silberne Treppe, und oben an der Treppe ist das Wartezimmer zum großen Computerraum des Super-Hirns!"
„Soll das heißen, daß wir angekommen sind?" schnaufte Sanchez. Die Kannibalenfische waren schon wieder dicht heran.
„Hier ist die alte Hauptstraße, die Triumphstraße, zu Ende", sagte Effgenie.
„Das hättest du gleich sagen können!" fuhr Tim ihn an und ließ die Anti-Gravs wie bei einem Kopfsprung vornüber kippen.
„Schneller!" schrie Sanchez. „Sie tauchen hinter uns her!"
„Bleib ganz ruhig, ich bin bei dir", sagte Effgenie.
„Wohin jetzt?" fragte Tim, als ihm der Boden immer schneller entgegenkam und das Wasser über ihm von Flossenschlägen gepeitscht wurde. Plötzlich war die Mauer aus Hasenstatuen nach unten zu Ende, und ein breiter Torbogen öffnete sich vor dem Scheinwerferstrahl.
„Vorwärts, nur keine Angst!" schrie Effgenie.
Tim zog den Steuerknüppel hoch, als das Anti-Grav schon über den Boden kratzte. Er gab Vollgas voraus, und sie schossen unter dem Torbogen hindurch.
„Jetzt hinauf und weiter vorwärts", befahl Effgenie.
Jerk schnappte wütend knurrend nach den Kannibalenfischen, die sich dicht hinter dem Anti-Grav durch den Torbogen drängten. Eine Art Freitreppe aus glänzenden Stufen blitzte im Scheinwerferlicht auf und blendete sie. Das kleine Anti-Grav flog auf den Schaufelrädern die Stufen hinauf, höher und höher.

„Oh, schneller!" schrie Sanchez, als sich ein besonders großer Rachen hinter ihm öffnete.
Plopp!
Der Schwung schleuderte das Anti-Grav aus dem Wasser, und es hing plötzlich sicher und reichlich drei Meter über dem Wasser in wundervoll trockener Luft. Hier waren die Flure und Tunnel nicht mehr überflutet. Unter ihnen brachten die enttäuschten Kannibalenfisch-Großväter das Wasser zum Brodeln. Über ihnen strömte helles Licht aus Kronleuchtern und Wandlampen und beleuchtete einen geräumigen Saal.
„Dreimal hoch für Effgenie", sagte Effgenie mit seiner selbstzufriedensten Stimme. „Ich bin dem Beispiel meiner Vorfahren gefolgt und hergekommen, um mich beim Super-Hirn registrieren zu lassen!"

7. Ein Computer mit Humor?

„Ich werde froh sein, wenn wir diese Fische nicht mehr unter uns haben", sagte Tim. „Sanchez, schalt deine hinteren Luftdüsen mit ein, dann landen wir."
Vorsichtig steuerten die Buben ihre plumpe Doppelkugel ein wenig weiter und setzten dann in einer sanften Landung auf dem polierten Boden auf. Hier waren sie in sicherer Entfernung von der Treppe, vor der die Kannibalenfische noch immer das Wasser unsicher machten. Die Buben öffneten die Luken und kletterten heraus und reckten und streckten die Beine. Jerk war besonders froh, daß er sich wieder bewegen konnte; er breitete die Ohren aus, nahm einen Anlauf und machte einen seiner seltenen Segelflugsprünge. Ein paar Sekunden lang segelte er einen halben Meter hoch

durch die Luft. Dann kam er zurückgesprungen und forderte Effgenie, der nicht recht wußte, wie er sich verhalten sollte, zum Spielen auf.
„Geh fort, Hund! Ich bin sauber und brauche nicht abgeleckt zu werden", sagte er.
„Ist er das? Ist das der große Computerraum? Und wo ist das Super-Hirn?" fragte Sanchez.
„Nein, nein, das hast du falsch verstanden", erklärte Effgenie wichtig. „Das hier ist nicht der große Computerraum. Dies hier ist der Wartesaal. Hier müssen die jungen Hasen warten, bis sie einer nach dem anderen hereingerufen und registriert werden und gesagt bekommen, welchen Rang sie erhalten und welche Aufgaben sie für den Rest ihres Lebens ausführen müssen. Der große Computerraum liegt dort, hinter dem Tor der Wünsche."
Effgenie zeigte auf einen Torbogen am anderen Ende des Saales. Der Torbogen war nicht durch ein Tor verschlossen, und es gab auch nichts, was man einen richtigen Vorhang nennen könnte, aber ein seltsames graues Licht flackerte und wallte da hin und her, so daß man nicht sehen konnte, was dahinter lag.
„Warum heißt es das Tor der Wünsche?" fragte Sanchez.
„Das weiß man nicht", antwortete Effgenie und meinte damit, daß er es nicht wußte. Vielleicht wußten es andere Leute.
Sanchez wollte sofort durch das geheimnisvolle Tor eilen, aber Tim hielt ihn zurück und sorgte dafür, daß sie sich alle vernünftig benahmen.
Zuerst schalteten sie die Thermokupplung wieder aus, so daß die Anti-Gravs wieder getrennt waren. Tim untersuchte die Schaufelräder an Sanchez' Anti-Grav und schüttelte den Kopf; sie waren ganz verbogen. Dann packten sie die Probepackung von Padgetts Spezial-Schnellwuchs-Riesensalat-Samen aus, und Sanchez steckte sie in die Hosentasche.

„Wir nehmen die Sprechfunkgeräte mit, damit wir miteinander reden können, falls wir getrennt werden, und damit wir *Drache 5* rufen können, wenn wir hier irgendwo aus der Höhle heraus und an die Oberfläche des Planeten kommen", sagte Tim.

Zum Schluß legten Tim und Sanchez jeder einen Metallkragen um, ihre Elektro-Repulsoren.

Auch Jerk besaß einen, und Sanchez legte ihm dieses Halsband an.

„Schade, daß wir keinen für Effgenie haben", sagte Tim.

„Nun, er muß sich eben aus Schlägereien heraushalten."

Wenn man solch einen Elektro-Repulsor-Kragen trägt, dann bekommt jeder, der einen angreift und packt, einen sehr unangenehmen elektrischen Schlag. Man muß nur aufpassen, daß man selbst niemals jemanden angreift, denn dann bekommt man selbst einen Schlag, und die Haare stehen einem zu Berge. Alter Elias hatte die Verteidigungskragen so gebaut, weil er die Buben nicht dazu ermutigen wollte, sich mit anderen zu prügeln, und schon gar nicht mit solch einem unfairen Vorteil.

Der arme Jerk hatte manche schlechten Erfahrungen gemacht, bis er gelernt hatte, daß er niemanden zur Begrüßung oder im Spiel anspringen durfte, wenn er dieses Halsband trug.

„Jetzt kann er mich nicht mit seiner Zunge waschen, als ob ich unsauber wäre", sagte Effgenie zufrieden.

„Hier ist dieser Machtzähler, den der alte Eudachoff Bradbee mir geliehen hat", sagte Sanchez aufgeregt. „Können wir jetzt gehen?"

„Ja", sagte Tim, „aber wir müssen immer dicht beisammenbleiben und sehr vorsichtig sein bei allem, was wir sehen und sagen. Denk daran, was der Alte Elias gesagt hat: wir sollen nichts und niemandem trauen."

„Aber das Super-Hirn ist für das größere Wohl der größeren

Zahl", erklärte Effgenie entrüstet. „Hier kann uns nichts Böses mehr geschehen."
„Er hat euch nicht viel Gutes getan, als das Hochwasser kam, oder?" fragte Tim. „Denk an die Kannibalenfische und verlaß dich auf niemanden! Also, geh du zuerst hinein, Effgenie, weil heute dein Registrierungstag ist, dann Sanchez und Jerk, und ich gehe als letzter."
Sie gingen im Glanz der vielen Lichter durch den langen, stillen Saal. Ihre Schritte hallten seltsam von den Wänden wider.
„Wenn ich daran denke, daß früher hier alles voll Musik und Gesang war und daß viele Hasen gemeinsam zu dem Festakt kamen . . . Und ich muß jetzt mutterseelenallein und in dieser Stille zum Registrieren gehen", sagte Effgenie.
Sanchez sah, daß er wieder in Niedergeschlagenheit versank, und sagte schnell: „Aber dafür wirst du viel berühmter, weil du ganz allein zum Super-Hirn gegangen bist. Überleg dir bloß mal, du mußt der allererste Hase sein, der seit sechs Monaten zum Registrieren kommt."
„Der erste Weiße Hase", verbesserte Tim. „Die Schwarzen Hasen kommen noch immer."
„Aber nicht hierhin", sagte Effgenie. „Die Schwarzen Hasen warten in einem anderen Saal. Die Schwarzen und die Weißen Hasen gehen nicht einmal zusammen zum Registrieren. Das ist auch besser so. Früher gab es viel Streit."
Der Gedanke, daß er der erste Weiße Hase war, der seit sechs Monaten zum Registrieren kam, munterte ihn auf, und er hoppelte eifrig zum Tor der Wünsche. Bald waren sie dicht vor dem wallenden grauen Licht. Das Knistern von Kraftfeldern war in der Luft und ein etwas zermürbendes, hohes Summen.
Die Buben konnten noch immer nicht durch das Licht hindurchblicken; sie sahen nur, daß es sich wie in Wellen bewegte.

Effgenie trat auf die schwarzen Steine auf der Schwelle.
BOING!
Ein tiefer Glockenton ertönte in dem Raum vor ihnen.
„Was war denn das?" fragte Sanchez nervös.
„Die Türglocke", sagte Tim. „Niemand soll das Super-Hirn unangemeldet überrumpeln."
„Ach so, ja", sagte Sanchez und trat auch ein.
BOING!
BOING! auch für Jerk, wenn auch nicht so tief, und dann noch ein letztes, dröhnendes BOING für Tim.
Nun waren sie mitten in dem grauen Vorhang aus Kraftfeldern, die das Tor der Wünsche bewachten. Ein Kribbeln kroch in Sanchez' Armen und Nacken hoch. In seinem Kopf schien sich alles zu drehen, und kleine Glöckchen klingelten in seinen Ohren. Ein Funkenregen zuckte vor seinen Augen auf und blendete ihn. Dann löste sich das Kraftfeld in elektrischem Nebel auf.
Sie befanden sich im großen Computerraum.
„Oh, wie schön! Wie geschmackvoll, all diese roten Samtvorhänge! Und die herrlichen Statuen! Und die wundervollen Beete voll Spinat!" sagte Effgenie.
„Uii, schaut euch diese tollen Tierfotos an den Wänden an! Ein Falke, der im Flug ein Rad schlägt ... Wie kann man so was fotografieren?" sagte Sanchez.
„Solche großen Computer mit solchen winzigen Generatorenanlagen habe ich noch nie gesehen", sagte Tim. „Ich wollte, ich könnte mir die Kontrollarmaturen mal genau anschauen!"
Jerk wedelte heftig mit dem Schwanz und schaute sich schnuppernd um.
„Halt, alle miteinander!" fuhr Tim plötzlich mit leiser, mißtrauischer Stimme fort. „Hier stimmt was nicht! Wir werden hereingelegt!"
„Was kann in solch einem schönen Raum nicht stimmen?"

sagte Effgenie. „Schaut mal, auf den goldenen Stuhl darf ich mich gleich setzen. Das Super-Hirn wird mich abhorchen. Das ist sehr wichtig. Und diese Glockenmusik! Wunderschön!"
„Und all diese Vögel! Solch eine Sammlung habe ich noch nie gesehen", sagte Sanchez. „Und das da, neben dem schwarzroten Kakadu, muß der Schlitz sein, in den ich den Machtzähler stecken soll."
„Halt, sag ich, wartet, alle miteinander!" wiederholte Tim mit noch schärferer Stimme. „Wir müssen herausfinden, was wirklich los ist."
„Was meinst du denn?" fragte Sanchez verwirrt.
„Siehst du hier rote Vorhänge?" fragte Tim zurück.
„Nein . . ." sagte Sanchez langsam. „Bloß die grüne Wandbespannung da hinter den Eulen."
„Effgenie sieht rote Vorhänge", sagte Tim. „Effgenie, siehst du hier Fotos von Vögeln oder einen schwarzroten Kakadu?"
„Natürlich nicht", antwortete Effgenie. „Willst du wieder Spaß machen?"
„Nein, das ist kein Spaß", sagte Tim. „Und ich kann keine Vogelfotos und keine grüne Wandbespannung sehen, und ich seh auch keine roten Vorhänge und Statuen."
„Aber was siehst du dann?" fragte Sanchez.
„Lange Reihen von Computern und eine riesige Schaltanlage mit Kontrolltafeln und Generatoren, alle weiß und grau und ordentlich", sagte Tim.
„Ich nicht!" stießen Sanchez und Effgenie gleichzeitig aus.
„Generatoren? Unsinn!" fügte Effgenie hinzu.
„Ich hab's euch ja gleich gesagt! Hier stimmt was nicht! Wir werden hereingelegt!" sagte Tim sehr ernst. „Jeder von uns sieht etwas anderes in diesem Raum, weil jeder das sieht, was er gerne sehen möchte. Ich wette, wenn Jerk sprechen könnte, dann würde er uns erzählen, daß er hier in einem

Wald ist, in dem er jagen darf soviel er mag, und in dem überall saftige Knochen herumliegen, an denen er herumnagen kann."

Jerk setzte sich hin und wedelte noch immer mit dem seidigen Schwanz. Er lächelte über sein ganzes Hundegesicht, schaute zu Sanchez auf und dann wieder weg.

„Ich glaube, du hast recht", sagte Sanchez. „Er verrenkt sich schier das Hinterteil vor lauter wedeln, weil es ihm hier so gut gefällt."

„Ich wette, dahinter steckt einer der Tricks des Super-Hirns", sagte Tim. „Diese Kraftfelder unter dem Tor müssen das gemacht haben. Effgenie, mußten die jungen Hasen früher immer ganz allein, einer nach dem anderen hereinkommen?"

„Ja, einer nach dem anderen", nickte Effgenie. „Und allen hat es hier gefallen. Sie haben von der schönen warmen Luft und den Palmenbäumen in den goldenen Töpfen und den roten Vorhängen erzählt. Es muß wundervoll gewesen sein!"

„Aber das alles gibt es gar nicht wirklich", sagte Tim. „Jetzt müssen wir etwas ausprobieren. Wir machen alle drei die Augen fest zu und denken an gar nichts mehr. An absolut gar nichts. Wir müssen sogar versuchen, zu vergessen, wer wir sind. Und dann machen wir ganz plötzlich die Augen wieder auf. Es wird sich zeigen, was wir dann sehen können."

„Das geht doch gar nicht, an nichts denken?" meinte Sanchez.

„Denk an eine Kerzenflamme und blas sie dann aus!" sagte Tim.

„Das ist alles Unsinn!" sagte Effgenie ärgerlich.

„Denk du an einen großen Teller voll Spinat, den jemand anderes aufißt", riet Sanchez ihm.

„Also, dann . . . fertig?" sagte Tim.

Sie schlossen die Augen. Sanchez brachte es doch fertig, nur noch leere Schwärze zu sehen. Es war Nacht; er war nirgendwo; er war niemand.

„Augen auf!" befahl Tim nach einer Weile.

Der Raum kam Sanchez noch immer sehr groß vor, aber die Vögel und die Fotos und die Vorhänge waren verschwunden. Da stand nur noch ein häßlicher Metallstuhl vor einem großen Brocken von Maschine. Alle Wände und die Decke waren mit einem dichten Gewirr von kleinen Glasdingern bedeckt, die winzigen Glühbirnen glichen.

„Genau das, was ich mir schon gedacht habe", stellte Tim mit zufriedener Stimme fest. „Fotoelektrische Zellen, die unsere Gehirnwellen auffangen und sie dann an uns zurücksenden. Das ist der Grund, warum wir jeder etwas anderes gesehen haben."

„Kannst du noch immer rote Vorhänge sehen, Effgenie?" fragte Sanchez.

„Manchmal ja, manchmal nein", antwortete Effgenie mit verwirrter Miene.

„Du mußt dagegen ankämpfen!" sagte Tim. „Konzentriere dich auf die Wahrheit."

„Die Wahrheit ist sehr langweilig", bemerkte Effgenie. „Was ist das Glaszeug an den Wänden? Wohin sind meine roten Vorhänge und die goldenen Sessel verschwunden?"

„Sie waren niemals da", sagte Tim.

„Es ist bloß noch ein Sessel da, und er hat goldenes Schnitzwerk an der Rückenlehne", sagte Effgenie. „Nein, doch nicht ... bloß ein bißchen ... Nein, es ist ein ganz gewöhnlicher Metallstuhl! Aber ich muß mich doch registrieren lassen! Ich werde mich hineinsetzen. Alle meine Vorfahren haben das auch so gemacht."

Effgenie hoppelte nervös durch den Raum und ließ sich in dem Metallstuhl vor der großen Maschine nieder. Drei dünne Metallarme reckten sich ihm entgegen und faßten ihn an der Stirn, am rechten Arm über dem Ellbogen und an der Brust.

„Das sieht ja schlimmer aus als beim Zahnarzt", sagte Sanchez. Er und Tim folgten Effgenie und stellten sich neben den Stuhl, falls er Hilfe brauchte. Blaßviolettes Licht leuchtete auf und fiel auf Effgenies Gesicht.

Von irgendwo oben an der Decke und gleichzeitig von überall her fragte eine sehr präzise, kühle Stimme: „Wer bist du?" und ein schönes Echo folgte ihr.

„Effgenie Livovitz Tozloff, Korridor 8, Sektion D, Chauffeur Zweiter Klasse", antwortete Effgenie fest. „Ich bin hergekommen, um mich registrieren zu lassen."

Aus der Maschine war ein leises Klicken und Rumpeln zu hören, wie eine Verdauungsstörung. Auf verschiedenen Schalttafeln veränderten sich die Zahlen. Dann sagte die Stimme:

„Deine Registrierung ist angenommen."

„Und welche Arbeit soll ich nun übernehmen?" fragte Effgenie und lehnte sich zuversichtlich im Stuhl zurück. „Ich selbst habe mir überlegt, daß ich am Abend, in meiner Freizeit, eine große Gemüsegärtnerei übernehmen könnte. Und bei Tag würde ich gerne Pilot einer Raketen-Fähre sein."

„Schweig!" sagte die Stimme. „Hier stelle ich die Fragen."

„Mach ihn nicht ärgerlich, Effgenie", flüsterte Sanchez.

„Beantworte die folgenden Fragen wahrheitsgemäß", fuhr die Stimme fort. „Erstens: warum sprichst du englisch und nicht in der Sprache aller Hasen?"

„Weil es unhöflich wäre, mich in einer Sprache zu unterhalten, die meine Freunde nicht verstehen", antwortete Effgenie.

„Zweitens: wie hast du den großen Computerraum erreicht, obwohl die Hauptstraße in vielen Sektionen bis zum Dach unter Wasser steht?"

„Das ist kein Problem für mich", antwortete Effgenie selbstbewußt. „Ich habe mich von Unterseebooten unter dem Kommando von zuverlässigen Fahrern hierhin bringen lassen."
„Das sind wir!" wisperte Tim.
„Drittens: warum hast du Gefährten mit in den großen Computerraum genommen, obwohl das gegen Gesetz und Ordnung ist?"
„Er hat nicht uns mitgenommen, wir haben ihn mitgenommen!" sagte Tim laut. „Wir sind die zuverlässigen Fahrer, und wir haben eine Probe von Padgetts Spezial-Schnellwuchs-Riesensalat-Samen mitgebracht, den Sie bestellt haben. Würden Sie uns bitte sagen, wo wir die zwanzig Sack abladen sollen?"
Es gab eine Pause und wieder eine Art Verdauungsgeräusch in der Maschine. Die Metallarme ließen Effgenie langsam los. Die Stimme sagte:
„Das Super-Hirn spricht nur mit denen, die im Registrierungssessel sitzen."
„Wir können aber nicht alle gleichzeitig darin sitzen", sagte Tim.
„Bitte setzt euch!" befahl die Stimme.
„Aber Sie haben sich noch nicht um mich gekümmert", sagte Effgenie entrüstet.
„Effgenie, Chauffeur Zweiter Klasse, verläßt den Registrierungssessel", sagte die Stimme.
„Und ich bin den ganzen weiten Weg, die ganzen vielen Meilen, ganz umsonst gekommen?"
„Verläßt den Registrierungssessel sofort!" wiederholte die Stimme ruhig.
„Sie machen sich also über Effgenie lustig", antwortete Effgenie wütend und blieb entschlossen im Sessel sitzen. „Ich will Ihnen mal was sagen . . ."
Ein blauer elektrischer Blitz tanzte über den Metallstuhl.

Dem armen Effgenie stand das Fell zu Berge, er sprang schreiend aus dem Sessel, hoppelte verzweifelt im Saal herum und rang die Pfoten.

Ein kühles, silbriges Lachen klang von der Decke herab. Als das Echo verstummt war, sagte die Stimme: „Vor langer Zeit hat man behauptet, daß keine Maschine jemals Sinn für Humor haben könnte. Aber das Super-Hirn ist von solcher Vollkommenheit, daß ich fähig bin, gute Witze und Scherze zu genießen."

„Es ist kein guter Witz, jemandem Schmerzen zuzufügen, der mit einem sprechen möchte!" sagte Tim wütend.

„Er ist gewarnt worden", sagte die Stimme gelassen. „Jetzt setz dich, dann kannst du an seiner Stelle mit mir reden."

„Wenn Sie denken, ich setz mich in den Sessel da, nach dem, was Sie Effgenie gerade angetan haben, dann können Sie gleich noch mal von vorne anfangen mit dem Denken!" sagte Tim.

„Setz dich!" befahl die Stimme.

„Nein!" sagte Tim.

Sanchez konnte keine Warnung mehr ausstoßen. Einer der mechanischen Arme reckte sich blitzschnell und packte Tim bei der Schulter. In der gleichen Sekunde schoß ein blendender Blitzschlag durch den Arm in die Maschine. Es gab einen lauten Knall und wildes Geknatter. Auf einer ganzen Schalttafel gingen mit einem Schlag alle Lichter aus, und grauer Rauch stieg in Spiralen aus einem Generator.

8. Die Schwarze Leibgarde

Tim lachte laut auf. Ihm war nichts passiert. Er sagte: „Das kommt davon, wenn man Leute packt, die Elektro-Repulsoren tragen!"
Es tickte und rappelte noch eine ganze Weile in der Maschine. Der Rauch nahm ab, hörte dann ganz auf, und die Lichter gingen wieder an.
„Was möchtest du mich fragen?" sagte die Stimme freundlich, als ob gar nichts passiert wäre.
„Wir möchten wissen, warum Sie zugelassen haben, daß das Meer von Strolnigord in die Höhlen der Weißen Hasen eingebrochen ist und schon zehn von ihren Sektionen überflutet hat", sagte Tim. „Und wir möchten, daß Sie den Weißen Hasen helfen, das Wasser einzudämmen, damit sie ihre Heimat nicht mehr verlassen müssen."
„Schließlich heißt Ihr Wahlspruch, der hier überall angeschrieben steht: Für das größere Wohl der größeren Zahl", fügte Sanchez hinzu.
„Ach ja!" sagte die Stimme im gleichen Ton wie zuvor. „Du hast gerade selbst erklärt, warum ich die Überschwemmung verursacht und die Weißen Hasen zum Auswandern gezwungen habe."
„Sie selbst sind schuld daran? Sie haben das Hochwasser mit Absicht verursacht?" Sanchez war entrüstet.
„Auf dem Schnee-Planeten geschieht nichts, was das Super-Hirn nicht verursacht hätte", antwortete die Stimme. „Ich habe das Hochwasser ausgelöst, und ich bestimme seinen Verlauf. Morgen nachmittag um drei Uhr wird der schwache Damm brechen, den die Weißen Hasen zwischen den Sektionen K und L bauen. Dann bleibt nur noch die Sektion M übrig."
„Mein armes, unglückliches Volk!" rief Effgenie, dessen

Fell sich inzwischen wieder geglättet hatte.
„Und die Sektion M wird dem Hochwasser nicht länger als zwei Wochen widerstehen; dann sind alle fort", fügte die Stimme hinzu.
„Aber warum?" fragte Tim.
„Für das größere Wohl der größeren Zahl", antwortete die Stimme. „Versteht ihr denn nicht? Ich bin vor langer Zeit so gebaut worden! Ich muß demokratisch sein; ich muß immer der Mehrheit helfen! Und so muß ich bleiben."
„Das versteh ich nicht", sagte Sanchez.
„Ich schon", sagte Tim. „Ich wette, es gibt viel mehr Schwarze Hasen als Weiße Hasen; deshalb muß das Super-Hirn den Schwarzen Hasen helfen, weil sie in der Überzahl sind."
„Du hast es verstanden", sagte die Stimme. „In den letzten fünf Jahren hat es bei den Schwarzen Hasen eine Bevölkerungsexplosion gegeben: es wurden sehr viele Schwarze Hasen geboren. Vor sechs Monaten mußte ich feststellen, daß zwei Millionen dreihunderttausend Schwarze Hasen bei mir registriert sind, aber nur eine Million dreihunderttausend Weiße Hasen."
„Eine Million mehr Schwarze Hasen als Weiße Hasen", sagte Tim.
„Aber bloß Zahlen zählen doch nicht!" sagte Sanchez.
„Entschuldige, aber was sonst soll denn zählen?" sagte die Stimme. „Für das größere Wohl der größeren Zahl, dafür bin ich gebaut worden! Die Oberbezirksinspektoren der Schwarzen Hasen sind zu mir gekommen und haben mir berichtet, daß die Schwarzen Hasen nicht genug Platz zum Leben und bald auch nicht mehr genug zu essen haben würden. Also habe ich diese naheliegenden Maßnahmen ergriffen."
„Sie vertreiben die Weißen Hasen durch das Hochwasser, und wenn sie alle geflohen sind, dann lassen Sie das Hoch-

wasser wieder abfließen und geben ihre Sektionen den Schwarzen Hasen, nehme ich an?" sagte Tim.
„Genau", sagte die Stimme.
„Das ist grausam und niederträchtig", sagte Sanchez.
„Das Hochwasser ist nur allmählich gestiegen. Es hat niemanden umgebracht", sagte die Stimme. „Für die Übergangszeit habe ich, weil die Bevölkerung der Schwarzen Hasen so schnell wächst, zwanzig Sack Padgetts Salatsamen bestellt, um diese Massen zu ernähren."
„Padgetts Salat taugt nichts. Nur Schwarze Hasen würden so etwas essen", bemerkte Effgenie.
„Er schmeckt nicht besonders, aber er ist nahrhaft", sagte die Stimme. „Er genügt, bis ich den Schwarzen Hasen neue Gemüsefelder geben kann."
„Und deshalb sind meine Mutter und mein Vater ins Exil gejagt worden", zischte Effgenie böse.
„Ich wäre euch dankbar, wenn ihr die zwanzig Sack Salatsamen so schnell wie nur möglich herbringen würdet", sagte die Stimme. „Die Lieferung wird sofort bezahlt."
„Wie sollen wir sie durch die Tunnel schaffen? Sie stehen doch alle unter Wasser!" sagte Tim.
„Das ist nicht nötig", sagte die Stimme. „Ihr habt ein Raumschiff, das in der Atmosphäre dieses Planeten fliegen kann, nicht wahr?"
„Ja, ganz leicht", meinte Tim.
„Hier gibt es einen Notausgang, den ihr mit eurem Anti-Grav benutzen könnt", sagte die Stimme. „So wird eine weitere gefährliche Begegnung mit den Kannibalenfischen vermieden. Dann kommt ihr mit eurem Raumschiff zu diesem Eingang zurück, liefert den Salatsamen ab, und alle werden zufrieden sein."
„Außer den Weißen Hasen", sagte Sanchez.
„Entschuldige bitte: die größere Zahl wird zufrieden sein", sagte die Stimme.

„Wir haben keinen Notausgang gesehen", sagte Tim.
„Ich werde es euch erklären. Rechts neben dem Registrierungssessel findet ihr einen Behälter. In diesen legt ihr die Probepackung Salatsamen. Ich werde sofort damit experimentieren. In diesem Behälter findet ihr auch ein kleines Sendegerät. Das ist der Schlüssel zum Notausgang. Der Ausgang befindet sich im Wartesaal, aus dem ihr ja gekommen seid. Kehrt zurück in den Saal und schaltet den Sender ein. Die Wellen in einer bestimmten Frequenz schieben einen großen Teil der linken Wand beiseite. Fahr dein Anti-Grav dort hinaus, und du kommst an die Oberfläche des Schnee-Planeten, und zwar in einem Tal der Öden Berge von Kirov Grod. Von da aus kann euch jeder den Weg zurück zu eurem Raumschiff zeigen. Sogar der Chauffeur Zweiter Klasse, der eben registriert worden ist." Die Stimme verstummte.
„Er redet wie dieser Lehrer, den wir in der ersten Klasse hatten", bemerkte Sanchez.
„Er drückt sich sehr klar aus, und er hat einen Standpunkt, wenn auch leider einen falschen", meinte Tim.
„Er ist der Feind meines Volkes!" Effgenie knirschte mit den Zähnen. „Wir sind getäuscht und betrogen worden, aber es wird eine Abrechnung geben. O ja! Es wird eine Nacht der langen Messer geben!"
Tim fand den Behälter neben dem Sessel, legte die Probepackung Salatsamen hinein und nahm den kleinen Sender heraus. „Wir gehen jetzt", rief er der Stimme zu.
„Du gehst jetzt, und der Chauffeur Zweiter Klasse ebenfalls", antwortete die Stimme langsam. „Dein Gefährte mit dem schwarzen Haar und der Hund mit den langen Ohren bleiben im Wartesaal."
„Aber warum denn das?" fragte Tim.
„Als Geiseln", antwortete die Stimme kühl. „Um sicher zu sein, daß du zurückkommst und daß du nicht versuchst,

meine Pläne für das größere Wohl der größeren Zahl zu stören."

„Und wer will mich dazu zwingen, hier zu bleiben?" fragte Sanchez wütend. „Sie haben schon einmal einen elektrischen Schlag bekommen, weil Sie versucht haben, uns zu etwas zu zwingen."

„Schaut euch bitte um", sagte die Stimme.

Sie taten es. Kaum ein paar Schritte hinter ihnen war eine Kompanie von hundert Schwarzen Hasen aufmarschiert, und ein Offizier-Hase stand davor. Sie trugen silberne Tuniken mit schwarzen Blitzen auf der Brust und waren alle mit langen hölzernen Speeren bewaffnet, die eine doppelte Metallspitze hatten. Sie schauten sehr grimmig und entschlossen drein.

„Der Haufen da gefällt mir nicht", sagte Tim.

„Sich einfach so an uns ranzuschleichen!" sagte Sanchez.

„Yar vasty govez an yar anatolyi kutz!" fauchte Effgenie den Offizier der Schwarzen Hasen an.

Die Stimme gab ein kleines, klirrendes Lachen von sich und sagte dann: „Ja, ich habe einen elektrischen Schlag bekommen, aber ich habe nicht die Absicht, noch einen zweiten einzustecken. Das Super-Hirn lernt aus Erfahrungen. Diese Herren Hasen von meiner Schwarzen Leibgarde werden euch zu eurem Luftblasen-Vehikel zurück begleiten und mit dem schwarzhaarigen Jungen und dem langohrigen Hund im Wartesaal bleiben."

Mit schnellem, leisen Pfotentappen kreiste die Leibgarde Tim, Sanchez, Jerk und Effgenie ein, die zweispitzigen Speere auf sie gerichtet. Die Buben konnten gar nichts tun. Jerk wedelte und schnupperte noch immer entzückt und sah irgendwelche eingebildeten Hundefreuden.

Effgenie murmelte wütend vor sich hin: „Wegen dieser Bösewichter werden wir aus unseren Gemüsegärten vertrieben!"

„Ihr könnt nun gehen", sagte die Stimme. „Aber kommt bald zurück. Und habt keine Angst. Das Super-Hirn ist völlig ehrlich in allen Angelegenheiten, die mit Handel und Geld zu tun haben. Das größere Wohl der größeren Zahl erfordert das."

Der Hasen-Offizier kam anstolziert, in der einen Hand einen Speer, in der anderen einen mit Dynamit geladenen Blaster. Er trug vier prächtige Orden über dem Blitz auf der Brust und Epauletten aus schwarzem Pelz auf den Schultern.

„Weihnachtsbaum!" sagte Effgenie verächtlich.

„Weiße Kissenfüllung!" schrie der Offizier zurück. „Wir jagen dich und euch alle hinaus ins Weltall; da könnt ihr als nutzlose Fender und Stoßdämpfer für schlecht gefahrene Raumschiffe dienen."

„Paß bloß auf, daß du nicht ins Wasser fällst. Deine Orden haben so ein Gewicht, daß du bestimmt sofort ersäufst", höhnte Effgenie.

„Beleidigungen haben keinen Sinn", sagte die Stimme von der Decke. „Ich habe meine Befehle zum größeren Ruhm des Super-Hirns und zum größeren Wohl der größeren Zahl gegeben."

„Zum größeren Ruhm des Super-Hirns", wiederholte der Offizier und salutierte. „Jetzt vorwärts, weiße Fußmatte von unbestimmtem Alter!" Er gab Effgenie mit dem hölzernen Ende seines Speeres einen Schubs, und sie setzten sich alle in Marsch, zurück zum Wartesaal. Tim und Sanchez gingen dicht nebeneinander, und um sie herum drängten sich lauter Schwarze Hasen.

„Wir dürfen uns nicht auseinander bringen lassen", flüsterte Sanchez, als sie in den Vorhang aus Kraftfeldern kamen.

„Hier!" sagte Tim und drückte Sanchez im Schutz des grauen, wallenden Lichtes den kleinen Sender in die Hand. „Wenn ich im ersten Anti-Grav sitze und Effgenie im zwei-

ten, rennst du mit Jerk zur linken Wand und schaltest den Sender ein, damit sich der Notausgang öffnet. Wir werden versuchen, dich und Jerk beim Hinausfliegen aufzuladen. Sie wissen nicht, daß wir zwei Anti-Gravs haben."
„Ruhe!" brüllte der Offizier. „Hier wird nicht geredet!"
Tapp, tapp, tapp, tapp, marschierte die schwarze Kompanie durch den großen Wartesaal zu dem doppelten Anti-Grav. Es sah wie nur ein Vehikel aus, weil die Buben die Thermokupplung zwar getrennt hatten, aber die beiden Fahrzeuge nicht auseinandergezogen hatten.
„Wir müssen die Schaufelräder vor dem Flug abmontieren", sagte Tim höflich zu dem Offizier. „Könnten Ihre Hasen uns vielleicht helfen, sie wegzutragen? Sie sind nur an den Seiten angeschweißt."
Der Offizier befahl vier Schwarzen Hasen, beim Tragen zu helfen, und trat selbst ein Stück zurück. Mißtrauisch zwirbelte er seinen Bart. Tim kletterte in den vorderen Pilotensitz und Effgenie in den hinteren Pilotensitz. Über die Sprechfunkanlage konnte ihm Tim schnell seinen Plan zuflüstern.
„Alles verstanden!" murmelte Effgenie.
Tim steckte den Kopf aus der Luke und sagte: „Könnten Ihre vier Hasen sich mit dem Rücken an die Schaufelräder stellen und sie so gleich auffangen? Wir lösen sie mit dem Molekular-Widerstand ab."
Die vier Hasen stellten sich an die vier Schaufelräder.
Tim reckte sich noch einmal aus der Luke. „Es tut mir leid, aber ich fürchte, vier sind nicht genug. Die Räder sind ziemlich schwer. Könnten wir bitte noch vier Hasen haben, noch einen für jedes Rad? Und würden Sie ihnen bitte erklären, daß sie ein schweres Gewicht auffangen müssen, sobald sie einen lauten Knall hören?"
Der Hasen-Offizier knurrte wieder vor sich hin, aber er gab noch ein paar Befehle in der Hasensprache. Unterdessen

schob Sanchez sich schon wie unabsichtlich immer weiter von den Anti-Gravs weg. Die Hasen-Soldaten schienen es nicht zu bemerken. Jerk blieb dicht hinter ihm.

„Hauptmann!" Effgenie steckte den Kopf aus der zweiten Luke und wandte sich in der Hasensprache an die ganze schwarze Kompanie.

„Warum gibst du Geräusche von dir, du verschimmelter Rest eines mottenzerfressenen Felles?" schnauzte der Offizier.

„Diese technische Operation, die wir jetzt vornehmen müssen . . . um die Räder abzuschweißen. Sie ist nicht sehr gefährlich, aber . . ." Effgenie brach ab und zögerte.

„Ja, und?" fuhr der Offizier ihn an.

„Sie ist nicht sehr gefährlich, aber natürlich können dabei doch Scherben und Splitter herumfliegen, die Schnittwunden verursachen. Außerdem gibt es eine laute Explosion und sehr viel Rauch, der ungesund für die Augen ist. Ich wollte Ihnen das bloß eben sagen, damit es hinterher nicht heißt, wir hätten Ihre tapferen Soldaten nicht gewarnt, wenn es Verwundete gibt!"

„Was sagst du da?" stotterte der Hasen-Offizier, und seine ganze Kompanie wich schon respektvoll von den beiden Anti-Gravs zurück. Die Hasen, die die Schaufelräder tragen sollten, beschwerten sich laut, und der Offizier mußte sie mit seinem Speer und seinem Blaster bedrohen, damit sie wieder an die Räder gingen. Dort hockten sie sich hin, den Rücken den Rädern zugewandt, sie kniffen die Augen fest zu und warteten auf die Explosion und den Rauch, die Effgenie angekündigt hatte.

Inzwischen hatte sich die übrige Kompanie in alle vier Winkel des großen Saales verkrochen, und niemand kümmerte sich darum, daß Sanchez und Jerk schon an der linken Wand waren, hinter der sich der Notausgang verbarg. Nur Tim achtete darauf. Natürlich gab es keine Explosion und keinen

Rauch. Tim und Effgenie hantierten mit ein paar Schaltern, und schon lösten sich die Schaufelräder mit einem leisen Klick.
Im gleichen Augenblick schaltete Sanchez das Sendegerät ein. Er wußte, daß sich keine bessere Gelegenheit zur Flucht bieten würde. Die Wellen wirkten tatsächlich wie ein Schlüssel; ein großes Stück Wand glitt wie eine Schiebetür beiseite und öffnete einen schwarzen Tunnel voll eisiger Luft. Tim steuerte sein Anti-Grav schon mit Vollgas auf die Öffnung zu.
Ehe die Hasen-Soldaten sich von der Überraschung darüber erholten, daß aus einem Anti-Grav plötzlich zwei geworden waren, hatte Effgenie sein Fahrzeug schon gewendet und sauste hinter Tim her. *„Yavaro! Yavaro!"* schrie er und rannte fünf Schwarze Hasen über den Haufen.
Tim kam mit offener Luke angeflogen. Sanchez hob Jerk hoch, warf ihn beinahe hinter Tim hinein, schlug die Luke zu, schrie „Ab mit euch!" und gab dem Anti-Grav einen Klaps, als ob es ein Pferd sei. Tim verschwand in dem dunklen Tunnel des Notausganges.
„Dieser elende Effgenie", sagte Sanchez vor sich hin. „Er wird noch alles verpatzen mit seiner Angeberei."
Effgenie raste mit seinem Anti-Grav wie mit einem Autoscooter immerzu im Kreis herum, fuhr Schwarze Hasen um und jagte sie über den spiegelglatt polierten Boden des großen Wartesaales. Der Hasen-Offizier vergeudete seine Blasterladung und schoß nur ein großes Loch in die Wand. Jetzt kam er mit erhobenem Speer auf Sanchez zu und befahl seinen Soldaten, sich um ihn zu sammeln.
„Effgenie, schnell!" schrie Sanchez.
Effgenie beschrieb noch einen letzten wilden Achter, kam dann mit Vollgas auf Sanchez zu und zog das Anti-Grav dabei schon immer höher. Der Hasen-Offizier duckte sich noch rechtzeitig, eher er ebenfalls umgeworfen wurde.

„Spring!" schrie Effgenie vergnügt, und Sanchez sprang hoch, konnte gerade noch die abgebrochene Halterung von den Schaufelrädern mit den Händen packen und sich mit den Füßen auf die Landekufen schwingen. Da hing er dann, und Effgenie sauste noch einmal im Kreis um den wütenden Hasen-Offizier herum und schrie ihm den gleichen Satz zu

wie bei ihrer ersten Begegnung:
„*Yar vasty govez an yar anatolyi kutz!*"
Der Schwarze Hase drohte mit der Pfote. Effgenie änderte den Kurs mit einem Schlenker, der Sanchez beinahe heruntergeschleudert hätte, und schoß dann in den schwarzen Tunnel. Der Flugwind pfiff Sanchez um die Ohren. Er zog sich hoch und schob den Oberkörper in die Luke und rief:
„Effgenie, was bedeutet dieser Satz, den du zweimal zu dem Offizier gesagt hast?"
Effgenie kicherte. „Das ist etwas ganz Böses! Die allerschlimmste Beleidigung, die es in der Hasensprache gibt."
„Nun sag schon, was es heißt", bat Sanchez.
„Es ist schrecklich", versicherte Effgenie. „Es bedeutet: Sohn eines schlechten Bäckers! Ich werf Steine auf dein vermurkstes Brot!"
„Oh", machte Sanchez ziemlich enttäuscht. „Das ist ja schrecklich!"

„Ich kann alle schlimmen Wörter!" prahlte Effgenie.
Sanchez kroch mit dem Kopf voran in das Anti-Grav. Er war gerade dabei, wieder mit dem richtigen Ende nach oben zu kommen, als das Anti-Grav aus den finsteren Tunnel in blendend weißes Tageslicht flog.

9. Überfall in den Öden Bergen

„Beeil dich, Sanchez!" rief Tim durch das Sprechfunkgerät. „Schalt das Sendegerät noch einmal an, damit sich der Notausgang wieder schließt, sonst kommen die Schwarzen Hasen hinter uns her!"
Sanchez schaute sich zum Tunneleingang um und drehte an dem Schalter. Ein Rolladen aus Stahl rasselte vor dem Tunnel herunter, dann schob sich ein scheinbar echtes Felsstück vor den Rolladen, und zum Schluß fiel ein flauschiges weißes Gewebe wie eine künstliche Schneedecke über den Stein. Der Notausgang war verschwunden. Die beiden Anti-Gravs standen im hellen Sonnenschein in einem einsamen Tal. Weite Hänge voll Schnee erhoben sich rundum. Ein kalter Wind pfiff.
Sanchez stellte seinen Heizanzug auf fünfzehn ein, als er aus dem Anti-Grav kletterte, um zu Tim zu gehen. Der Wind hatte den Schnee glatt gefegt, er zog und zerrte an Sanchez. Effgenie plusterte sein Fell auf, stopfte die Pfoten in die Manteltaschen und folgte ihm. Effgenie schaute besorgt aus; gar nicht der selbstsichere, muntere junge Hase, den Sanchez nach der Schlacht im Wartesaal des Super-Hirns erwartet hatte.
„Also, was sagt ihr zu dem Super-Hirn?" begann Tim.
„Ein Diktator", sagte Sanchez.

„Ein Verräter der übelsten Sorte", sagte Effgenie. „Ich werde mit einer Armee von Weißen Hasen in seine Höhle zurückkehren, und wir werden seine Fotozellen in Trümmer schlagen, eine nach der anderen!"
„Wißt ihr, was ich glaube?" fragte Tim. „Ich glaube, das Super-Hirn war früher mal ganz gut, als noch Wissenschaftler da waren, die es angeleitet und ihm gesagt haben, was es tun sollte. Ich finde, er hat doch wenigstens irgendwie versucht, das Richtige zu tun und fair zu sein, indem er nach der Anzahl ging. Der Computer ist nur viel zu lange allein gelassen worden und hat vergessen, wie man um Rat fragt. Das ist die Panne bei ihm. Er müßte sich die Dinge erklären lassen."
„Und morgen nachmittag um drei Uhr läßt er den Damm brechen und die ganze Sektion L überschwemmen", sagte Sanchez. „Er ist grausam und denkt bloß in Zahlen."
„Er ist eben so gebaut", sagte Tim. „Er ist doch nur eine Maschine, die diese Hasen konstruiert haben."
„Und diese Hasen werden ihn bald demolieren!" erklärte Effgenie.
„Wir müssen so schnell wie nur möglich zurück zu *Drache 5* und überlegen, ob wir nicht irgendwo etwas tun können", sagte Tim. „Ist das kalt hier! Und der Wind! Mir tränen die Augen. Kannst du uns den Weg zurück zeigen, Effgenie?"
„Das hier ist eine schreckliche Gegend", sagte Effgenie. „Die Öden Berge von Kirov Grod. Ich würde lieber auf der alten Hauptstraße Kannibalenfischen begegnen, als den Gefahren in diesen Bergen."
„Warum? Was kann uns hier passieren?" fragte Sanchez und betrachtete die sonnigen Schneehänge.
„Erst einmal der Wind. Er bläst immer und läßt niemals nach. Und wir müssen mit ihm fliegen, denn wir können nicht dagegen an", sagte Effgenie.
„Damit hast du wahrscheinlich recht", sagte Tim und kuschelte sich in seinen Heizanzug. „Die Anti-Gravs haben

keine sehr starken Düsenmotoren."

„Es gibt hier nicht viel Schnee und sehr viel Sonnenschein, aber der Wind wütet und bläst ununterbrochen und viel stärker und wilder als bei uns", sagte Effgenie, und dann senkte er furchtsam die Stimme: „Und im Wind kommen die Grauen, noch wilder als jeder Sturm."

„Lieber Himmel, wer ist denn das?" fragte Sanchez.

„Die Wilden, die Gesetzlosen", sagte Effgenie und rollte die Augen und wackelte mit den Ohren. „Sie sind eine Plage für mein Volk; sie rauben und stehlen, sie kommen und sie sind schon wieder verschwunden!"

„Ach so, du meinst diese *Ragotzoni,* die der Inspektor auf dem Flughafen auch erwähnt hat", sagte Tim. „Wer sind sie genau?"

„Sie sind nicht zivilisiert", sagte Effgenie vage. „Sie haben keine Düsenmaschinen, nur Vergasermotoren von der primitivsten Art. Und was noch schlimmer ist; sie lassen sich nicht registrieren!"

„Es sind also Hasen, genau wie du?" sagte Tim mit Interesse.

„Nicht wie ich!" entgegnete Effgenie entrüstet. „Es sind Graue Hasen. Sie haben keine Höhlen, keine Gemüsegärten. Nachts, wenn wir schlafen, überfallen sie uns und schreien und schwenken ihre Schwerter. Und wenn wir dann herauskommen, dann sind unsere Bohnen, unser Kohl, unser Obst weg!"

„Wahrscheinlich holen sie euer Gemüse, weil sie keine eigenen Höhlen haben, um welches anzubauen", meinte Sanchez.

„Sie sind nicht zivilisiert!" wiederholte Effgenie fest.

„Wo leben sie?" fragte Tim.

„Hier in den Öden Bergen, in Löchern", sagte Effgenie verächtlich.

„Sind es viele?" wollte Tim wissen.

„Sie sind nicht wichtig", sagte Effgenie, und das bedeutete, daß er es nicht wußte. Tim interessierte sich sehr für die Grauen Hasen.
„Wir müssen aufbrechen." Sanchez rieb seine kalte Nase. „Alles ist besser, als hier herumzulungern."
„Es wird sehr gefährlich sein", sagte Effgenie düster.
„Du fliegst voraus", bestimmte Tim. „Schließlich bist du hier der Fremdenführer."
„Wir werden dorthin fliegen, wo der Wind uns hinträgt!" antwortete Effgenie feierlich und hoppelte zurück zum Anti-Grav.
Sie starteten ihre kleinen Düsenfahrzeuge und steuerten talabwärts. Zuerst flogen sie in ihrer üblichen Flughöhe von etwa sieben Metern, aber der Wind beutelte sie so, daß sie fast seekrank wurden, und Jerk übergab sich tatsächlich, aber sehr rücksichtsvoll zur Luke hinaus. Dann flogen sie in drei Meter Höhe. Aber sie wurden noch immer durchgeschüttelt und manchmal meterweit den Hang hinauf getragen. Dann hatten sie Mühe, wieder herunterzukommen, obwohl die Düsenmotoren mit voller Kraft liefen. Zum Schluß schwebten sie nur noch einen halben Meter über dem Schnee dahin, und auf diese Weise kamen sie etwa fünf Meilen weit voran bis zu einer Stelle, wo das Tal in ein anderes Tal mündete.
„Ich glaube, wir sollten da links abbiegen", sagte Tim durch das Sprechfunkgerät. Tim flog als letzter und versuchte, das Anti-Grav möglichst ruhig zu halten, weil Jerks Magen noch immer rebellierte und er winselte.
„Ha!" machte Effgenie. „Er glaubt, er biegt hier links ab! Er soll es mal versuchen, das ist alles! Er soll es nur versuchen!"
Als sie aus dem Windschutz des Hügels herauskamen, stürzte Effgenies Anti-Grav in einen wilden Windstrom.
„Laß dich mittragen!" rief Sanchez vom Rücksitz. Das war

auch das einzige, was Effgenie tun konnte. Anstatt nach links abzubiegen, wurden sie nach rechts gerissen und mit sechzig oder siebzig Meilen Stundengeschwindigkeit weitergetragen. Tim versuchte, kehrtzumachen, aber es war zu spät. Auch er wurde von dem Sturm mitgerissen.
Es war in mancher Hinsicht ein wundervoller Flug. Die Piloten benutzten die Düsenmotoren nur, um die Anti-Gravs im Gleichgewicht zu halten und in scharfen Kurven nicht gegen die Felsen zu stoßen. Der Wind erledigte alle andere Arbeit, und die Anti-Gravs flogen vor ihm dahin wie Segler über Wasser. Meile um Meile zogen die glatten Schneehänge unter ihnen weg, und die beiden Sonnen brannten herunter. Der Sturm hatte alle Wolken vom Himmel weggeblasen. Sanchez winkte Jerk im anderen Anti-Grav vergnügt zu und schrie: *„Yavoro!"*
„Ha!" machte Effgenie wieder. „Du wirst schön Yavoro schreien, wenn die Grauen über uns herfallen!"
„Es wäre toll, wenn man sich hier auf Skiern mit einem Mast und einem Segel über die Hügel blasen lassen könnte, immer weiter und weiter, und dabei von den Sonnen braun gebrannt würde", sagte Sanchez.
„Und wie kommst du wieder dahin zurück, von wo du aufgebrochen bist?" fragte Effgenie, dem diese Weite voll kalter Luft gar nicht gefiel. Er sehnte sich nach einer gemütlichen, sicheren Höhle."
„Ich würde eben abwarten, bis der Wind umspringt", antwortete Sanchez.
„Da kannst du bis in alle Ewigkeit warten", sagte Effgenie entmutigend. „Hier bläst der Wind immer nur vom Berg herunter."
Sie wurden gerade wie Blätter durch eine weite Biegung in dem verschneiten Tal geblasen, als der Überfall begann.
Sanchez schaute zurück und zu dem breitrückigen Hügel hinauf, um den sie eben geflogen waren. Er erspähte da

oben einen grauen Streifen und wunderte sich noch darüber, was das wohl sein mochte, als dort ein kleiner, heller Lichtstrahl aufblitzte, aus dem ein schwarzer Punkt aufflog. In einer Kurve kam er herunter, wurde immer größer und größer und explodierte zischend dicht vor ihnen. PSCHSCHT! Eine hohe gelbe Stichflamme schoß in die Luft.
Effgenie riß den Steuerknüppel nach links und kam mit einem Schlenker nach unten gerade noch an dem Feuer vorbei.
„Benzinbomben!" kam Tims erschrockene Stimme aus dem Sprechfunkgerät. „Wer schießt da auf uns?"
„Die da oben auf dem Berg!" rief Sanchez aufgeregt. „Horch mal!"
Der Wind trug die durchdringenden, langgezogenen Laute von wilder Hornmusik hinter ihnen her. Es klang gefährlich.
„Das sind die Grauen", ächzte Effgenie. „Die Töne machen sie mit den Hörnern dieser ekelhaften Kühe, von denen sie sich ernähren. Es ist aus mit uns!"
„Und was ist das jetzt für ein Geräusch?" fragte Sanchez.
Ein neuer Lärm übertönte die Hornmusik, ein scharfes Sausen wie von zornigen, eingesperrten Wespen. Eine lange, dünne Wolke löste sich oben am Hang und kam dann den Berg herunter und hinter den Anti-Gravs her. Sanchez beschrieb sie Tim, der sich nicht danach umdrehen konnte.
„Weiterfliegen!" sagte Tim. „Die eine Benzinbome war anscheinend nur ein Warnschuß. Die Sache wird interessant. Ich möchte diese Grauen mal aus der Nähe sehen, aber zuerst sollen sie sich ruhig die Pfoten nach uns abrennen."
Die beiden Anti-Gravs wurden um die nächste Bergflanke geblasen, und Sanchez verlor die Wolke aus dem Blick. Trotzdem wurde das Dröhnen lauter und hallte zwischen den Bergen wider.

„Was ist das bloß für ein Getöse?" fragte Sanchez. „Ein Motor ohne Auspufftopf, oder was?"
„Es ist nicht nur ein Motor, es ist ein ganzer Schwarm", erklärte Effgenie ihm. „Äußerst primitive Motoren, bessere bringen diese unzivilisierten Wilden eben nicht zustande. Du wirst es mir nicht glauben, aber sie schnallen sich die Dinger einfach auf den nackten Rücken!"
Sanchez holte das Fernglas heraus und schaute eifrig zurück auf den Weg, den sie gekommen waren. Er brauchte nicht lange zu warten. Die Wolke kam auf der Talsohle um die letzte Biegung gebraust. Mit dem Fernglas konnte Sanchez genau erkennen, was die Wolke aufwirbelte. Dreißig oder vierzig Hasen sausten in einem ungeordneten Haufen auf Skiern dahin. Sie hielten Speere in der Hand, und manche trugen seltsame spitze Dinger auf dem Kopf. Aber das Bemerkenswerteste an ihnen war, daß jeder einen großen Propeller auf dem Rücken hatte. Und diese Propeller verursachten das fauchende Getöse. Eine weiße Schneewolke stäubte hinter dem Hasentrupp auf.
„Einfach toll!" sagte Sanchez. „Einen Propellermotor auf dem Rücken! Fliegende Osterhasen! Das freut mich wirk-

lich, daß ich das zu sehen gekriegt hab."
Die Anti-Gravs hatten Rückenwind und Düsenmotoren und kamen deshalb sehr schnell voran, aber die fliegenden Osterhasen holten trotzdem langsam, aber sicher auf, und das Donnern ihrer Motoren wurde ohrenbetäubend. Bald konnte Sanchez sogar ihre grimmigen Gesichter sehen und auch, daß das lange spitze Ding auf dem Kopf ein langes Kuhhorn war, das sie zwischen den Ohren befestigt hatten.
„Sie sehen tatsächlich ziemlich furchterregend aus", gab er zu.
„Endlich sagst du etwas Vernünftiges", sagte Effgenie und wandte sich auf seinem Pilotensitz um und warf einen ängstlichen Blick zurück.
„Sie haben Tim fast eingeholt", meldete Sanchez gleich darauf. „Sollten wir nicht lieber anhalten?"
„Noch eine oder zwei Minuten, und wir sind in Sicherheit", antwortete Effgenie unerwarteterweise.
Sanchez konnte sich nicht vorstellen, wie und warum. Er fragte sich, was Tim wohl tun würde. Dann lösten sich plötzlich zwei Graue Hasen aus der Truppe, und dann noch einer, und dann gleich drei auf einmal. Sie blieben zurück, und ihre Propeller drehten sich zusehends langsamer.
„Nanu?" sagte Sanchez erstaunt. „Warum lassen sie von uns ab?"
„Das Benzin geht ihnen aus", erklärte Effgenie zufrieden. „Ich habe dir ja schon gesagt, daß sie sehr unzivilisiert sind. Sie haben nur Verbrennungsmotoren, unmögliche Dinger, reif für das Museum, obwohl sie sehr schnell damit sind! Sie müssen den Treibstoff dafür in einem kleinen Tank auf dem Rücken mitschleppen. Und der reicht nur für zehn Meilen. Wie viele sind noch hinter uns?"
„Höchstens zehn . . . acht . . . fünf . . . Nein, jetzt bleiben sie schon alle stehen. Wir sind ihnen entkommen. Du hattest recht!"

„Ha ha, ich hab immer recht!" rief Effgenie. „Mit mir als Fremdenführer habt ihr nichts zu fürchten. Diese Wilden tauchen plötzlich auf und sind genauso plötzlich wieder weg! Effgenie hat sie einfach abgeschüttelt. Das ist immer so und wird auch . . ."

Effgenies Triumph endete mit einem Schreckenslaut. Das Anti-Grav umrundete wieder eine Bergflanke – und dahinter versperrte eine hohe Barriere aus Holz und ausgespannten Fellen und Schnee den Weg. Eine entschlossen dreinschauende Armee von fliegenden Osterhasen, oder Grauen oder Gesetzlosen oder wie immer man sie nennen will, bewachte den Wall.

In der Mitte stand ein besonders großer Grauer Hase, mindestens einsachtzig groß. Ein goldener Seidenwimpel flatterte an seinem Kopfhorn im Wind. Wie ein Verkehrspolizist streckte er die Pfoten aus und gab das Haltezeichen.

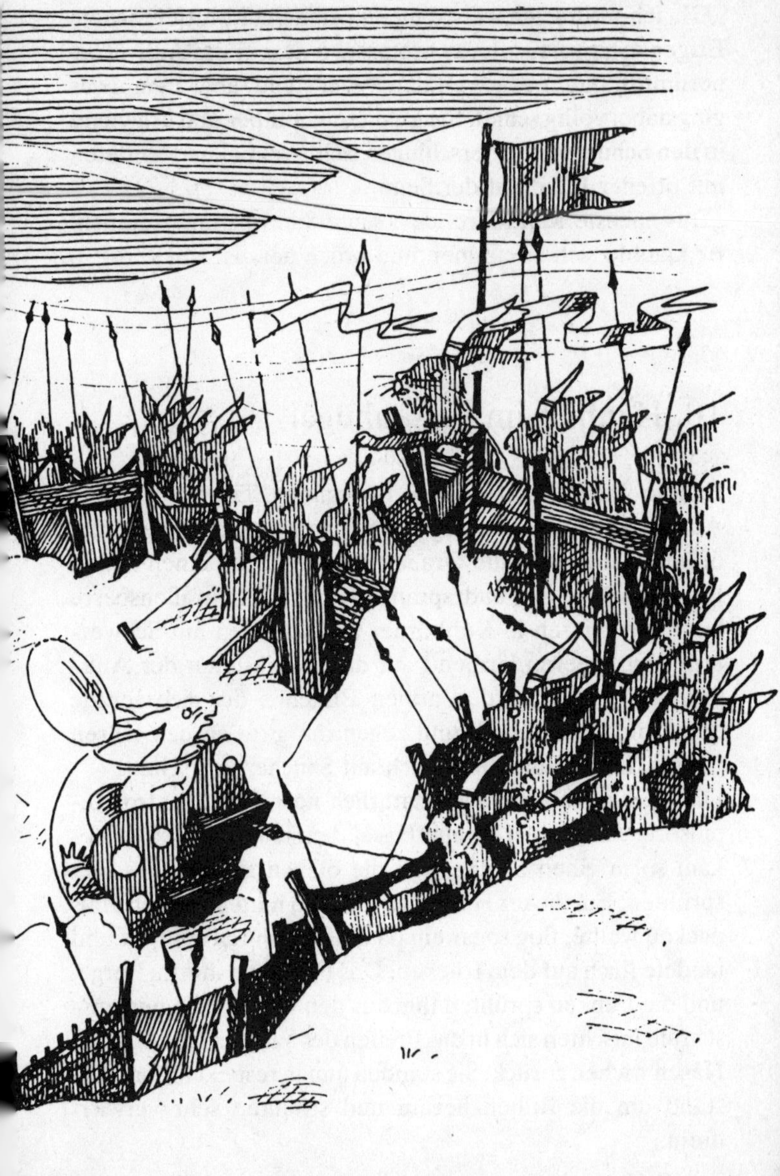

„Oh, ich wollte, ich wäre daheim bei meiner Mutter!" sagte Effgenie. Er versuchte, zu bremsen, indem er das Anti-Grav herumriß, damit es gegen den Wind stand, aber irgendwas ging dabei völlig schief. Sie knallten kopfüber und krachend in den Schneewall, überschlugen sich zweimal und landeten mit offener Luke auf der Seite.
„Das nächste Mal fahre ich", sagte Sanchez unfreundlich. Er klaubte sich zusammen und kroch heraus.

10. Hanhun im Hasenhügel

Es war eine sehr verworrene Begegnung. Tim brachte sein Anti-Grav mit einem eleganten Schwung zum Stehen und öffnete die Luke. Alle Grauen Hasen stießen einen lauten Freudenschrei aus und sprangen von ihrer Straßensperre herunter, bliesen in Kuhhörner und schlugen mit Schwertern und Speeren lärmend auf die Plastikseiten der Anti-Gravs. Sie packten den armen Effgenie, der sich gerade durch die Luke schob, und zogen ihn grob an den Ohren heraus. Dann stürzten sie sich auf Sanchez und Tim.
Die beiden Buben trugen natürlich noch ihre Elektro-Repulsoren, und jeder Graue Hase, der sie nur anrührte, bekam solch einen Schlag, daß die blauen Funken aus ihm sprühten. Ein dicker Hase, der Tim von hinten um den Hals packen wollte, flog sogar ein paar Meter durch die Luft und landete flach auf dem Rücken. Das Fell stand ihm zu Berge, und die Funken sprühten ihm aus den Ohren. Schmerzensschreie mischten sich in das Pfeifen des Windes. Die Grauen Hasen wichen zurück. Sie standen nun in respektvollem Abstand um die Buben herum und schauten sehr verwirrt drein.

Tim wollte gerade irgend etwas Beruhigendes zu dem großen Häuptling sagen, da griff Jerk ein und führte sein Kunststück vor. Er hatte es noch nie zuvor gemacht, und er würde es wahrscheinlich auch kein zweites Mal vorführen, weil dafür wirklich ein gewaltiger Wind nötig war. Aber Jerk machte es so großartig, als ob er das jeden Morgen üben würde:

Ein Grauer Hase packte ihn am Halsband und bekam den üblichen elektrischen Schlag. Jerk stand oben auf Tims Anti-Grav und schaute sich grimmig um. Fliegende Hunde können gar nicht richtig fliegen, aber sie können gleiten wie Segelflugzeuge, wenn sie sich Sorgen machen. Jetzt war Jerk beunruhigt. Wahrscheinlich wollte er nur zu Sanchez hinunter, als er nun die langen, seidigen Ohren ausbreitete und in die Luft sprang. Aber der Wind packte ihn, plusterte ihm das Fell auf, hielt seine Ohren steif wie Flügel und trug ihn in Spiralen immer höher und höher hinauf und ein Stück das Tal entlang.

„O Jerk!" stieß Sanchez aus und fürchtete, Jerk würde vielleicht meilenweit fortgetragen. Aber es kam anders. Alle Grauen Hasen starrten voll Verblüffung zu dem Fliegenden Hund hin, der sich geschmeidig, aber fest in den Wind schwang und darin mitglitt und mit einer Reihe von Aufschwüngen immer höher über ihren Köpfen aufstieg und dann mit einem langen, prächtigen Schwung leichtfüßig auf einem verschneiten Vorsprung auf dem Hang über ihnen landete.

„Aaah", machten sie alle.

Jerk setzte sich hin und schaute sehr zufrieden mit sich selbst drein.

Das löste die Spannung. Alle Grauen Hasen lachten und klatschten und jubelten. Der große Häuptling wandte sich mit breitem Lächeln an Tim.

„Die Herren eines solch wundervollen Hundes sind immer willkommen im Land der Hasichefs", sagte er langsam, aber in einwandfreiem Englisch. Er wollte Tim schon die Hand schütteln, aber da fiel ihm noch rechtzeitig der elektrische Schlag ein, und er zog die Pfote schnell wieder zurück.

Da hatte Tim eine sehr kluge Idee.

„Erlauben Sie mir, Ihnen zum Zeichen unseres Vertrauens in Ihre Gastfreundschaft und eine zukünftige Freundschaft ein Geschenk zu überreichen", sagte er, nahm seinen Elektro-Repulsor ab, bog ihn auseinander, damit er breit genug war, und legte ihn dem großen, grauen Häuptling der Hasichefs um. Der Häuptling schaute dabei entschieden nervös drein, aber Häuptlinge können nicht zurückzucken, wenn Hunderte von ihren Kriegern ihnen zuschauen.

Tim hakte den Kragen zu und trat zurück.

Der Häuptling stand stumm da und schaute grimmig drein. Nach einer Weile winkte er einen großen Krieger mit pelzigen Ohren zu sich heran und gab ihm in der Hasensprache einen Befehl. Der Krieger zögerte einen Moment, dann gab er dem Häuptling einen leichten Stoß vor die Brust. Das Ergebnis war, daß der Krieger in einem Funkenregen einen Salto rückwärts schlug und mit dem Kopf nach unten in einer Schneewehe landete.

Der Häuptling begann zu lachen, ein tiefes, hohl dröhnendes Lachen. Alle lachten mit. Es dauerte eine Weile, bis der Häuptling sich beruhigte und sich die Lachtränen aus den Augen wischte.

„Hanhun von den Hasichefs ist euch dankbar", schrie er mit mächtiger Stimme, die alle sogar gegen den Wind hören konnten. „Die Funkenschenker und ihr wundervoller Hund sind heute abend in meiner Burg zu einem Festmahl geladen, sie und der elende Weiße, den sie als Sklaven bei sich haben."

„Die Grauen scheinen auch etwas gegen den armen Effgenie zu haben", flüsterte Sanchez Tim zu.

„Wir werden später über das Bündnis sprechen, das ihr uns anbietet, aber jetzt gehen die Sonnen unter", sagte Hanhun. „Steigt wieder ein in eure durchsichtigen Vehikel, und wir werden euch zu meiner Burg hoch oben auf dem Hasenhügel tragen, wo ich Hof halte."

„Wir danken Ihnen sehr für diese Einladung, mit Ihnen zu essen", sagte Tim. „Aber bitte denken Sie daran, daß ich über eine sehr wichtige Angelegenheit mit Ihnen sprechen muß, ehe Sie schlafen gehen. Die Ereignisse in der Unterwelt überstürzen sich förmlich."

Das beeindruckte Hanhun offensichtlich. Er schaute Tim nachdenklich an. „Erst essen, dann sprechen, dann schlafen!" sagte er und wandte sich an seine Krieger, um die Heimreise zu organisieren.

Fünf Minuten später donnerten sie alle mit großartigem Getöse hinauf in die Berge. Jerk hatte sich von Sanchez dazu überreden lassen, von seinem Felsvorsprung herunterzukommen, und saß nun bei Sanchez im Anti-Grav. Effgenie, ganz zahm und still, fuhr mit Tim. Tim hielt ihm eine Predigt darüber, daß er seinen Nächsten lieben sollte und nicht immerzu bloß auf alle anderen herabschauen.

Je drei Graue Hasen mit Propellern auf dem Rücken schoben ein Anti-Grav, denn jetzt ging es bergauf und schräg gegen den Wind. Alle Hasen hatten Propellermotoren und Benzinkanister umgeschnallt. Ein paar Hasen hatten auch Funkgeräte. So also war es ihnen gelungen, die Anti-Gravs mit der Sperre abzufangen.

Sanchez gefiel die Fahrt. In der klaren Luft des Schnee-Planeten gingen die Sonnen nie rot unter, sondern in gleißendem Zitronengelb. Die Berge leuchteten golden, während die Hasenarmee mit ihren Propellermaschinen immer höher und höher in die weiten, glatten Hänge surrte und schnurrte.

Die Grauen Hasen waren ungefähr dreißig Zentimeter größer als die Weißen und die Schwarzen Hasen. Sie hatten ein sehr dickes Fell gegen die Kälte; dadurch wirkten sie noch gewaltiger. Ein eindeutiger Tiergeruch ging von ihnen aus; wahrscheinlich wuschen sie sich nicht oft. Sanchez fand das verständlich bei diesem Klima. Sie waren viel frischer und fröhlicher als die Weißen Hasen und viel selbstsicherer. Alter Elias würde bestimmt zugeben, daß sie richtige Hasen waren und keine Karnickel, dachte Sanchez.

Die Burg auf dem Hasenhügel war ein langer, hoher Wall aus schmutzigem Schnee, er erinnerte an die Mieten, in denen die Bauern den Winter über Kartoffeln und Rüben eingraben. Dahinter stieg eine Bergwand steil an, und davor brannte ein großes, qualmendes Ölfeuer. Sie kletterten aus den Anti-Gravs. Sanchez hätte gern gewußt, was das Feuer sollte, aber es blieb ihm keine Zeit zu fragen. Hanhun hieß sie noch einmal willkommen und führte sie in seine Burg.

„Lebt im Hasenhügel so wie ich selbst", sagte er und zog einen dicken Vorhang aus haarigen Tierhäuten beiseite.

„Fühlt euch wie zu Hause."
„Lieber Himmel!" flüsterte Sanchez.
„Ich hab's dir ja gleich gesagt!" zischte Effgenie.
„Sie haben eine sehr schöne Halle", sagte Tim laut.
Hasenhügel roch ein bißchen, aber es war gemütlich. Die Halle war innen viel breiter und länger als sie von außen aussah, sicher hundert Meter lang. Es gab keine Fenster; Ölfakkeln beleuchteten die Halle und machten sie gleichzeitig warm wie einen Backofen. Auf der einen Seite waren die Kühe untergebracht, lange, zottige Tiere mit schokoladenbraunem Fell. Sie hatten sehr spitze Hörner und große, sanfte, freundliche Augen. Sie muhten immerzu tief und stießen oft ihre Hörner aneinander. Sanchez meinte, sie seien so unruhig, weil sie nicht genug Bewegung und frische Luft hatten.
Auf der anderen Seite der Halle lebten die Grauen Hasen in einem Durcheinander aus Tischen und Schlafkojen und Milcheimern und Ballen von Viehfutter. Die kleinen und größeren Hasen-Kinder waren sehr wild und unhöflich. Sie streckten Effgenie die Zunge heraus und gaben höhnische Geräusche von sich. Effgenie hielt die Nase in die Luft gereckt und tat so, als ob er sie nicht bemerkte.
Als Hanhun seine Halle betrat, kam ihm eine große Graue Hasen-Frau entgegen geeilt, um ihm seinen Umhang abzunehmen. Im gleichen Augenblick, in dem sie danach griff, gab es einen Funkenregen.
„Au-au-au!" schrie die Graue Häsin und sprang hoch und rang die Pfoten. *„Ta veltz! Ta veltz kampatschewitsch!"*
„Meine Frau", schrie Hanhun und brüllte vor Lachen. „Sie begrüßt euch und heißt euch herzlich willkommen." Er nahm den Elektro-Repulsor vorsichtig ab und hängte ihn an einen Nagel. „Das ist ein sehr nützliches Geschenk, das ihr mir da gegeben habt", erklärte er. „Wir werden an den langen Winterabenden bestimmt oft darüber lachen. Und wo

ist jetzt meine liebe, hübsche Kleine? Hekitscha! Komm her zu deinem Herrn und begrüße seine Gäste in Ehren", rief er. Sanchez glaubte, Hanhun riefe seine kleine Tochter, ein pelziges, pummeliges kleines Graues Hasen-Kind. Statt dessen schob sich aus einer extra abgetrennten Box eine Kuh heraus, warf den Kopf hoch und kam klapp-klapp zu Hanhun, der sie stolz und lächelnd betrachtete. Er legte ihr die Pfote um den Hals, rieb ihr die Nase und gab ihr einen getrockneten Apfel. Dann mußten Tim und Sanchez ihr ebenfalls die Nase reiben und Jerk sie mit der Pfote berühren.
„Meine kleine Hekitscha, du mußt dich lange mit diesem berühmten Fliegenden Hund unterhalten und sein Geheimnis lernen. Wenn du dann auch von unseren Hügeln fliegst, wird dein Herr noch stolzer auf dich sein, als er es so schon ist."
Hanhun lachte wieder und wandte sich an die Buben. „Seid ihr nicht überrascht, weil ich eure Sprache genauso gut spreche wie ihr selbst?"
„Sehr überrascht", nickte Tim.
„Das ist mir sofort aufgefallen", sagte Sanchez.
„Ha!" schrie Hanhun. „Wir sind keine barbarischen Wilden hier in diesen wilden Bergen! Als ich noch ein kleiner Junge war, nicht größer als euer Weißer Hase da, der die Nase so hoch trägt", er warf einen mißbilligenden Blick auf Effgenie, der viel zuviel Angst hatte, um ihm eine unhöfliche Antwort zu geben. „Also, als ich klein war, hat mein Vater zu mir gesagt: ohne Bildung bist du niemand. Und dann hat er mich in eine Rakete der weißen Sklaven gesetzt und hat mich auf einen fernen Planeten und auf eine berühmte Schule geschickt. Dort habe ich eine sehr gute Erziehung bekommen. Ihr habt sicher auch schon vom Bimbury-Gymnasium gehört, oder?"
„O ja, das ist eine berühmte Schule", sagte Tim, der noch nie zuvor davon gehört hatte, aber entschlossen war, Hanhun bei guter Laune zu halten.

„Viele große Männer schicken ihre Söhne dorthin", stimmte Hanhun zu und nickte ernsthaft.
„Haben Sie die Mittlere Reife oder das Abitur gemacht?" fragte Sanchez neugierig.
„Ha!" dröhnte Hanhun. „Ich habe das Schul-Labor dichtgemacht! Das hab ich gemacht. Ich hab's dichtgemacht und eingemacht und mit heimgenommen, damit ich einen Zeitvertreib habe an den langen Abenden!" Er schüttelte sich wieder vor Lachen und schlug sich auf die Schenkel.
Sanchez ahnte, daß er mit Hanhun nicht gut ausgekommen wäre, wenn er mit ihm in die gleiche Klasse hätte gehen müssen.
„Und jetzt müßt ihr mein Vieh mit mir zählen und meine Berater kennenlernen und meine unterirdischen Hallen besichtigen", sagte Hanhun. „Inzwischen wird meine Frau ein Festmahl für uns vorbereiten. Heute abend werden wir sehen, ob ihr beim Trinken genauso stark seid wie beim Geschenke geben." Damit führte Hanhun sie tiefer in die Halle hinein.
Die Buben mußten sich alle seine Kühe anschauen und seinen Lieblingstieren die Nase streicheln. Seine ganz besondere Lieblingskuh Hekitscha trottete wie ein Haushund hinter ihnen her. Sie pikste die Buben ein paarmal spielerisch mit den Hörnern, bis Jerk sie einmal leicht in die Fessel kniff, als Hanhun nicht hinschaute; danach war Hekitscha höflicher zu den Gästen.
Im Vergleich zu den Weißen Hasen lebten die Grauen Hasen sehr ärmlich. Hanhuns unterirdische Hallen waren keine breiten, hohen Tunnel wie in der Unterwelt, sondern nur enge, niedrige Stollen, in denen Gras und Klee und Platterbsen für die Kühe wuchsen.
Das Ölfeuer vor der Halle diente dazu, Schnee zu Wasser zu schmelzen. Öl lieferte auch die Wärme, damit das Futter für die Kühe wachsen konnte. Öl schien überhaupt das einzige

zu sein, was die Grauen Hasen reichlich hatten. Aber Tim und Sanchez waren sehr taktvoll und paßten auf, daß auch Effgenie keine herabsetzenden Bemerkungen machte. Die Buben erfuhren eine Menge über die Grauen Hasen: wie viele Dörfer und Städte sie hatten, und wie ihre Häuptlinge hießen. Und wie ihr Staat organisiert war: überhaupt nicht. Es gab eine Menge Häuptlinge wie Hanhun, und diese Häuptlinge sprachen manchmal über ihre Funkgeräte miteinander und verabredeten sich zu gemeinsamen Raubzügen. Und weil sie immer nur die Weißen Hasen überfielen und ausraubten, war es verständlich, daß Effgenie die Grauen Hasen nicht leiden konnte.

Bis die Buben alles besichtigt hatten, war das Festmahl fertig. Die Tische bogen sich unter großen Humpen voll Bier und Krügen eines sehr starken Getränkes aus gesäuerter Milch, aber zu essen schien es nicht sehr viel zu geben. Hanhun schickte die Buben hinaus, um sich die Hände im Schnee zu waschen, und bei dieser Gelegenheit konnte Tim den beiden anderen erklären, was er sich inzwischen überlegt hatte.

Effgenie beklagte sich sofort. „Sogar der Schnee hier ist unsauber!" jammerte er und klopfte seine Pfoten ab.

„Jetzt hör mal zu, Effgenie!" sagte Tim ärgerlich. „Du brauchst uns nicht zu erzählen, daß die Grauen Hasen unzivilisiert und primitiv und ungebildet sind. Ich habe selbst gesehen, daß sie praktisch im Stall bei ihren Kühen schlafen. Ich weiß selbst, daß sie keine Zentralheizung und keinen Atomstrom und Düsenschlitten und Zuchtgemüse haben wir ihr. Aber soll ich dir mal sagen, warum sie das alles nicht haben?"

„Ja, das erklär mir mal!" sagte Effgenie mißmutig.

„Weil ihr Weißen Hasen euch niemals die Mühe gemacht habt, ihnen diese Dinge auch zu geben, oder ihnen wenigstens beizubringen, wie man sie macht. Euch Weißen Hasen

war es egal, ob sie verhungern oder in der Kälte umkommen! Ihr habt sie einfach von allem ausgeschlossen!"
„Aber es sind Wilde", protestierte Effgenie.
„Das ist eure Schuld. Und ich will dir noch was sagen! Ihr nennt sie Wilde, aber sie sitzen wenigstens sicher in ihrer Halle, sie werden nicht von einem Hochwasser in den Weltraum hinausgejagt, wie deine Leute."
„Du machst dich über mein Unglück lustig", sagte Effgenie empfindlich.
„Das tue ich nicht!" schrie Tim. „Siehst du nicht ein, daß man auch andere Leute lieben muß, Effgenie, nicht nur sich selbst? Und die richtige Art, sie zu lieben, ist, ihnen zu helfen, damit sie lernen, sich selbst zu helfen. Diese Berge hier stecken voll Erdöl. Du brauchst bloß ein Loch zu graben, und schon blubbert Erdöl heraus. Habt ihr Weißen Hasen jemals daran gedacht, den Grauen Hasen zu zeigen, wie man aus diesem Erdöl Kunststoffe oder Düsentreibstoff oder Hartgummi gewinnen kann?"
„Nein", gab Effgenie zu. Zwei große Tränen schimmerten in seinen Augen.
„Nein? Dann schau auch nicht auf sie herab!" sagte Tim. „Und sie sind wenigstens unabhängig, sie können sich verteidigen, sie haben sich nicht dem Super-Hirn unterworfen!"
„Du hast recht. Es tut mir leid", sagte Effgenie.
„Weißt du, wie die Grauen Hasen das Super-Hirn nennen?" fuhr Tim fort.
„Nein. Bitte sag es mir", antwortete Effgenie bescheiden.
„Sie nennen es den ‚Wunderkasten der Weißen Sklaven'", antwortete Tim. „Und darüber solltest du mal ein bißchen nachdenken. Weiße Sklaven! So nennen sie euch! Die Weißen Hasen und die Grauen Hasen hätten zusammenarbeiten können. Ihr hättet ihnen euer technisches Wissen vermitteln können, und sie hätten euch Mut und Unabhängigkeit ge-

lehrt. Ihr hättet das gesamte Leben auf eurem Planeten verändern können. Und was macht ihr statt dessen?"
„Bitte, bitte, sei still!" jammerte Effgenie.
„Ihr verkriecht euch jeder in seiner Höhle und denkt euch Schimpfnamen für die anderen aus", schloß Tim.
„Wenn ich wieder heimkomme, werde ich ganz anders sein. Ich werde viel vernünftiger sein", sagte Effgenie schnell. „Ich werde mein Leben damit verbringen, Gutes zu tun. Ich zeige den Grauen Hasen, wie man Gemüse anbaut, wie man fischt, wie man Schlitten fährt, alles. Sie werden ein großes, freundliches Volk werden."
„Sehr schön", sagte Tim milder. „Aber heute abend mußt du etwas anderes für dein Land tun."
„Für mein Land tue ich alles", versprach Effgenie eifrig.
„Du mußt singen", sagte Tim.
„Singen?" wiederholte Effgenie.
„Ja, du bist ein großer Sänger", sagte Tim. „Jedenfalls kannst du sehr lange singen. Leute wie die Grauen Hasen lieben Sänger, weil sie sich langweilen, weil sie nichts zu lesen haben. Deshalb habe ich mir überlegt, daß du ihnen zuerst eine tolle Schau Volksmusik liefern mußt, und dann, wenn sie ganz begeistert und hingerissen von dir sind, dann singst du ihnen ein fürchterlich trauriges Lied von dem Hochwasser vor, das dein Land überschwemmt, und bringst sie damit alle zum Weinen."
„Aber solch ein Lied gibt es nicht", wandte Effgenie ein.
„Nein, aber es wird eins geben, bevor wir mit dem Essen fertig sind. Du wirst dich jetzt hinsetzen und nachdenken und es schreiben!" sagte Tim fest.
„Ich werde einen wahren Wolkenbruch von Tränen auslösen!" versicherte Effgenie.
„Hoffentlich!" sagte Tim. „Denn wenn mein Plan nicht gelingt, dann bricht morgen nachmittag um drei Uhr der Damm. Und noch etwas Wichtiges: Hanhun versucht heute

abend bestimmt, uns betrunken zu machen, aber wir müssen stocknüchtern bleiben. Gelangweilte Leute trinken immer viel, und dumme Leute betrinken sich. Aber wenn wir ihr gräßliches Bier und den Schnaps ablehnen, dann verachten sie uns und tun nicht, was wir wollen."
„Also, was machen wir da?" fragte Effgenie erschrocken.
„Sahne oder Milch und Pflanzenöl!" sagte Tim.
„Aha!" Effgenie lächelte wieder. „Um den Magen auszupolstern, damit uns der Alkohol nicht in den Kopf steigt."
„Genau", nickte Tim. „Wir gehen gleich einfach in die Küche und holen uns soviel wie möglich. Trinkt davon, was ihr herunterkriegt. Und eßt nachher auch beide möglichst viel. Ein voller Magen hilft auch."
„Ich gehorche euch in allem", sagte Effgenie. „Ihr seid meine klugen Freunde." Und er lief davon, um sich ein trauriges Lied auszudenken.
„Hör mal, du hast ihn aber ganz schön gebeutelt!" sagte Sanchez, als Effgenie gegangen war.
„Im Humus der Vernunft wächst nichts, solange das Gefühl ihn nicht aufgebrochen hat", anwortete Tim. „Das war erst der Anfang des Aufbrechens. Effgenie hat es nicht anders gewollt. Ist dir klar, daß er mir zwei geschlagene Stunden lang vorgesungen hat, als ich auf dem Weg zum Super-Hirn mit ihm im Anti-Grav eingesperrt war?"
„Was hast du jetzt eigentlich vor?" fragte Sanchez.
„Wir müssen versuchen, die Grauen Hasen in einem möglichst freundlichen, hilfsbereiten Gemütszustand in die Unterwelt zu locken", sagte Tim. „Ich will nicht, daß sie da alles zertrümmern und den anderen die Schädel einschlagen."
„Warum nicht?" meinte Sanchez. „Das wäre eine gute Lektion für das Super-Hirn."
„Es wäre eine schlechte Lektion, weil es gar nichts daraus lernen würde", sagte Tim verächtlich. „Das Super-Hirn könnte sie alle miteinander innerhalb von Sekunden in

grauen Staub verwandeln. Vergiß nicht, das Super-Hirn besteht aus schierer Energie. Aber es ist auch vernünftig, bis zu einer bestimmten Grenze, und wir müssen versuchen, seine Vernunft zu nutzen. Wenn nur die Grauen Hasen richtig mitspielen."
„Meinst du, der Damm bricht doch?" fragte Sanchez.
„Es gibt eine einzige kleine Chance, daß wir ihn noch retten können", sagte Tim. „Jetzt komm, wir müssen Milch und Pflanzenöl tanken."
„Iiiks!" machte Sanchez.

11. Ein Fest bei den Grauen Hasen

Hanhun, der Häuptling der Hasichefs, erwartete sie schon ungeduldig am Eingang seiner Halle.
„Reden, reden! Warum vergeudet ihr die Zeit mit reden, wenn wir trinken wollen?" sagte er fast ungehalten.
„Entschuldigen Sie uns bitte noch eine Minute, wir sind gleich wieder da", sagte Tim und verschwand mit Sanchez hinter dem Vorhang, hinter dem sich die Küche verbarg. Die alten Hasen-Frauen, die dort arbeiteten, erschraken zuerst, aber dann gaben sie den Buben sehr freundlich soviel Milch und Pflanzenöl zu trinken, wie sie wollten. Das Öl schmeckte gräßlich. Tim und Sanchez fühlten sich wie aufgebläht, als sie zu Hanhun zurückeilten; er war zu ungeduldig, um sie zu fragen, was sie gemacht hatten.
Er nahm sie bei der Hand, den einen links, den anderen rechts. Drei große Hörner wurden zur Begrüßung geblasen, und sie marschierten hinein. Dabei klatschten alle Grauen Hasen-Krieger, von denen immer zwanzig an einem Tisch saßen, im Takt in die Pfoten. Klapp, klapp, klapp, klapp,

klapp, donnerte das, den ganzen Weg durch die Halle bis zu dem Tisch am oberen Ende. Sanchez kam sich dabei ganz wichtig vor.

„Nun werden wir als erstes ein Spiel machen, das ich im Bimbury-Gymnasium gelernt habe", sagte Hanhun. „Es ist ein sehr lustiges Spiel. Es heißt Zahlen. Lord Tim wird rechts neben mir sitzen. Lord Sanchez wird rechts neben Lord Tim sitzen. Ich bin Nummer eins, Lord Tim ist Nummer zwei und Lord Sanchez Nummer drei. Merkt euch eure Nummern gut, sonst geht es euch nachher schlecht." Hanhun lachte vergnügt und gab jedem Krieger an seinem Tisch ebenfalls eine Nummer.

„Welche Nummer bin ich, bitte?" fragte Effgenie.

„Du? Weißer Abschaum!" brüllte Hanhun. „Du stehst hinter deinen Herren und servierst ihnen das Bier! Jetzt fehlt nur noch, daß jemand fragt, wo die Frauen an meinem Tisch sitzen!"

„Sitzen sie denn nicht mit am Tisch?" fragte Sanchez.

Hanhun schaute ihn entrüstet an. „Es gehört sich nicht, daß Frauen am gleichen Tisch sitzen. Sie stehen hinter uns und servieren uns die Getränke."

Tim warf einen verstohlenen Blick auf Effgenie, der bescheiden hinter ihnen stand.

„Guter alter Effgenie, du machst das sehr gut! Denk daran, daß du das alles für dein Land tust", flüsterte Tim.

Effgenie blinzelte ihm zu.

„Und jetzt fangen wir an mit dem Spiel. Füllt alle Humpen mit Bier", befahl Hanhun.

„Was hat das mit dem Spiel zu tun?" fragte Sanchez.

„Keine Ahnung, aber wir werden's schon merken", meinte Tim. „Schau dir das an! Effgenie ist wirklich zu gebrauchen!"

Effgenie hatte ihre Humpen nicht mit Bier, sondern mit Buttermilch gefüllt.

"Alles fertig?" schrie Hanhun. "Alle Pfänder werden in einem Zug ausgetrunken! Auf geht's!"
Klapp, klapp, klatschten die Pfoten.
"Eins, sieben", rief Hanhun.
Klapp, klapp, klatschten die Pfoten im Takt.
"Sieben, acht", rief der Krieger Nummer sieben.
Klapp, klapp.
"Acht, drei", rief der Krieger Nummer acht.
Klapp, klapp.
Stille. Und dann jubelndes Gebrüll, und alle zeigten auf Sanchez.
"Du hättest zuerst ‚drei' und dann irgendeine andere Nummer sagen müssen", flüsterte Tim ihm zu. "Jetzt mußt du den ganzen Humpen in einem Zug austrinken, und sie klatschen dazu. Und dann mußt du das Spiel wieder neu anfangen."
"Hilfe!" sagte Sanchez.
Klapp, klapp, klapp, klapp, klatschten die Pfoten, und Sanchez trank und trank und trank. Alle Krieger schauten ihm zu, aber zum Glück für Effgenie merkte keiner, daß Sanchez Buttermilch im Humpen hatte.
"Nun fängt unser Gast von vorne an", sagte Hanhun, dem dieses Spiel gefiel, lächelnd.
Klapp, klapp.
"Drei, zehn", rief Sanchez und hielt sich an den Rhythmus.
Klapp, klapp.
"Zehn, zwei", rief der Krieger Nummer zehn.
Klapp, klapp.
"Zwei, fünfzehn", rief Tim, und Hanhun nickte anerkennend.
Klapp, klapp.
"Fünfzehn, eins."
Klapp, klapp.
"Eins, drei", rief Hanhun.

Klapp, klapp.

„Drei, zwanzig", rief Sanchez schnell.

Klapp, klapp.

Und so ging es weiter und weiter. Es war ein sehr simples Spiel, aber der Rhythmus wirkte einschläfernd, und deshalb konnte man seine eigene Nummer leicht verpassen, wenn sie ausgerufen wurde. Immer wieder mußte ein Krieger ein Pfand bezahlen, indem er seinen großen Humpen voll Bier in einem Zug austrank. Sogar Hanhun paßte zweimal nicht auf, und alle Krieger riefen immerzu „zwei" und „drei" und versuchten, Tim und Sanchez zu erwischen. Tim mußte dreimal Pfand bezahlen und Sanchez sechsmal. Es war ein Glück, daß Effgenie es fast jedesmal fertig brachte, ihnen Buttermilch einzugießen. Aber einmal war es auch Bier, und bei Sanchez einmal sogar gegorene Milch. Als er das schreckliche Zeug glücklich unten hatte, drehte sich der Raum und der Tisch und die langen pelzigen Ohren alle zusammen in einem fürchterlichen Klapp-klapp-Nebel um ihn herum.

Endlich wurde Hanhun die Sache langweilig.

„Jetzt wird gegessen und getrunken!" rief er.

Das Essen zeigte, wie arm die Grauen Hasen tatsächlich waren. Es gab Kohlsuppe und Kohlgemüse mit gebackenen Kartoffeln und Quark dazu, das war alles. Um sich dafür zu entschädigen, tranken und tranken die Krieger.

Hanhun hatte eine große Platte voll Heu neben sich stehen. Damit fütterte er seine Lieblingskuh Hekitscha, die den Kopf über seine linke Schulter reckte. Er sprach viel mehr mit Hekitscha als mit Tim und Sanchez oder den Kriegern. Tim erkannte, daß Hanhun anfing, sich zu langweilen. Jetzt war der richtige Augenblick gekommen. Tim stand auf und hob seinen Humpen voll Buttermilch hoch.

„Auf Hanhun, den großen Häuptling der Hasichefs!" schrie er.

„Hanhun! Hanhun! Hanhun!" schrien alle und tranken auf Hanhuns Wohl. Die Kühe muhten im Chor dazu.
Als sich alles wieder etwas beruhigt hatte, rief Tim: „Zum Dank für eure Einladung zum Festmahl möchten wir euch den Gesang unseres weißen Sklaven schenken! Effgenie ist ein berühmter Dichter und Sänger aus der Sektion D der Unterwelt!"
Die Krieger schienen nicht recht zu wissen, was sie davon halten sollten. Hanhun zwirbelte nur seinen Bart und musterte Effgenie verächtlich. Einen Augenblick fürchtete Sanchez, daß alles mißlingen würde. Aber Effgenie rettete die Lage, denn er hatte inzwischen genau beobachtet, wel-

chen Geschmack und welche Art von Humor Hanhun und die Grauen Hasen hatten.

Effgenie sprang mit einem großen Satz auf den Tisch, wirbelte seinen roten Überzieher großartig herum, rutschte mit Absicht auf einer Bierpfütze aus und ließ sich dann Platsch! rückwärts in eine Platte voll Quark fallen.

Das war ein ungeheurer Publikumserfolg! Hanhun sah aus, als ob es ihn vor Lachen gleich zerreißen würde, und die alten Hasen-Frauen aus der Küche mußten sich gegenseitig stützen, sonst wären sie umgefallen.

Effgenie rappelte sich erst in dem Moment wieder auf, als das Lachen schwächer wurde; er packte einen Holzlöffel, schlug damit den Rhythmus auf den Tisch und begann zu singen. Es war ein flottes Trinklied von einem alten Hasen, der fünfzehn junge Hasen unter den Tisch trank, und es hatte einen großartigen Refrain, der ungefähr so ging, aus der Hasensprache übersetzt:

> Jetzt liegen sie da, wie du sehen kannst,
> mit ganz viel Bier in ihrem Wanst,
> können nicht mehr auf den Beinen stehn,
> und nicht mehr aus den Augen sehn,
> aber ich steh kerzengerad,
> sagte Jackie, der Pirat,
> aber ich steh kerzengerad,
> sagte Jackie, der Pirat!

Die Grauen Hasen kannten dieses Lied noch nicht, aber sie lernten den Refrain sofort, und die ganze Halle dröhnte von ihrem Gesang. Zum Schluß klatschten alle Beifall und brüllten zuerst nach mehr Bier und dann nach einem neuen Lied.
„Er ist gut, euer weißer Sänger", sagte Hanhun zu Tim. „Vielleicht verkauft ihr ihn mir?"
„Er ist sehr teuer", antwortete Tim ernsthaft.
Effgenies nächstes Lied handelte von einem Grauen Hasen, in den alle Weißen Hasen-Mädchen verliebt waren. Eigentlich handelte es von einem Weißen Hasen, der hinter Schwarzen Hasen-Mädchen her war, aber Effgenie änderte das einfach, und die Grauen Hasen wußten es ja nicht besser. Auch dieses Lied hatte einen Refrain, den sie mitsingen konnten:

> Alle Mädchen liebten ihn,
> denn er war so hübsch und kühn,
> Robin mit den langen Ohren,
> Robin mit der grauen Nase,
> ach, er war der schönste Hase!

Sie lachten sehr über dieses Lied, und alle waren sanft und freundlich gestimmt, als es zu Ende war.
„Noch eines, noch eines!" riefen sie.
Jetzt wurde Effgenie allmählich tollkühn, denn jetzt sang er ihnen eine alte Ballade von einem Weißen Hasen-Helden vor, der fünfzig Schwarze Hasen tötete, um seinen Prinzen zu retten, und der dann sterbend auf dem Eis lag, während sein Prinz davonritt und nicht einmal wußte, wer ihn gerettet hatte.
Man hätte befürchten können, daß die Grauen Hasen über einen Weißen Hasen-Helden spotten würden, aber sie taten es nicht, weil sie Effgenie inzwischen ganz gut leiden mochten. Es war ein sehr blutrünstiges Lied, und Effgenie führte jeden Schwertstreich dramatisch vor. Alle Krieger lehnten sich eifrig auf den Tischen vor, lauschten auf jedes Wort und nickten hin und wieder. Als der Weiße Hase den Schwarzen Ritter endlich erschlug, erhob sich lautes Triumphgeschrei, und Hanhun hämmerte auf den Tisch. Aber zum Schluß, als der Held allein und verlassen auf dem Eis lag und sterben mußte, regte Effgenie sich selbst so über sein Lied auf, daß seine Stimme brach und ihm die Tränen übers Gesicht liefen.
Tim und Sanchez verstanden kein einziges Wort von dem ganzen Lied, aber als sie sahen, wie alle Grauen Krieger anfingen zu schluchzen und zu weinen, da wußten sie, daß Effgenie gewonnen hatte. Als das Lied zu Ende war, herrschte tiefe Stille in der Halle; sogar die Kühe muhten nicht mehr. Aber das mochte daran liegen, daß sie schläfrig waren. Hanhun legte die Pfote auf Tims Arm.
„Jetzt weiß ich, warum ihr ihn nicht verkaufen wollt", sagte er. „Er ist ein Juwel von unschätzbarem Preis, eine Zierde seines alten Volkes. Das war eine wirklich edle Geschichte! So möchte ich selbst einmal sterben!"
„Meine edlen Krieger, nach der traurigen Ballade aus der

Vergangenheit werde ich euch nun ein trauriges Lied aus der Gegenwart vorsingen", rief Effgenie seinen gebannten Zuhörern zu. „Ich werde euch die wahre Geschichte von dem Unglück meines Volkes erzählen, und von der Not, aus der es alle mutigen Hasen um Hilfe anruft. Ich singe euch ‚Die Geschichte von der Großen Flut'!"
Und Effgenie sang.
Zuerst sang er vom Super-Hirn, das in seiner Computerhalle saß und kalt und rücksichtslos zählte. Dann beschrieb er, wie die Wasser zuerst heimtückisch durch verborgene Schächte und Kanäle eindrangen, und dann immer höher stiegen, immer wilder wurden, wie sie plötzlich hereinbrachen, und wie junge Krieger in der Blüte ihrer Jahre und alte Damen mit ihrem Strickzeug darin ertranken. Der Held dieser Ballade war ein junger Schlitten-Chauffeur namens Huslan, der gerade ein wunderschönes junges Hasen-Mädchen geheiratet hatte, das Olinka hieß. Weil das Vaterland rief, verließ Huslan seine junge Frau und sein Heim, um gegen die Flut zu kämpfen. Nach schrecklichen Verwüstungen stopfte Huslan einen Spalt in einem Damm mit seinen nackten Pfoten zu und gab so einer ganzen Sektion Zeit, doch noch zu fliehen. Dann brach der Damm, und Huslan ertrank. Olinka sang ein trauriges Lied über ihren verschwundenen Geliebten, und dann marschierte sie selbst tapfer in den Kampf gegen das Hochwasser und das Super-Hirn, und ihre kleinen Hasen-Kinder nahm sie mit.
Es war alles schrecklich traurig, wenn auch eigentlich nicht ganz so wie das, was jetzt in der Unterwelt wirklich passierte. Aber jedenfalls weinten zum Schluß wieder alle Zuhörer. Tim sprang auf und stellte sich neben Effgenie. „Du mußt für mich dolmetschen", murmelte er, und Effgenie tat sein Bestes.
„Meine Lords! Das Lied, das ihr eben gehört habt, ist keine Erfindung, es ist die traurige Wirklichkeit! Wir kommen di-

rekt aus der Festung des Super-Hirns, und wir wissen, was los ist!" begann Tim. „Morgen nachmittag um drei Uhr bricht der letzte Damm, der die Weißen Hasen schützt, und ihr ganzes Volk wird untergehen, wenn euer edler Häuptling unseren Hilfeschrei nicht erhört. Wir wissen, daß es in der Vergangenheit Streit zwischen euch und den Weißen Hasen gegeben hat. Aber sind nicht alle Hasen im Grunde ihres Herzens Brüder? Wird ein mutiges Hasenvolk nicht immer seinen Brüdern in Not helfen?"
„Ja! Ja! Ja!" schrien alle und klopften auf die Tische.
„Wir bitten euch nicht, euch in ein hoffnungsloses Abenteuer einzulassen", fuhr Tim fort. „Wir bieten euch die einmalige Gelegenheit, die Tyrannei des Super-Hirns zu besiegen, eine günstige Gelegenheit, die sich zu euren Lebzeiten nie wiederholen wird. Wir haben hier den Schlüssel zu einem geheimen Weg mitten in das Herz der Festung des Super-Hirns!" Tim hielt das kleine Sendegerät hoch, damit alle es sehen konnten.
„Wir bieten euch nicht Blut und Schweiß und Mühsal, sondern ein großartiges, brillantes Unternehmen, durch das ihr für die nächsten tausend Jahre die Helden von Liedern und Gedichten werdet. Wir bieten euch den sicheren Sieg bis morgen um die Mittagszeit, wenn ihr heute nacht eine Armee versammeln könnt. Gleichzeitig werdet ihr die Dankbarkeit eines ganzen Volkes ernten, und die Weißen Hasen werden diese Dankbarkeit durch Freundschaft und Geschenke und Belohnungen von unermeßlichem Wert beweisen. Geschenke, die euch und euren Kindern und Kindeskindern das Leben erleichtern werden. Meine Lords, heute nacht liegt die Zukunft in euren Händen! Weist sie zurück – und seid für immer verachtet! Oder greift zu, und seid die Retter eurer Nation und die Helden dieses Planeten!"
„Hurra!" schrien alle Krieger und sprangen auf, um ihre Waffen und Propeller von den Wänden zu holen. Niemand

machte sich die Mühe, erst einmal Hanhun um Erlaubnis zu fragen; dazu hatten sie alle viel zuviel getrunken, und außerdem hatte Effgenies Lied sie alle restlos überzeugt.
Tim sprang vom Tisch herunter, und Hanhun packte ihn an der Schulter und donnerte: „Hast du da die Wahrheit gesagt? Hast du wirklich einen Schlüssel zu einem geheimen Weg?"
„So wahr wie ich hier vor Ihnen stehe", antwortete Tim. „Und der Eingang ist noch nicht einmal zwanzig Meilen von hier entfernt."
„Wenn es nicht wahr ist ... Krr!" machte Hanhun grimmig und zog sich die Pfote mit einer schneidenden Geste über die Kehle.
„Verlassen Sie sich auf mich, und halten Sie mich immer an Ihrer Seite", sagte Tim.
„Gut", sagte Hanhun, und sie bekräftigten das mit Pfoten-Handschlag.
„Jetzt schlage ich vor, daß Sie Ihr Funkgerät einschalten und sehen, wie viele tausend Krieger Sie bis morgen früh zehn Uhr hierher schaffen können. Es hängt alles von ihrer Anzahl ab, je mehr, desto besser. Ich brauche eine enorme, eine riesige Armee! Versprecht ihnen ein großes Hilfsprogramm von den Weißen Hasen für die nächsten fünf Jahre ... Nahrungsmittel, Schlitten, Elektrizität, Heizung, Maschinen, Material, einfach alles! Ich stehe dafür ein, daß Sie es auch bekommen. Aber machen Sie Ihrer Armee klar, daß wir das Super-Hirn nicht zerstören wollen, sondern erobern."
„Ich werde sie rufen, und sie werden alle kommen", erklärte Hanhun. „Wir waren schon seit sechs Monaten nicht mehr auf Raubzug, und es sind schon neun Jahre her seit dem letzten richtigen Krieg. Alle sind bereit. Morgen wirst du hier keinen Schnee mehr sehen, der Boden wird schwarz sein von meinen Armeen!"
Hanhun ging, um sich um alles zu kümmern, und Hekitscha

blieb zurück und schnoberte betrübt auf ihrer leeren Heuplatte.
„Du hast es geschafft!" sagte Sanchez froh.
„Effgenie hat es geschafft", sagte Tim. „Ganz allein, mit seinem Singen."
„Effgenie Super-Star!" sagte Sanchez und legte den Arm um Effgenie.
„Es ist nicht der Rede wert", sagte Effgenie und schaute bescheiden vor sich hin. „Ich bin bloß ein weißer Sklave, ein hochmütiger gedankenloser Prahler, der sich über andere lustig macht, das wertloseste Geschöpf meiner Rasse. Alles, was ich mache, ist es nicht wert, erwähnt zu werden."
„Kommt, gehen wir schlafen", sagte Tim. „Ich sehe schon, wohin diese Unterhaltung sonst führt."

12. Padgetts Spezial-Schnellwuchs-Riesensalat-Samen

Sanchez hatte erst kurze Zeit auf dem riechenden, kratzenden, juckenden Lager geschlafen, als das Geräusch ihn wieder weckte.
Es begann schwach, wie ein ärgerliches Fauchen, und schwoll dann zu einem Dröhnen an, das den ganzen Hasenhügel beben ließ. Das waren die Propellergeräusche von einer Armee von Hasen, die durch die Nacht eilten und sich versammelten. Dann brach der Propellerlärm ab; die Armee war angekommen, und es klangen nur noch Stimmen durch die Nacht, als die zähen Krieger ihr Lager im Schnee aufschlugen. Sanchez schlief wieder ein.
Weniger als eine Stunde später weckte ihn das gleiche Geräusch wieder; es war noch fern, aber schon durchdringend

und wurde dann immer lauter, bis sämtliche Bohrmaschinen der ganzen Unterwelt auf dem Hasenhügel zu laufen schienen. Wieder verstummte der Lärm, als die neue Armee landete und ihr Lager aufschlug. Aber die Stille währte nicht lange. Eine Armee nach der anderen kam durch die eisigen Nachtwinde des mondlosen Planeten angeflogen. Sanchez warf sich unruhig im Schlaf hin und her und träumte von wütenden Wespen, die ihn durch haarige Wälder jagten und ihn unentwegt stachen, während zottelige Zweige ihn festhielten.

Er wachte um acht Uhr morgens mit schrecklichen Kopfschmerzen von der gegorenen Milch auf, die er bei dem Zahlenspiel hatte trinken müssen. Er war der einzige, der noch im Bett lag, und im gleichen Augenblick, in dem er aufwachte, fing er an, sich zu kratzen. Er machte die Augen auf und schaute sich um. Tim saß auf der Bettkante und kratzte sich auch. Er war mit kleinen roten Bissen bedeckt. Effgenie saß auf der anderen Bettseite, aß Quark und trank Buttermilch und kratzte sich ebenfalls.

„Flöhe!" schrie Sanchez und sprang aus dem Bett. Er war noch öfter als Tim gebissen worden.

„Wahrscheinlich sind die Kühe daran schuld", meinte Tim. „Sie sollten nicht in der gleichen Halle untergebracht sein. Hast du auch krabbelnde Dinger im Haar?"

„O je!" Sanchez fuhr sich mit allen zehn Fingern durch das Haar und begann dort ebenfalls zu kratzen.

„Für Effgenie muß es noch schlimmer sein, weil er überall Haare hat", sagte Tim.

„Es ist nicht der Rede wert", sagte Effgenie und futterte weiter Quark. „Wir sind hier bei einem einfachen Naturvolk. Wir können viel von ihren ehrlichen, schlichten Sitten lernen."

„Was wird Große Mutter sagen, wenn sie uns so sieht?" fragte Sanchez erschrocken.

„Du brauchst nicht lange zu raten, denn wir werden's bald erfahren", sagte Tim. „Ich habe vor zehn Minuten Funkverbindung mit *Drache 5* gehabt. Sie kommen herüber geflogen. Wir treffen uns Punkt zwölf Uhr vor dem Notausgang."
„Warum?" fragte Sanchez.
„Um die zwanzig Sack Salatsamen abzuliefern", anwortete Tim. „Große Mutter ist entschlossen, das Geld dafür zu kassieren. Sanchez, schau doch mal in deiner Hosentasche nach, ob nicht zufällig ein bißchen Samen aus der Probepackung herausgefallen ist."
Sanchez zog seine Hosentasche heraus und konnte fünfzehn kleine gelbe Salatkörner zusammenklauben. Er gab sie Tim.
„Ich habe mir überlegt, daß wir Hanhuns Frau ein Geschenk machen sollten", erklärte Tim. „Ich meine, sie haben selbst nicht viel zu essen, und sie haben uns trotzdem zu einem Festmahl eingeladen. Padgetts Salat schmeckt nach fast gar nichts, aber das macht den Grauen Hasen sicher nichts aus, sie sind nicht verwöhnt. Und das Zeug wächst wirklich sehr schnell."
„Wo sollen sie das hier aussäen?" fragte Sanchez.
„Einfach hier auf dem Boden. Es ist alles eine Schicht aus Stroh und Dung", sagte Tim.
„Warum müssen sie bloß so schmutzig sein?" brummte Sanchez und begann, sich anzuziehen.
„Es steht uns nicht zu, ein edles Volk zu kritisieren, das nicht so wohlhabend und glücklich ist wie wir", sagte Effgenie mit ernster Miene und geheuchelter Entrüstung. „Ihre Betten mögen von Flöhen wimmeln, und der Kuhdung kniehoch auf ihren Böden liegen. Aber wir müssen uns fragen: haben wir ihnen gezeigt, wie man DDT-Pulver macht, um die Flöhe zu töten? Haben wir ihnen unsere Staubsauger gegeben, um die Fußböden zu säubern? Die Antwort ist leider nein! Also müssen wir uns die Schuld an dieser unbeschreiblichen Unsauberkeit zuschreiben."

„Was machen wir bloß mit diesem Effgenie?" fragte Tim. „Wir ziehen ihm die Ohren lang!" sagte Sanchez, und sie fielen beide lachend über ihn her. Es gab eine großartige Balgerei, die noch eine Weile gedauert hätte, aber plötzlich merkten sie, daß Frau Hanhun sie durch eine Lücke in dem haarigen Vorhang erschrocken beobachtete.
Tim rappelte sich schnell auf.
„Bitte, das ist für Sie", sagte er und hielt ihr die fünfzehn Samenkörner auf der Hand hin. „Effgenie, erklär ihr bitte, was das ist, und sag ihr, daß wir uns bedanken."
„Dies ist das erste Geschenk der Weißen Hasen an die Grauen Hasen, um unsere neue Freundschaft zu beweisen", sagte Effgenie in der Hasensprache. „Es ist noch nichts Besonderes, aber später bringe ich euch von meinem besten Spinatsamen, und das ist dann ein richtiges Geschenk."
Frau Hanhun wußte nicht recht, was sie mit dem Samen anfangen sollte, deshalb säte Effgenie ihn gleich mitten in der Halle aus. Alle anderthalb Meter drückte er sorgsam ein Samenkorn in den Boden. Er warnte die anwesenden Grauen Hasen: „Nach drei Minuten müßt ihr auf die Seite gehen und euch vorsehen!"
Dann hoppelte er zurück zu der Schlafkoje und meldete den Buben, daß Hanhun und die anderen Häuptlinge draußen auf sie warteten.
„Weißt du was, Effgenie?" sagte Tim. „Ich mag dich jetzt viel lieber als vor zwei Tagen, Ich hab dich gestern abend fürchterlich angefaucht, aber du hast überhaupt nicht gezeigt, daß du gekränkt warst; du hast trotzdem getan, was nötig war, und zwar ganz großartig, und hast die Grauen Hasen mit deinem Singen auf unsere Seite gebracht."
„Ach, es ist nicht der Rede wert", sagte Effgenie bescheiden, aber er strahlte über das ganze Gesicht.
„Ich finde, du bist ein viel netterer Kerl, ein viel besserer Hase als vor zwei Tagen", sagte Sanchez.

„Das finde ich auch", sagte Effgenie, und sie lachten alle drei.
„Tim, du scheinst dir heute morgen überhaupt keine Sorgen zu machen, aber wir haben nur noch sechs Stunden Zeit, bis der Damm bricht", sagte Sanchez.
„Ich weiß, aber ich glaube, es wird noch alles gut werden", antwortete Tim. „Große Mutter hat eben eine gute Idee gehabt. Frag mich nicht, welche, denn ich werd's dir nicht verraten. Du wirst schon sehen! Außerdem bin ich ziemlich sicher, daß das Super-Hirn mit Vernunft handeln muß, weil es einfach so programmiert ist. Also werden wir ihm mit Vernunft eine Falle stellen. Jetzt kommt, wir dürfen Hanhun nicht warten lassen."
Sie blinzelten alle drei, als sie hinaus ins Freie traten. Der erste Grund dafür waren die beiden Sonnen, die blendeten, wenn man aus der verräucherten, dämmerigen Halle kam. Der zweite Grund war, daß der Schnee fast verschwunden war. So weit man rundum blicken konnte, waren alle Berghänge mit Grauen Hasen-Kriegern bedeckt, alle mit einem Propeller auf dem Rücken und mit Schwertern und Speeren bewaffnet. Die meisten frühstückten gerade, aber sie waren trotzdem ein respekteinflößender Anblick.
„Das müßte reichen", meinte Tim.
Hanhun hatte neunzehn andere Häuptlinge um sich versammelt und schaute sehr bedeutend drein. Er war der größte von allen und hatte den längsten Wimpel am Horn flattern. Er stellte den Kollegen seine Gäste vor:
„Lord Tim, Lord Sanchez und der berühmte weiße Sänger Effgenie!"
Sie verbeugten sich alle drei, und die Häuptlinge grüßten zurück, indem sie mit den Schwertern rasselten. Sie schauten alle sehr eifrig und aufgeregt aus, wie eine Horde Buben, die Äpfel klauen gehen will.
„Meine Freunde, die Häuptlinge, möchten wissen, ob es

große Kämpfe geben wird", dröhnte Hanhun.

„Ihr müßt mit einer Leibgarde von ungefähr hundert Schwarzen Hasen fertig werden", antwortete Tim. „Das dauert sicher nicht lange."

Die Häuptlinge schauten enttäuscht drein.

„Meine Freunde, die Häuptlinge, möchten wissen, ob sich das Plündern lohnt, und wieviel Beute es gibt", fuhr Hanhun fort.

„Überhaupt keine", anwortete Tim fest. „Aber sie bekommen mehr Geschenke, als sie sich träumen können."

„Bloß Geschenke?" brüllte Hanhun.

Im gleichen Augenblick brach in der Halle Lärmen aus, man hörte Kreischen, Quietschen und Muhen. Vor den Augen aller Häuptlinge wurde mitten in der Halle ein großes Stück Schneedach von unten hochgestemmt und fiel herunter, und eine dichte Masse leuchtend grüner Blätter drängte durch das Loch hinaus in die Sonne. Ein paar Sekunden später breiteten sich die Blätter drei Meter über dem Dach schon zu einer Krone aus.

„Was ist denn das?" schrie Hanhun.

„Das ist das erste von vielen wunderbaren Geschenken", antwortete Effgenie in der Hasensprache. „Eine kleine Kostprobe von dem, was ihr bekommt, wenn ihr heute tapfer kämpft. Geht hinein und staunt!"

Hanhun und die neunzehn Häuptlinge eilten zum Eingang. Die Hasen-Frauen quiekten noch immer vor Überraschung, aber die Kühe waren verstummt.

„Das ist genau im richtigen Moment passiert!" sagte Tim.

„Guter alter Padgett", sagte Sanchez.

„Wir wollen unsere Herzen an ihrer schlichten Dankbarkeit erwärmen", sagte Effgenie, und sie folgten den Häuptlingen.

Die Hasenhügel-Halle hatte sich in einen Wald verwandelt. Fünzehn gigantische Salatpflanzen waren aus dem fruchtba-

ren Kuhdung in die Höhe geschossen. Das Dach war nirgendwo hoch genug für sie. Eine Pflanze war auf eine schwache Stelle gestoßen und hatte das Dach einfach durchbrochen. Die anderen vierzehn Salatpflanzen hatten sich in die eine oder die andere Richtung geduckt und füllten nun die halbe Halle mit ihren saftigen, frischen Blättern und dicken, glänzenden Stengeln. Hanhuns Kühe fraßen wie um die Wette, und alle Hasen-Frauen rannten herum, zogen die Möbelstücke aus dem grünen Dschungel und rupften zarte Blätter für die Küche ab.
„Damit kann man eine Armee füttern!" stieß Hanhun staunend aus.
„Ja, eine kleine", nickte Tim.
„Und wir bekommen noch mehr solche Geschenke, wenn wir euch vor dem Super-Hirn gerettet haben?" fragte Hanhun.
„Ja, ungezählte andere Geschenke", versicherte Tim.
„Wir brechen Punkt zehn Uhr auf!" versprach Hanhun.
Und er hielt Wort.

13. Die Grauen Hasen greifen ein

Die beiden Buben und Effgenie bekamen ebenfalls Skier und Propeller angeschnallt und machten ein paar Probeläufe. Der Trick war, daß man sich immer vornüberbeugen und das Gewicht auf die Skier legen mußte, um zu steuern. Sobald man sich ein bißchen zurücklehnte, stemmte der Propeller einen hoch und in die Luft und man fiel hin.
Inzwischen besichtigte die ganze Armee den Riesensalat und erfuhr, welche Belohnung sie alle erhalten würden, wenn sie das Super-Hirn besiegten. Alle waren aufgeregt

und glücklich. Tim hatte ganz recht, als er meinte, das größte Problem der Grauen Hasen sei die Langweile. Eine Schlacht war für sie eine „nette Abwechslung".
Um fünf Minuten vor zehn waren alle marschbereit. Sanchez hatte zwei Meilen mit dem Propeller auf dem Rücken hinter sich gebracht, ohne einmal zu stürzen. Alle Häuptlinge fuhren mit Hanhun, Tim, Sanchez und Effgenie an der Spitze der Armeen voraus. Sie überließen es ihren Leutnanten und Sergeanten, die Truppen zu führen. Sie wollten gleich vorn mit dabeisein, falls es doch wertvolle Beute gab. Sie mochten vielleicht ein bißchen habgierig sein, aber sie schauten prächtig und imposant aus, und Sanchez war stolz, daß er mit ihnen fahren durfte. Jetzt kam es nur darauf an, nicht mit den Skiern hinzufallen, wenn sie alle zuschauten.
„Signal blasen!" schrie Hanhun.
Eine laute Fanfare von düsterem Muhen aus Kuhhörnern rollte über die Berghänge und übertönte das Pfeifen des Windes.
Hanhun reckte sich zu seiner ganzen Größe auf, schwenkte sein breites Schwert im Sonnenlicht und schrie:
„Zum Super-Hirn!"
Die Armee brüllte hurra, und alle zogen an den Startleinen für die Propeller. Sanchez' Propeller sprang sofort an, und er half Effgenie, seinen anzulassen. Es war ein sehr aufregendes Gefühl, geradeso als ob man ein ungeduldiges, drängelndes, fauchendes, wildes Tier auf dem Rücken hätte, das man nur halb gebändigt hatte. Der Lärm von den Tausenden von Propellern machte es unmöglich, noch irgend etwas anderes zu hören. Von nun an mußte man sich durch Zeichensprache verständigen.
Hanhun reckte den Arm, Gänge wurden eingelegt, und die beiden Buben und Effgenie und die zwanzig Häuptlinge sausten an der Spitze ihrer großen Armee den Berg hinunter.

Unten angelangt schwenkten sie rechts, um dem Lauf des Tales zu folgen. Sanchez legte alles Gewicht auf den einen Ski, Schnee sprühte hoch, und er nahm die Kurve. Es war noch immer ein mühseliger Ausflug; ab und zu traf ihn eine Schneefontäne von einem der Häuptlinge vor ihm, der Wind schnitt ihm ins Gesicht, die Sonnen brannten ihm auf den Kopf – er wurde gleichzeitig gebraten und tiefgekühlt.
Sie sausten bergauf zu dem hochgelegenen Dorf, von dem aus die Buben mit der Benzinbombe beschossen worden waren. Hier gab es einen kurzen Halt, um die Kanister aufzutanken, und die Buben und Effgenie konnten sich die Gesichter warm reiben und die steifen Knie lockern und über das Tal zurückschauen, durch das sie gekommen waren.
„Du liebe Zeit, das ganze Tal ist voll, und die Nachhut ist noch immer oben auf dem Hasenhügel!" sagte Sanchez.
„Je mehr, desto besser", sagte Tim. Dann fügte er geheimnisvoll hinzu: „Für das größere Wohl der größeren Zahl. Das wollte er, und das soll er kriegen."
Dann fuhren sie wieder weiter, und nun ging es schon besser. Die Buben fühlten sich so sicher auf den Skiern, daß sie vorauspreschten und Schwünge fuhren, bis Hanhun die Stirn runzelte und ihnen ein Zeichen gab, in der Reihe zu bleiben. Effgenie sang, weil er so glücklich war, aber bei dem Propellerlärm war es natürlich nicht zu hören; Tim und Sanchez waren also auch glücklich.
Sie kamen zu dem kleineren Tal, das zum Notausgang führte, und bogen dort ein. Hier blies der Wind nicht so scharf. Tim warf einen Blick auf die Uhr. Es war halb zwölf, und bis jetzt war alles glatt verlaufen. Er hoffte, daß der Alte Elias eine eindrucksvolle Landung machte. Sie fuhren immer weiter und weiter, und allmählich spürten die Buben die Anstrengung in den Knien und Knöcheln und Muskeln.
Das Tal verbreiterte sich; sie kamen zu der freien Fläche vor dem Notausgang, der natürlich noch immer verborgen war.

Tim gab Hanhun ein Zeichen, zweihundert Meter davor anzuhalten. Die Propeller wurden langsamer und blieben dann stehen. So weit sie nur zurückschauen konnten, mindestens drei Meilen weit, hielten die Abteilungen von Grauen Hasen eine nach der anderen an. Die Sonnen wurden sehr warm.

„Da kommt er!" Tim zeigte dramatisch zum Himmel hinauf. Hoch oben am klaren, weißen Himmel erschien der schwarze Umriß von *Drache 5*. Donnergrollen rollte heran. Sanchez lächelte vor sich hin. Alter Elias jagte die Motoren hoch! Das alte Raumschiff sank immer tiefer herab und sah tödlich aus mit seiner scharfen Bugspitze und den hohen, eleganten Bugflossen. Die Motoren liefen noch immer verschwenderisch mit Vollgas, und das ganze Tal bebte von ihrem Lärm.

Als *Drache 5* auf etwa dreihundertfünfzig Meter Höhe herunter war, quollen zwei goldene Wolken aus den Strahlrohren unter den Flügeln. *Drache 5* verhielt in der Luft. Die Motoren verstummten. Lautlos schwebte das Raumschiff auf einer duftigen goldenen Wolke herab und landete sanft dicht vor der versammelten Armee.

Tim flüsterte Effgenie hastig ins Ohr, was er nachher sagen sollte. Dann warf er einen Blick auf Hanhun. Alle Häuptlinge waren offensichtlich sehr beeindruckt, und das sollten sie auch sein, nach solch einem Feuerwerk und solch einer Landung.

Aber die Vorführung war noch nicht zu Ende. Ehe die goldene Rauchwolke sich verflüchtigen konnte, flog die Kabinentür von *Drache 5* auf, die Gangway klappte heraus, und ein schmetterndes Trompetensignal schallte aus des Alten Elias Hi-Fi-Anlage.

„Das schlägt ihre Kuhhörner", murmelte Sanchez.

Eine eindrucksvolle Gestalt erschien oben auf der Gangway. Es war Große Mutter, in eine grüne Toga gehüllt, die

von der linken Schulter in Falten bis auf den Boden fiel.
„Das ist die Bettdecke, an der sie noch webt. Warum hat sie sich das Ding umgehängt?" fragte sich Sanchez verwundert.
„Sie sieht wunderschön aus, eure Mama", sagte Effgenie.
„Pssst!" machte Tim.
In der einen Hand hielt Große Mutter einen großen goldenen Pokal, und mit der anderen winkte sie gebieterisch die Häuptlinge zu sich heran.
„Würden die Lords bittte geruhen, näher zu treten?" rief Tim.
Die Häuptlinge folgten Hanhuns Beispiel, stiegen aus den Skibindungen und schlurften schwerfällig zur Gangway. Dieses Wunder, das da auf goldenen Wolken vom Himmel herabgeschwebt war, schien sie zu verwirren, aber auch sehr zu interessieren. Effgenie trat vor und sagte:
„Dies ist die Lady Mutter von Lord Sanchez und Lord Tim. Die Lady Mutter ist euch zu Ehren gekommen, um euch Glück zu wünschen für euer Unternehmen."
Große Mutter lächelte vage über die Köpfe hinweg, und die Häuptlinge salutierten unsicher mit den Schwertern. Große Mutter war so groß und so grün und so erhaben, daß man einfach von ihr beeindruckt sein mußte.
„Sie lädt euch ein, mit ihr auf euren Sieg zu trinken, darauf, daß ihr Erfolg haben werdet", fuhr Effgenie fort.
Als das Wort „trinken" fiel, wurden die Häuptlinge sichtlich vergnügter. Es war ein sehr großer goldener Pokal.
Große Mutter setzte ihn an die Lippen, hob ihn dann hoch und schritt langsam die Treppe herunter. Sie reichte Hanhun den Pokal. Er nahm einen langen Schluck, schmatzte mit den Lippen und gab den Pokal an den Häuptling neben sich weiter. So ging der Pokal reihum, und jeder trank kräftig. So kräftig, daß nur noch ein bißchen Schaum auf dem Boden übrig war, als er bei den Buben anlangte.
„Das ist ja der Putzeimer aus der Küche!" wisperte Sanchez

verblüfft. „Sie hat ihn golden angestrichen und ein paar Henkel dran geklebt! Was hat sie vor? Sie sagt immer, sie sei gegen Alkohol, und jetzt serviert sie ihn diesem Haufen gleich eimerweise!"
„Pssst! Wart's ab", flüsterte Tim aufreizend. Große Mutter schaute die Buben kein einziges Mal an. Wahrscheinlich, weil sie sonst gelacht hätte, dachte sich Tim.
Zwanzig Säcke kamen aus dem Laderaum geflogen und landeten im Schnee. Effgenie winkte zwanzig Krieger aus der ersten Reihe heran, sie aufzuheben. Das geschah in völligem Schweigen. Dann sprach Effgenie wieder.
„Die Lady Mutter dankt euch, daß ihr den Freundschaftstrank mit ihr getrunken habt. Sie bittet euch, den Weg zum Sieg zu betreten und sorgsam auf die Stimme ihrer Söhne zu hören."
Sanchez schaute zu Hanhun hinüber, um zu sehen, wie er das schluckte. Hanhun und die anderen Häuptlinge hatten auf einmal alle irgendwie glasige Augen. Sie hatten alle einen milden, freundlichen Gesichtsausdruck, wie gute alte Herren, die im Park auf der Bank sitzen und der Blaskapelle zuhören. Sanchez fragte sich, was in dem goldenen Pokal gewesen war.
Mit sanftem Summen und noch einem lautem Trompetenschmettern von der Hi-Fi-Anlage wurde die Gangway in *Drache 5* hineingezogen, während Große Mutter reglos auf der untersten Stufe stand. Die Kabinentür knallte zu.
Einen Augenblick lang glaubte Sanchez, tiefes Lachen aus dem Raumschiff zu hören, aber dann sprangen die Motoren an, und die goldene Wolke quoll wieder heraus. *Drache 5* richtete sich auf den Anti-Gravs auf. Nun brüllten die Motoren mit Vollgas auf, und *Drache 5* stieg auf einer lodernden Feuersäule beinahe senkrecht auf. Innerhalb von Sekunden war er nirgendwo am Himmel mehr zu erspähen.
„Hier ist der Weg zum Super-Hirn!" schrie Tim und schal-

tete den kleinen Sender ein. Die falsche Schneedecke hob sich, der künstliche Felsen und der stählerne Rolladen schoben sich beiseite. Der breite, dunkle Tunnel des Notausgangs lag offen da.
Bei diesem Augenblick schrien die ersten Reihen der Armee von Grauen Hasen hurra, und das Hurra pflanzte sich durch das ganze Tal fort. Die zwanzig Häuptlinge traten lächelnd und wie benommen von einem Fuß auf den anderen. Hanhun schaute aus wie der Weihnachtsmann, so sanft war er.
Nun war es Tim, der die Befehle gab. Er stellte die zwanzig Krieger, die die Samensäcke schleppten, dicht aneinander in der Formation einer Pfeilspitze auf; sie trugen die Säcke wie Schutzschilde vor sich her und zogen dahinter die Köpfe ein. Tim stand hinter ihnen, und die Häuptlinge hinter ihm.
„Vorwärts zum Sieg!" schrie Effgenie so laut er nur konnte. Die Propeller sprangen wieder an; die Grauen Hasen benutzten sie auch, um schneller laufen zu können, und die ganze Armee drängte in den dunklen Tunnel.
Der Lärm war furchterregend und ohrenbetäubend, und es war stockfinster. Aber ganz weit vorne war ein Lichtfleck zu sehen, der aus dem Wartesaal kam. Die Grauen Hasen marschierten weiter, der Lichtfleck wurde größer und größer, und dann stand die Vorhut unter dem hellen Licht der Kronleuchter. Am anderen Ende des großen Saales rannten schon die Schwarzen Hasen herbei und stellten sich zum Kampf auf, während ihr Hauptmann aufgeregt schrie und mit dem Blaster in der Luft herumfuchtelte.
„Angreifen!" befahl Effgenie und duckte sich hinter den Kriegern mit den Säcken. Die Sackträger blieben dicht beisammen und donnerten wie eine riesige Pfeilspitze auf die Schwarzen Hasen zu.
Es gab eine alles übertönende Detonation. Der Hauptmann

hatte seinen Blaster abgefeuert. Säcke platzten, Salatsamen prasselte in alle Richtungen, und die Krieger wurden alle der Länge nach auf den Boden geschleudert, obwohl die Säcke den schlimmsten Aufprall abgefangen hatten. Unterdessen betrachteten die Häuptlinge hingerissen die prächtigen Kronleuchter, lächelten glücklich vor sich hin und schauten kein bißchen kriegerisch drein. Hinter ihnen strömten die Grauen Hasen aus dem Tunnel und brüllten nach dem Gegner, aber die Truppe war völlig durcheinander. Eine einzige entschlossene Kompanie mit einem Blaster hätte sie stundenlang aufhalten können. Sanchez sah, daß jetzt ganz schnell etwas geschehen mußte.

„*Yavaro!*" schrie er, weil das das einzige Hasenwort war, das er kannte, und stürzte sich tief geduckt wie beim Rugbyspiel auf den Schwarzen Hasen-Hauptmann. Der Propeller auf seinem Rücken trieb ihn und verwandelte ihn in eine fliegende Kanonenkugel. Sanchez knallte dem Hasen-Hauptmann wie eine Rakete gegen den Bauch und schleuderte ihn rückwärts durch seine eigenen Reihen. Der Blaster flog in hohem Bogen davon; Sanchez' Propeller ging bei dem Zusammenstoß in Trümmer, und die einzelnen Blätter flogen ebenfalls durch die Gegend. Der Schwarze Hasen-Hauptmann und Sanchez lagen da und schnauften und ächzten.

Das war das Ende. Die Leibgarde der Schwarzen Hasen machte kehrt und rannte wie gehetzt durch das Tor der Wünsche. Die Grauen Hasen schrien hurra und fingen an, die Wandbespannungen herabzureißen, genau wie Tim es befürchtet hatte. Die Häuptlinge schauten wohlwollend und benommen zu; der Willkommenstrunk, den Große Mutter ihnen kredenzt hatte, wirkte noch immer. Einer kicherte hilflos vor sich hin.

„Ist dir was passiert?" rief Tim und half Sanchez auf die Beine.

„Gar nichts", sagte Sanchez, der halb betäubt war.

„Du hast dem armen Hasen vielleicht die Luft abgelassen!" sagte Tim. „Schnell, jetzt müssen wir die Häuptlinge und so viele Graue Hasen wie nur möglich zum Super-Hirn hineinlotsen!"
„Warum?" fragte Sanchez. „Das wird ihm nicht passen."
„Demokratie", sagte Tim, der an diesem Tag reichlich geheimnisvoll tat.
„Hier lang, dies ist der Weg zur Beute!" schrie Effgenie und zeigte auf das Tor der Wünsche, vor dem der Lichtvorhang wallte.
Tim, Sanchez und Effgenie eilten der Menge voraus zum großen Computerraum.
„Vergeßt nicht, die Augen zu schließen und an gar nichts zu denken", rief Tim, ehe sie in das Kraftfeld des Lichtvorhanges gerieten.
„Die Grauen Hasen wissen das nicht, und sie werden alle nur ein Trugbild von dem sehen, was sie gern sehen wollen", protestierte Sanchez.
„Um so besser!" antwortete Tim und schloß die Augen.

14. Angewandte Demokratie

Der große Computerraum war genauso kahl und düster wie beim ersten Mal. Die dichten Reihen von Fotozellen starrten von allen Wänden herunter. Blaues Licht leuchtete vor dem Registrierungssessel.
Aber die Häuptlinge sahen etwas anderes, als sie lächelnd und nickend durch das Tor der Wünsche kamen.
„Oh, was für schöne Kühe!" rief Hanhun. „Sogar meine schöne Hekitscha ist nichts im Vergleich dazu! Ich werde sie alle mitnehmen!"

„Nein, das können Sie nicht! Weil sie nämlich gar nicht existieren", sagte Sanchez.
Hanhun strahlte Sanchez wohlwollend an, klopfte ihm mit der Pfote auf den Arm, sagte: „Ganz wie du meinst, ganz wie du meinst", und ging bewundernd um eine eingebildete Kuh herum.
„Was hat Große Mutter ihnen bloß zu trinken gegeben?" fragte Sanchez seinen Bruder. „Das Kraftfeld vor dem Tor der Wünsche hat ihnen Kühe vorgegaukelt, aber irgend etwas anderes hat sie alle sanft und gutmütig gemacht."
„Eine kräftige Mischung aus Bromid, Hypnomet und Kochsherry", erklärte Tim grinsend. „Ich gebe zu, das war ein bißchen gemein von uns, aber schließlich konnten wir nicht das Risiko eingehen, daß sie versuchen, den Computerraum zu demolieren. Das Super-Hirn hätte sie in Staub verwandelt!"
Ein elektronischer Warnpfiff gellte von der Decke herunter. Die beiden Buben eilten zum Registrierungssessel.
„Was kann ich für euch tun?" Die Stimme aus der Decke klang so kühl und metallisch wie immer, obwohl sich der Computerraum mit Grauen Hasen füllte, die alle mit großen Augen glücklich auf nicht vorhandene Kühe starrten.
„Wir haben die zwanzig Sack Padgetts Spezial-Schnellwuchs-Riesensalat-Samen mitgebracht", sagte Tim. „Aber Ihre Leibgarde hat mit dem Blaster geschossen und die Säcke aufgeschlitzt."
„Sehr unbesonnen von den Leuten", sagte die Stimme. „Und jetzt stellt mir eure neuen Freunde vor, oder ich verbrate den ganze Haufen mit Laserstrahlen, zur Strafe dafür, daß sie ohne Einladung hier eingedrungen sind."
Mit einer energischen Geste steckte Sanchez den Machtzähler in den Computer. Die kleine Scheibe hing an einer Kette um seinen Hals, seit Eudachoff Bradbee sie ihm übergeben hatte. Summen und eine Reihe klickender Geräusche waren

zu hören, als der Computer den Machtzähler zur Kenntnis nahm. Eine ganze Reihe neuer Lichter leuchtete auf. Es sah aus wie der Beginn eines Spieles in einem Spielautomaten.
„Sie werden niemanden verbrennen", sagte Sanchez zornig. „Wir sprechen hier mit der Autorität der Obersten Stimme des Volkes der Weißen Hasen!"
„Was von diesem Volk noch übrig ist!" sagte die Stimme ruhig. „Aber ich erkenne eure Autorität im Rahmen dessen an, was sie noch wert ist. Was habt ihr mir zu sagen?"
„Sehen Sie die Krieger, die Ihren Computerraum betreten haben?" fragte Tim.
„Mit meinen Millionen und Millionen elektronischen Zellen habe ich sie schon vor etlichen Minuten gesehen, gehört, gerochen, gewogen und gezählt", antwortete die Stimme. „Ich habe etwas gegen sie!"
„Sind es richtige Hasen?" fragte Tim weiter.
Das Super-Hirn zögerte eine Sekunde. Lampen leuchteten auf, und Schaltungen klickten.
„Es sind richtige Hasen", antwortete die Stimme.
„Haben Sie jemals an die Grauen Hasen gedacht, wenn Sie Ihre Pläne gemacht haben?" fragte Tim.
„Wie konnte ich?" fragte die Stimme zurück. „Sie sind nicht registriert."
„Würden Sie Ihre Pläne ändern, wenn sie sich registrieren ließen?" fuhr Tim fort.
„Vielleicht, wenn sie sehr zahlreich sind", sagte die Stimme. „Ich bin verpflichtet, jede Einzelheit zu berücksichtigen, auf die ich aufmerksam gemacht werde."
„Vor allem, wenn der Besitzer des Machtzählers Sie darauf aufmerksam macht", warf Sanchez ein.
„Ganz richtig", gab die Stimme zu.
Tim wandte sich an Hanhun und sagte entschlossen: „Wenn Sie und Ihre Krieger Geschenke und Glück haben wollen, dann müssen Sie alle sich registrieren lassen!"

„Bitte, ich tue gern alles, was Lord Tim vorschlägt", sagte Hanhun verträumt, liebenswürdig und hilfsbereit.
„Ihre Krieger sollen alle rufen: ‚Ich lasse mich registrieren!' Sagen Sie ihnen das", sagte Tim.
Hanhun erhob seine kräftige Stimme und rief einen Befehl. Gleich darauf brüllten alle Grauen Hasen-Krieger im Computerraum im Chor: *„Ar vorderi!"*, was „Ich lasse mich registrieren!" in der Hasensprache heißt.
„Genügt das?" fragte Tim den Computer.
„Eine primitive Registrierung, aber ich werde sie wohl annehmen müssen", sagte die Stimme.
„Und das ist erst der Anfang", sagte Tim. „Wie viele Graue Hasen sind in diesem Raum?"
„Zwölftausendsechshundertfünfundzwanzig", sagte die Stimme.
„Und im Wartesaal?"
„Achtzehntausendvierhundertunddreiundneunzig im Wartesaal, und weitere dreitausendachthundertzweiundsiebzig im Tunnel zum Notausgang", gab die Stimme genau Auskunft. „Weiter reichen meine elektronischen Sucher nicht, aber ich bin mir bewußt, daß ich noch nicht einmal die Hälfte deiner grauen Freunde registriert habe."
„Sie haben recht", sagte Tim. „Außerdem ist das nur die Anzahl, die wir in einer Nacht zusammenrufen konnten. Und obendrein hat jeder Krieger hier daheim mindestens drei Familienangehörige."
„Ich bestreite deine Rechnung nicht", sagte die Stimme.
„Ich habe also ein ganzes neues Volk entdeckt", sagte Tim. „Ein Volk, das Sie bis jetzt überhaupt nicht beachtet haben. Tatsache ist, Sie haben einfach ignoriert, daß es überhaupt existiert!"
„Ich muß zugeben, daß das stimmt", sagte die Stimme. „Ich habe einen Fehler gemacht. Ich werde neue Pläne machen müssen."

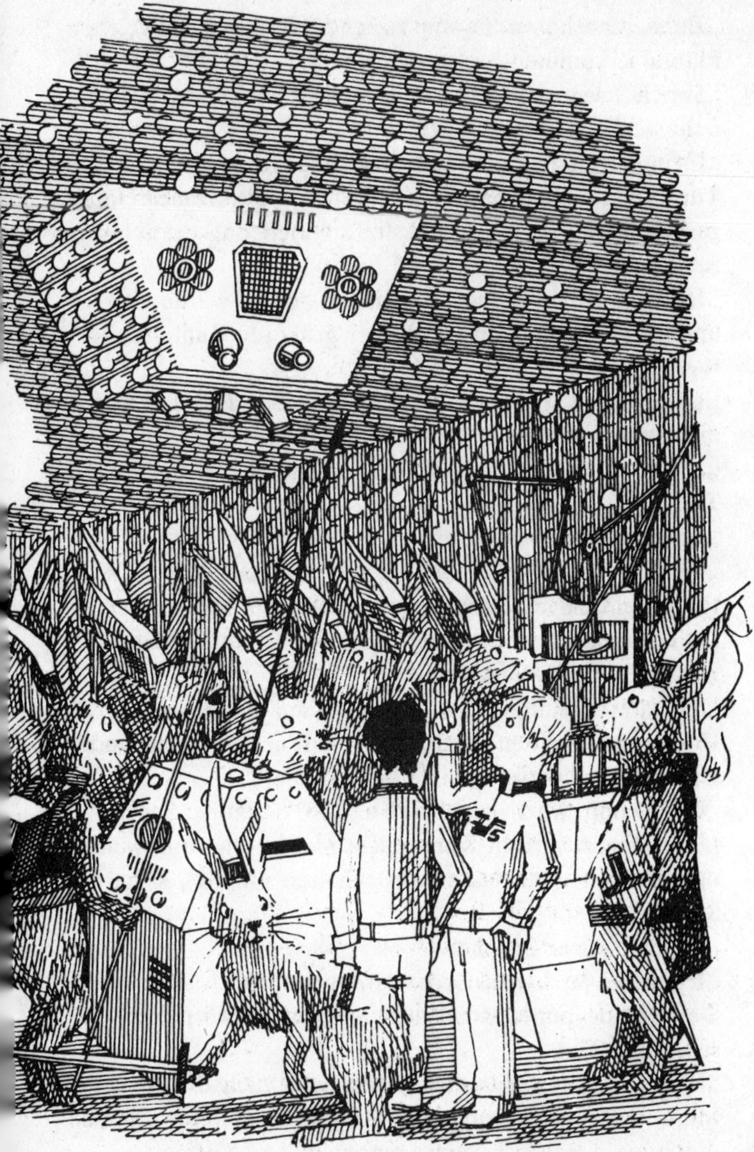

„Zuallererst hören Sie mir zu, ehe Sie mit irgendwelchen Plänen ankommen!" sagte Tim.
„Sprich", sagte die Stimme und klang zum erstenmal beinahe verärgert.
„Es muß weit über eine Million Graue Hasen geben", sagte Tim. „Wenn Sie die Weißen Hasen und die Grauen Hasen zusammenzählen, dann sind sie zahlreicher als die Schwarzen, nicht wahr?"
„Ich muß dir zustimmen, weil ich so gebaut wurde, daß ich immer für das größere Wohl der größeren Zahl arbeite", sagte die Stimme.
„Die Grauen Hasen brauchen die Weißen Hasen, um von ihnen zu lernen, wie man mehr und besseres Gemüse anbaut und sich das Leben etwas leichter macht, nicht wahr?" sagte Tim.
„Ja", sagte die Stimme.
„Was müssen Sie also tun?" fragte Tim triumphierend.
Es gab ein langes, kompliziertes Klicken im Computer.
„Die Weißen Hasen retten!" antwortete die Stimme.
„Sofort?" fragte Sanchez.
„Ich habe bereits die Schleusen und Kanäle geöffnet, die das Hochwasser aus den Sektionen A bis K ableiten. Ich handele, sobald ich denke!" sagte die Stimme.
„Der Damm wird also nicht brechen?" drängte Sanchez.
„Der Damm wird in Kürze nicht mehr nötig sein, weil es kein Wasser gibt, das er zurückhalten müßte", sagte die Stimme.
„Super!" schrie Sanchez.
„Ich wußte ja, daß das Super-Hirn vernünftig ist. Das ist die Demokratie immer, wenn auch auf etwas schwerfällige Weise", sagte Tim.
„Mein geliebtes Hasenland! Ich habe dich durch meine Mühe und Anstrengung gerettet, und bald werde ich dich durch mein Beispiel wieder aufbauen!" rief Effgenie.

„Ich habe einen Befehl für den Schlitten-Chauffeur zweiter Klasse Effgenie Livovitz Tozloff", sagte die Stimme.
„Ich führe keine Befehle mehr aus", antwortete Effgenie stolz. „Aber ich bin bereit, mir deine Meinung anzuhören."
„Meine Meinung ist", sagte die Stimme, „daß du zum Minister für Kulturelle und Wirtschaftliche Zusammenarbeit zwischen den Weißen und den Grauen Hasen ernannt werden solltest, mit einem Jahresgehalt von zehntausend Credits."
„Ist das nicht großartig, Effgenie?" sagte Sanchez.
„Es geht, als Anfang", sagte Effgenie.
Und das war eigentlich das Ende des Abenteuers, obwohl es dann noch eine Menge Arbeit gab. Das Hochwasser begann in der gleichen Sekunde zurückzugehen, in der Tim das Super-Hirn davon überzeugte, daß das größere Wohl der größeren Zahl von der Rettung der Weißen Hasen abhing.
Die ganze Graue Hasen-Armee wollte sich registrieren lassen und die Wunder des Computerraumes mit eigenen Augen sehen. Hanhun und die anderen Häuptlinge waren noch immer zu verschlafen von dem Willkommenstrank, um irgend etwas Nützliches zu tun, deshalb organisierte Tim den Verkehr in beiden Richtungen durch den Tunnel zum Notausgang. Die Grauen Hasen strömten den ganzen Tag und bis tief in die Nacht ein und aus. Als Hanhun am nächsten Morgen wieder zu sich kam, war seine Armee längst wieder heimgegangen, und er konnte gar nichts daran ändern.
Unterdessen eilten Sanchez und Effgenie zurück zur Unterwelt der Weißen Hasen. *Drache 5* kam wieder zum Notausgang und holte sie ab, aber die Reise war sehr ungemütlich, weil Große Mutter sofort merkte, daß sie Flöhe hatten.
„In meinem sauberen Raumschiff!" sagte sie.
Sie verbrannte ihre Anzüge im Küchenherd, und Sanchez und Effgenie mußten den ganzen Flug in der Sauna schwitzen und zwischendurch unter die Desinfektionsdusche. Der

arme Effgenie kam mit völlig ruiniertem nassen Fell heraus und mußte trocken geföhnt und gekämmt und gebürstet werden, ehe er wieder ordentlich aussah und sich bei Eudachoff Bradbee und den anderen Inspektoren sehen lassen konnte. Auch dann waren seine Sorgen noch nicht zu Ende, denn die Inspektoren waren zwar sehr erfreut, daß das Hochwasser wieder ins Meer von Strolnigord zurückfloß und ihre Sektionen wieder trocken wurden, aber sie wurden sehr wütend, als sie hörten, daß sie das nicht umsonst bekamen. Sie hatten nicht die geringste Lust, ihren alten Feinden, den Grauen Hasen, fünf Jahre lang alle lebensnotwendigen Waren umsonst zu liefern, und den Luxus noch dazu.

Jetzt erwies sich Effgenie wieder einmal als sehr gescheit. Er machte den Inspektoren klar, daß die Grauen Hasen sich in diesen fünf Jahren so sehr an all die guten Dinge und das bequemere Leben gewöhnen würden, daß sie später nicht mehr darauf verzichten könnten. Und wenn sie diese Sachen dann nicht mehr geschenkt bekämen, müßten sie eben wie die Verrückten arbeiten, damit sie sie bei den Weißen Hasen kaufen könnten, und dann würden die Weißen Hasen immer reicher und reicher.

„Das ist immer so bei unterentwickelten Ländern", erklärte Effgenie.

Das leuchtete den Inspektoren ein, und die Weißen Hasen schleppten in aller Eile eine große Ladung Saatgut und Molkereimaschinen und Haushaltswäsche zusammen, die *Drache 5* zur Burg auf dem Hasenhügel brachte, damit Hanhun nicht gar zu wütend wurde, wenn er aus dem Krieg, der nicht stattgefunden hatte, zurückkehrte. Große Mutter bestand darauf, einen Sack voll Insektengift gegen die Flöhe mitzunehmen, und Sanchez kaufte von seinem Taschengeld eine Kuhglocke für Hekitscha.

Die einzige andere Person, die vielleicht unzufrieden hätte sein können, war der Schwarze Hasen-Hauptmann, den

Sanchez über den Haufen gerannt hatte. Darum schenkte ihm Sanchez einen Elektro-Repulsor, damit ihm so etwas nicht noch einmal passieren konnte.

Das Super-Hirn weigerte sich zunächst rundheraus, die Fracht für den Salatsamen zu bezahlen, den es nie bekommen hatte. Aber Große Mutter ging in den Computerraum und redete mit ihm. Sie ging ganz allein hinein, und niemand erfuhr jemals, was sie einander zu sagen hatten, aber jedenfalls kam Große Mutter zwei Stunden später wieder heraus und hatte das Geld: in Goldbarren, in einer Plastiktasche. „Wir haben uns unterhalten, und nach einer Weile hat er meinen Standpunkt eingesehen", sagte sie.

Das Super-Hirn weigerte sich, an diesem Tag noch weitere

Besucher zu empfangen, und das war das einzige Anzeichen dafür, daß es wahrscheinlich doch auch schmollen konnte. Sogar für die Schwarzen Hasen ging die ganze Sache ganz gut aus, denn das Super-Hirn brachte sie dazu, sich auf der Oberfläche des Schnee-Planeten neuen Lebensraum zu suchen. Sie pflanzten überall Bäume an, und das veränderte das Klima zum Guten. Wenn Tim und Sanchez jetzt dorthin kommen, schaut es da jedesmal mehr wie im Weihnachtsland aus.

Denn natürlich fahren die beiden ziemlich oft dorthin, um Effgenie zu besuchen.

Wie Sanchez immer sagt: „Wir haben einen Haufen guter Freunde, aber nur einer von ihnen ist Minister!"

Schmökerbacks

in den Ravensburger Taschenbüchern

- Umfangreicher Lesestoff für wenig Geld
- Wiederentdeckte klassische und moderne Romane

John Christopher	Der Fürst von morgen	Band 411
Charles Dickens	Unser gemeinsamer Freund	Band 376
Brian Earnshaw	Weltraumfrachter DRACHE 5	Band 377
Brian Earnshaw	Weltraumfrachter DRACHE 5 fliegt weiter	Band 608
Leon Garfield	Unter den Freibeutern	Band 434
Leon Garfield	Wie war das denn mit Adelaide Harris?	Band 378
O. F. Lang	Alle lieben Barbara	Band 537
Alan A. Milne	Vier Tage Trubel	Band 514
Theodor Mügge	Afraja. König von Lappland	Band 529
Emilio Salgari	Der schwarze Korsar	Band 457
Walter Scott	Der Talisman	Band 410
R. L. Stevenson	David Balfour	Band 527
Lisa Tetzner	Die schwarzen Brüder	Band 593
Mark Twain	Ein Yankee aus Connecticut an König Artus' Hof	Band 396
J. D. Wyss	Die Schweizer Familie Robinson	Band 583

Weitere Bände in Vorbereitung

Abenteuer und Spannung in den Ravensburger Taschenbüchern

Nacht über dem Moor
Hrsg. von Hanna Bautze. Angenehmes Gruseln – mit garantiert echten Gespenstern. Band 347

Das hat der Kopf sich ausgedacht
Von John D. Fitzgerald. Niemand hat so viele und so gute Einfälle wie Tom, genannt »der Kopf«. Band 353

Tom, der Kopf, gaunert weiter
Von John D. Fitzgerald. Wieder versetzt Tom mit seinen schlauen Einfällen den ganzen Ort in Aufruhr. Band 462

Die Insel der 1000 Gefahren
Etwas ganz Neues: Der Leser entscheidet, wie die Handlung weitergeht – und endet! Band 520

Geheimnisse – noch immer ungelöst
Von Bob Hoare. Die Suche nach dem Schatz des Käpten Kidd und andere wahre rätselhafte Geschichten. Band 375

Perlen und harte Männer
Von A. R. Channel. Zwei Perlentaucher im harten Kampf gegen Haie und skrupellose Gegner. Band 383

Freitag und Robinson im Bann der wilden Insel
Von Michel Tournier. Robinson bleibt nicht lange Herr und Meister. Bald wird Freitag sein Lehrer ... Band 393

Märchenhafte und fantastische Geschichten in den Ravensburger Taschenbüchern

Ottochen im Turm
Von Marieluise Bernhard-von Luttitz. Der jüngste Sohn des Schusters ist ein sehr merkwürdiges Kind... Band 401

Frau Frisby und die Ratten von Nimh
Von Robert C. O'Brien. Nur die klugen Ratten von Nimh können der armen Mäusedame, Frau Frisby, helfen. Band 415

Catweazle
Von Richard Carpenter. Ein Zauberer aus dem 11. Jh. erlebt unglaubliche Abenteuer – in unserer Zeit. Band 262

Tschitti-tschitti-bäng-bäng
Von Ian Fleming. Das Wunderauto ist startbereit für die ungewöhnlichsten Abenteuer zu Lande, zu Wasser und in der Luft.
Band 137

Eine drollige Gesellschaft
Von Tove Jansson. Ein abenteuerlicher Sommer mit der Trollfamilie im Mumintal. Band 118

Doktor Dolittle und seine Tiere
Von Hugh Lofting. Die berühmte Geschichte des Doktors aus Puddleby. Band 153

Pinocchios Abenteuer
Von Carlo Collodi. Pinocchio möchte gerne brav sein, aber er steckt voller Streiche. Band 165

Bianca und ihre Freunde
Von Margery Sharp. 3 Mäuse haben einen gefährlichen Auftrag auszuführen. Band 304

Geschichten von heute in den Ravensburger Taschenbüchern

Joschis Garten
Von Ursula Wölfel. Einen Sommer lang ist Joschi glücklich mit seinem Garten – doch dann ... Band 224

Der Sonntagsvater
Von Eveline Hasler. Von Andi, der an drei Orten lebt und an keinem ganz – und zwei weitere Geschichten. Band 429

Gespenster essen kein Sauerkraut
Von Gina Ruck-Pauquèt. Zwei freche Geschichten mit Jasmin und Bohne aus Blumenhausen. Band 38

Unsre Oma
Band 166
Ferien mit Oma
Band 254
Villa Oma
Band 351

Oma Pieselang weiß alles, kann alles und bringt auf ihre Weise immer »die Welt in Ordnung«. So eine Oma wünscht sich jeder!

Und dann kommt Emilio
Von Gudrun Pausewang. Martin hat keine Freunde – und dann passiert die Sache mit den Katzen. Band 362

Ida und Ob
Von Barbara Frischmuth. Ferien in Oberquetschenbrunningen? Einfach lächerlich – meint Ida. Band 460